SAVE ME
THE WALTZ

[美] 泽尔达·菲茨杰拉德 著
朱法荣 译

给我留下华尔兹

人民文学出版社

图书在版编目（CIP）数据

给我留下华尔兹／（美）菲茨杰拉德著；朱法荣译．—北京：人民文学出版社，2014
ISBN 978-7-02-010553-3

Ⅰ．①给… Ⅱ．①菲…②朱… Ⅲ．①长篇小说—美国—现代 Ⅳ．①I712.45

中国版本图书馆CIP数据核字（2014）第160240号

责任编辑　仝保民　陈　黎
装帧设计　李思安
责任印制　苏文强

出版发行　人民文学出版社
社　　址　北京市朝内大街166号
邮政编码　100705
网　　址　http://www.rw-cn.com

印　　刷　三河市西华印务有限公司
经　　销　全国新华书店等

字　　数　201千字
开　　本　880毫米×1230毫米　1/32
印　　张　8.875　插页14
版　　次　2016年10月北京第1版
印　　次　2016年10月第1次印刷

书　　号　978-7-02-010553-3
定　　价　36.00元

如有印装质量问题，请与本社图书销售中心调换。电话：01065233595

泽尔达与司各特·菲茨杰拉德(1921)

跳芭蕾的泽尔达,芳龄十五

泽尔达为《给我留下华尔兹》护封
所拍的照片

泽尔达、司各特与女儿斯考蒂
在罗马(1924)

泽尔达在法国温泉胜地 Salies—de—Bearn (1926)

泽尔达·菲茨杰拉德

| 目录 |

泽尔达·菲茨杰拉德小传 / 001

第一部 / 001

第二部 / 051

第三部 / 147

第四部 / 201

附　录 / 261

译后记 / 265

泽尔达·菲茨杰拉德
小传

"假如你有幸年轻时在巴黎生活过,那么此后一生中不论去到哪里她都与你同在,因为巴黎是一个不固定的圣节。"[1] 二十世纪二十年代的巴黎盛宴中,最耀眼的明星莫过于司各特·菲茨杰拉德(Scott Fitzgerald, 1896—1940)和他的妻子泽尔达·菲茨杰拉德(Zelda Fitzgerald, 1900—1948),这对金发碧眼、衣着入时、坐在汽车顶上呼啸而过、在广场喷水池里跳舞的金童玉女被视为当时新潮女郎的教父和教母,是爵士时代繁荣和喧嚣的化身,也是美国文学史上最为璀璨的双子星座。

一、泽尔达·塞耶尔:亚拉巴马的维纳斯

亚拉巴马州位于美国东南部,曾是美国历史上最大产棉州。州府蒙哥马利市是美国南北内战中南部邦联诞生的摇篮和第一首都,也是二十世纪六十年代美国民权运动的诞生地,黑人民权领袖马丁·路德·金的故乡。现今蒙哥马利市的市旗仍然沿袭南部邦联的旗帜,红灰两色,中有一道白边蓝底斜条纹,上有十一颗白色星星,以纪念南北内战时南部邦联的军旗和当时退出联邦政府的十一个州,旗帜中央的星星上方是一个橄榄枝花环。军旗灰正是泽尔达终其一生最爱的颜色,既是她眼睛的颜色,也是她结婚礼服的颜色,而她也以自己出生于亚拉巴马而自豪。

1820年,亚拉巴马州成立之初,泽尔达祖

---

[1] 海明威.2004.不固定的圣节[M].汤永宽译.上海:上海译文出版社.

父丹尼尔·塞耶尔（1808—1888）离开故乡俄亥俄州，迁来蒙哥马利经商，后来创立了蒙哥马利第一家报纸并任主编，并多年兼任蒙哥马利市大议会首席秘书；祖母朵拉·摩根·塞耶尔（1817—1907）出身于亚拉巴马摩根家族，其兄为联邦政府参议员，1876年曾获美国总统竞选提名。泽尔达外祖父威利·梅琴（1810—1893）是肯塔基州立法委员会成员，南北内战时期同情和支持南部邦联，入选南部邦联国会，担任十人委员会委员长，并出任肯塔基州伪州长。南方战败后威利出走加拿大，1869年获格兰特总统特赦，回到故乡，1872年入选美国联邦政府参议员，并获南方民主党提名，参加竞选美国副总统。外祖母为第三任妻子，性格刚毅。泽尔达父亲安东尼·塞耶尔（1858—1931），1878年进入弗吉尼亚州塞勒姆洛厄诺克文理学院（Roanoke College）学习，学业优异，曾获马耳他十字奖章。毕业后在田纳西州纳什维尔范德堡大学（Vanderbilt University）教学一年，后回蒙哥马利攻读法律，进入律师协会，1883年入职蒙哥马利市法院，后来成为蒙哥马利市最高法院法官。泽尔达的母亲米密涅瓦·塞耶尔（1860—1958），1878年毕业于蒙哥马利女子学院（Montgomery Female College），热爱艺术，曾发表过诗歌和小说，写过剧本，参加过舞台表演，梦想成为戏剧演员。1883年曾前往费城参加舞台表演，因为是年南方民主党意欲再次提名其父梅琴参加美国总统大选，其父不许女儿去做演员，亲自前往费城，将女儿从舞台上拽入火车，拖回肯塔基州，次年7月14日将其嫁与另一位参议员的侄子，即泽尔达的父亲安东尼·塞耶尔。

泽尔达1900年7月24日生于蒙哥马利市南大街，是家中六个子女中最小的一个，与兄妹年龄差距较大，故而最受溺爱，四岁断奶，六岁被送入附近的私立学校奇尔顿文法学校(Chilton Grammar School)。因为不喜学习，辍学一年，七岁后重新入校，直到1914年毕业，进入西德尼·拉尼尔高中(Sidney Lanier High School)。童年时期的泽尔达，淘气大胆，上房爬树，是远近闻名的假小子。虽然母亲为她设立了六条淑女规则：坐不跷腿，背不靠椅，出门要带手绢，手套扣子要扣严，在家勿赤脚，但是泽尔达从来不想让她的小伙伴失望。她会穿着溜冰鞋在大街小巷呼啸而过，与男女同学爬到最高的岩石上比赛跳水的高度，甚至于谎报火灾，拨打消防电话以捉弄消防人员为乐。身为女孩，她从未有一丝的自卑、羞怯或疑虑，也没有什么道德准则。她在父亲的藏书室里自由阅读了各种童话故事，甚至手抄了《三只小猪》和《爱丽丝漫游奇境记》等童话，翻阅了大英百科全书、莎士比亚、萨克雷、狄更斯、司各特、王尔德、高尔斯华绥、吉卜林、普鲁塔克、亚里士多德、埃斯库罗斯和吉本等科学、哲学、文学、历史等各类书籍，桀骜不驯的性格，博览群书的底蕴，致使泽尔达常能洞烛幽微、语惊四座。在中学年鉴上她如此留言："让我们只看今朝，不为明天烦恼。"

泽尔达的美丽机智和放纵不羁为自己赢得了很多名号："美国南方名媛""美国第一位新潮女郎""爵士时代的女祭司""菲茨杰拉德的缪斯女神"等，海明威则视泽尔达为"不与人分享的鹰"，失恋的情人们称泽尔达是"野蛮的科曼奇人（印第安猎头族）"，菲茨杰拉德称泽尔达是"天外来客"，而泽尔本人则喜欢把自己想象为米洛的维纳斯，或是从宙斯头颅中全副武装跳出来的密涅瓦（雅典娜），是走下奥林匹斯山的希腊女神。

1482年，意大利文艺复兴画家波提切利曾用新柏拉图主义的风格再现了美神维纳斯的诞生。画的背景是一片波光粼粼的大海，海上飘来一片精致的扇形贝壳，贝壳上站着刚刚从海洋泡沫中诞生的美神维纳斯，女神除了飘垂的金色长发一无遮盖，胴体洁白，姿态优雅；女神的左侧为两位男女风神，分别为西风和春风，吹送贝壳而来；美神右侧是春天女神，正迎风抖起一件红色绣花锦缎斗篷意欲裹住维纳斯。维纳斯的洁白胴体象征着灵魂的精神之美，脚下的贝壳是灵魂外在形体的束缚，风神则象征着上帝的意志，万物皆为其吹动，而春天女神手中的锦袍则象征着灵魂在尘世要遭受的尘垢和罪孽。1935年，泽尔达第三次精神崩溃后，住进马里兰州谢泼德医院，曾给远在加州好莱坞的菲茨杰拉德写过一封令人悲伤的信："我感到非常难过，现在的我只剩一副空壳，没有什么能呈献给你了。"

二、泽尔达与菲茨杰拉德：阿多尼斯与维纳斯之恋

1918年7月，在亚拉巴马州蒙哥马利一家乡村俱乐部的舞会上，刚刚高中毕业的泽尔达·塞耶尔与从普林斯顿大学休学参军的司各特·菲茨杰拉德相遇相识，开始了他们风一样的恋爱传奇。

泽尔达眼中，司各特就像一株金水仙，金色的头发，英俊的脸庞，笔挺的鼻梁，宽阔的额头，浓密的睫毛，在绿色与淡紫色之间不断变换的眼睛。多年后，泽尔达为她第一眼看到的司各特制作了一个折纸娃娃，粉红色的衬衫，红色的领带，长着一副棕色的天使翅膀。司各特的好友罗顿·坎贝尔回忆说："他是我见过的最漂亮的男孩子。金黄色的头发，薰衣草样的眼睛，轻松自信的步态，足以征服所有人的疑虑。"另一位记者认为："他的希腊式的鼻子，骄傲却不失友好，头发中分，他的嘴小巧迷人，好像他笔下的女主人公一样。"他的一个同时代的人称他为穿着布鲁克斯兄弟军服的金头发阿多尼斯。司各特眼中，泽尔达是"一位圣母，是维金·马利亚"（a saint, a Viking Madonna）。"Madonna"是意大利文艺复兴时期绘画中对基督教圣母马利亚的称呼，拉斐尔最著名的《西斯廷圣母》(Sistine Madonna, 1512)、《草地上的圣母》(The Madonna of the Meadow, 1506) 和《安西帝圣母》(The Ansidei Madonna, 1505) 等名画均以"Madonna"之名称圣母。拉斐尔画中的圣母形象常是秀美的年轻女性，穿红色衣裙和蓝色披风，姿态优雅，身材圆润，容貌妩媚，洋溢着青春女性的朝气。

泽尔达同时代的女作家和评论家多萝西·帕克（Dorothy Park, 1893—1967）称菲茨杰拉德夫妇像是一对从太阳来到人间的光明天使。事实上，司各特与泽尔达的相似之处从外表到性格是如此之多，以至于他们的朋友认为他们俩更像是兄妹。他们外表看起来都有金叶子一样的头发，摄人魂魄的眼睛和精致迷人的嘴巴，内心里都是被宠坏的孩子，极端的自我主义者和浪漫主义者，喜欢把自己戏剧化，甚于两人都非常喜欢易装换性。每当司各特临时不能陪伴泽尔达的时候，泽尔达就会换上男装，和男孩子们一起

去看电影，而司各特曾打扮成一个女售货员参加普林斯顿大学俱乐部活动，也曾经对围在他身边的女性说："我是半个女人——至少我思想上是。"

恋爱中的泽尔达并未停止与其他男士约会，而司各特在嫉妒之余也喜欢观看泽尔达受人追捧，其他男性对泽尔达的欲望恰恰激起了他自己的欲望，正如《了不起的盖茨比》中的男主人公所说："这也让他兴奋，很多人都爱过黛西——这在他的眼中更提高了她的价值。"泽尔达本人也对在司各特的注视和观察下与他人恋爱感到兴奋，因此两人都极力为对方的兴奋而表演自己，对于他们二人，想象比事实更重要。所以，当泽尔达宣布"我已经亲吻过两千个人，以后还要亲吻两千个"，"女人存在的唯一一个理由就是有必要在男人们中间制造骚乱"，司各特更多地感到一种鼓舞和兴奋。泽尔达与菲茨杰拉德后来虽然都曾有过婚外情，但他们相互间的心意相通始终存在，存于他们的记忆里，也存于世界最美的情书中。

  这个世界上除了你——和你珍贵的爱，我什么也不要。所有的物质幸福都不重要。我只是不愿要一种邋遢、没有光彩的存在——因为那样子你很快就会爱我越来——越少。[1]

  亲爱的心肝，我们的童话故事就要结束了，我们就要结婚，然后幸福地生活在一起了，就像你城堡里的公主在焦急地等待着你……

  我真的愿意嫁给你——虽然你认为我害怕嫁给你——我真希望你没这样说——我什么都不怕。恐惧要么让人变得怯懦，要么变得威严和高大。我不怯懦也不威严。而且，我知道你会比我自己更好地照顾我，和你在一起我会非常、非常幸福的——除了每周都有的争吵——即使争吵我也很高兴。我喜欢自己在你情绪激动和心情阴郁的时候保持镇静和清醒。

  ……没有你，我什么也不是——可能就只是一个洋娃娃——你是我生命的必需，也是我生命的最大享受……

  你就要成为你妻子的丈夫了。[2]

[1] Sally Cline.2012. *Zelda Fitzgerald*[M]. New York：Arcade Publishing.61.

[2] ibid.74.

我顺着铁轨看去,见你来了——夜幕和薄雾中你亲爱的凌乱的裤脚向我追来——没有你,最最亲爱的,我就没了眼睛,没了耳朵,没了心跳,没了大脑——没了生命——我是多么爱你!这辈子我再也不会和你分开一个晚上。没有你,谁来抵挡风暴,谁阻止美的死亡和我的老去。……[1]

三、泽尔达·菲茨杰拉德:城堡里的公主与立体派画家

　　王子与公主幸福地生活在了一起以后究竟发生了什么?司各特写给泽尔达的信中频繁使用的一个称呼是"我城堡里的公主"。1924年5月菲氏一家来到巴黎,结识了许多世界知名的作家和艺术家,其中画家杰拉尔德·墨菲和莎拉·墨菲成了泽尔达一生最亲密的朋友,同时引导她进入了巴黎艺术圈,结识了当时野兽派、立体派和抽象画派的领袖马蒂斯、毕加索和米罗等一大批思维活跃、勇于创新的艺术家,泽尔达很快拿起画笔开始接受绘画训练。1925年2月在意大利卡布里岛,她结识了有同性恋倾向的美国女画家罗马伊内·布鲁克斯,开始进行专业学习,仅用五周时间就掌握了色彩理论。泽尔达绘画中最常出现的两种主题开始形成,一是花卉,二是舞者。南方热带地区硕大鲜艳的花朵是泽尔达对母亲的花园和美国南方故乡的永久记忆,火热的阳光和富有异国情调的鲜艳花朵向来是美国南方艺术家的标志。她初期的代表作有《地中海南部》和《穿橙色裙子的女孩》,两幅画都运用了立体主义的画法,在第一幅风景画中她将树木分解成立体几何形,然后再从不同的视角将它们组合起来,传达出一种异样的结构和情绪;在第二幅画中,穿橙色衣裙的女孩位置偏离画布中心,衣裙飘起,右侧前景处一只小狗做奔跑状,画面充满动感,不能确定女孩是在跳舞还是像一枝花在随风摇摆,表情不知是欢快还是悲伤,从不同的侧面看去,女孩和小狗处在不同的平面上。

　　模糊、神秘和多重视角是泽尔达油画的一大特点。后来在1930年,泽尔达精神崩溃前夕,她画的《花

[1] Sally Cline.2012. *Zelda Fitzgerald*[M]. New York:Arcade Publishing. 100.

瓶中的白花》酷似梵高的向日葵,花枝像蛇吐着信子互相凝视着,噩梦一般盘旋在桌子上[1]。

1926 年,医生诊断证明因为 1924 年一场不成功的人工流产手术,泽尔达再也不能有其他孩子了,泽尔达失望之余,拾起了早年对芭蕾的爱好。1927 年夏天,她在费城开始报名学习芭蕾,11 月加入费城歌剧院芭蕾舞团,跟随原俄国皇家芭蕾舞团舞蹈大师柳波芙·伊格洛娃学习。她告诉好友莎拉·墨菲说,芭蕾舞演员需要有音乐的敏锐感受力和杂技演员的粗犷,女人无论干什么最后都会输,即使如此,她也要努力练习,跳舞让她感到永远年轻。

1929 年 9 月,她的努力得到了回报,泽尔达收到了来自那不勒斯圣卡洛歌剧院芭蕾舞团的正式邀请,邀请她担任独舞演员,剧团提供食宿,每天三十五里拉。然而,泽尔达拒绝了。过度的劳累使她沮丧和绝望,芭蕾舞不再是美的化身,她感觉自己的腿像是肿胀摇摆的火腿,乳房下垂松弛,她不再是新潮女郎而是成了一堆肌肉,像是斗牛开始前用来引逗牛的老马,被牛角顶得遍体鳞伤,内脏拖在地上。她讨厌做一个领取月薪辛苦流汗的职业女性,当她心爱的艺术和自身的价值被用里拉来衡量的时候,她愤怒了。然而,随后对丈夫经济上的依赖又使她痛苦,对自己轻易抛弃了等待已久、努力已久的机会感到悔恨,1930 年,泽尔达第一次精神崩溃,入住瑞士一家疗养院。

四、泽尔达自传体小说《给我留下华尔兹》

1931 年 9 月泽尔达病情好转,回到故乡蒙哥马利暂居,开始大量阅读福克纳的小说,学习写作。其间她当法官的父亲去世,司各特在好莱坞写电影剧本,孤独和压力之下,泽尔达第二次精神崩溃,于 1932 年 2 月进入巴尔的摩约翰·霍普金斯医院的菲普斯诊所。在此,她第一次遇见长她四岁毕业于宾夕法尼亚医学院的女医生米尔德丽德·斯奎尔斯,医生十分欣赏泽尔达的天才,鼓励她继续写作和画画。最终,泽尔达在医院用六周时间完成了自传体小说《给我留

[1] Sally Cline.2012. *Zelda Fitzgerald*[M]. New York:Arcade Publishing. 161—178.

下华尔兹》，于 1932 年 10 月由斯克里布纳公司出版，共发行三千零一十册，题献给她的医生。

《给我留下华尔兹》共分四部分，每部分又分三章。小说主人公亚拉巴马·贝格斯（Alabama Beggs）为一美国南方名媛，爱上了一名北方军官戴维·奈特（David Knight），结婚后移居纽约。戴维后来成为著名画家，夫妻俩夜夜笙歌，成为喧嚣时代的偶像。夫妇俩后来携小女移居法国巴黎和里维埃拉，丈夫埋头作画，妻子却爱上了一个法国飞行员，丈夫作为报复也与一位女演员调情。后来，妻子决心重拾小时候对芭蕾舞的热爱，追随俄国芭蕾舞大师学习芭蕾，刻苦练习后，终于获得一个在意大利那不勒斯芭蕾舞团主演的机会，演出大获成功。最后，妻子因脚部受伤感染而跛脚，芭蕾舞事业终止而精神崩溃。

故事原型就是菲茨杰拉德夫妇的爱情、婚姻和危机，以及泽尔达自己对个人价值的追求。该小说与司各特的《夜色温柔》（*Tender is Night*）取材相同，但视角不同，风格不同，在国外一直是菲茨杰拉德研究的一项重要内容。美国菲茨杰拉德研究专家丹·派珀教授认为，"《给我留下华尔兹》和《夜色温柔》在当代文学史上构成了一对最不寻常的夫妻篇，两本书分别从妻子和丈夫的角度对同一段婚姻进行了纪实性描写"[1]。

《给我留下华尔兹》不但是对《夜色温柔》的比较和补充，也是对泽尔达作为现代作家身份的肯定，同时，该小说也是女性主义文体的典范。小说语言高度视觉化、片段化，运用了大量明喻和隐喻，有许多张爱玲式的机智和悖论，备受美国著名评论家埃德蒙德·威尔逊和辛克莱·刘易斯的赞誉。

小说以亚拉巴马青少年时在美国南方的生活描写开始，以回到南方参加法官父亲的葬礼结束，南方情结贯穿始终。小说第二部分描写了第一次世界大战后纽约和巴黎流动的盛宴，可与《了不起的盖茨比》中的精彩描写相媲美，抓住了时代的脉搏，留住了时代的喧嚣。第三和第四部分从职业女性的角度对芭蕾舞演员的工作和生活进行了生动有力的描写，泽尔达不是从观众或审美意义上，而是

[1] Sally Cline.2012. *Zelda Fitzgerald*[M]. New York：Arcade Publishing.314.

从心理、生理和职业的角度深入挖掘芭蕾舞女演员的艰辛和无奈。

"夜里，她坐在窗户旁太累了，动不了，想要成为一个舞蹈家的渴望让她筋疲力尽。在亚拉巴马看来，达到她的目标，她就能驾驭那些驾驭着她的恶魔——证明自己，她就能找到安宁，安宁就是一个人对自我的肯定——通过跳舞，她会有能力控制自己的情感，自由地支配爱情、怜悯或幸福，为它们提供一个流畅的通道。她无情地鞭策着自己。""一英里一英里的，脚趾点着地板好像母鸡在啄食，一万英里以后，你就可以不再晃动你的乳房了。""亚拉巴马一遍遍转着，屏气敛神，提升肌肉。一个动作做上几年，三年后就能把自己提高一英寸——当然，也可能一英寸也提不了。"[1]

派珀高度评价该小说："这是美国作家写的第一部、也是最好的一部关于芭蕾舞演员的故事。"该小说是现实主义和超现实主义的结合，情节松散，像戏剧一样一个场景接着一个场景，语言跳跃，充满感性和视觉色彩，具有鲜明的超现实主义风格。美国小说家威廉·麦卡菲在《纽约太阳报》赞扬泽尔达和她的小说："这是一个奇异的天才，风格鉴赏家们会非常喜欢。……密集的比喻非常迷人。即使善用辞藻的老手阅读该书也会满怀艳羡，获得头晕目眩的愉悦。"《纽约先驱论坛报》认为，"小说有一股罕见的阳刚之气：响亮而敏锐"。巴尔的摩一家报纸评论的副标题为"菲茨杰拉德夫人的第一部小说已达司各特的水平"。美国著名文学评论家马尔科姆·考利致信司各特，称赞泽尔达的小说："非常感人，她写出了一些以前没有人用语言能表达出来的东西。"[2] 毋庸置疑，泽尔达是一位获得公认的、独具特色的现代主义小说家。

五、泽尔达之死

除《给我留下华尔兹》之外，泽尔达还创作

[1] Zelda Fitzgerald.2001. *Save Me the Waltz*[M]. London：Random House. 128，131，146.

[2] Sally Cline.2012. *Zelda Fitzgerald*[M]. New York：Arcade Publishing. 314—315.

了一出儿童剧，十一篇短篇小说和十数篇报刊文章。1940年菲茨杰拉德因心脏病去世后，泽尔达回到故乡与母亲同住，其间所绘画作多以宗教为题材。1948年3月10日，泽尔达在北卡罗来纳州一家精神病院等待治疗时，医院突发火灾，不幸遇难。

泽尔达遗留的大量未经整理的小说、随笔、自传片段和信件等后由其女捐献给普林斯顿大学图书馆菲茨杰拉德研究中心。二十世纪六七十年代，泽尔达一度成为当时青年文化的偶像，其文集被结集出版，其中《给我留下华尔兹》被列入兰登书屋经典系列，成为美国南方女性文学的一部分。八九十年代，开始了泽尔达传记研究和创作风格研究，认为其作品比喻密集、高度视觉化，有洛可可的梦幻风格和超现实主义特点，1992年泽尔达被列入美国亚拉巴马州女性名人堂。进入二十一世纪，泽尔达研究全面展开，出版了多部新传记和以泽尔达为主角的半虚构小说，2013年美国同时出版了四部关于泽尔达的专著，被称为"泽尔达之年"，国内称2013年为"菲茨杰拉德之年"。泽尔达在现代主义写作、后印象派绘画和芭蕾舞等方面的艺术才华和文化影响得到全面肯定。

泽尔达·菲茨杰拉德用一百年的时间完成了一个新潮女郎向现代作家的自我救赎，值得我们去阅读、去思考。

译者
2015年5月
于岱下红门路43号

献给　米尔德丽德·斯奎尔斯

题记

（那是你），在我们可爱的城邦

遭难的时候，

曾经正确地为它领航，

现在也希望你

顺利地领航啊。

《俄狄浦斯王》[1]

罗念生[2] 译

[1] *Oedipus, King of Thebes*，古希腊悲剧家索福克勒斯的代表作，讲述了古希腊忒拜国国王俄狄浦斯竭力逃避杀父娶母的神谕、最终证明他的逃避就是在实践神谕的悲剧故事。

[2] 罗念生（1904—1990），中国社会科学院外文所研究员，我国古希腊文学研究专家和翻译家，1987年获希腊最高文化机关雅典科学院"最高文学艺术奖"殊荣。

第一部

第一章

"那些女孩子,"人们说,"以为她们什么事情都能做,而且可以不负责任,一走了之。"

那是因为她们的父亲给了她们安全感。他就是一座活堡垒。大多数人的一生都是堆折中为雉堞,竖顺从为主楼,编明哲为吊桥,抑制情感,或者把入侵者浸入沸腾的酸葡萄汁中。贝格斯法官很年轻时就用壕沟把自己完全护卫了起来,他的塔楼和教堂都是些幽深玄奥的概念。就他最亲密的人所知,他从没有给心存友好的普通牧羊人或是心怀叵测的领主留下任何接近他堡垒的小路。这种拒人于千里之外的缺点使他没能在国家政治中成为应该成为的杰出人物。正是整个州对他这种高人一等姿态的认同,使他的子女在早年的社交生活中没有为他们自己构筑起必要的坚固堡垒。一个能使所有活着的族人免于灾难和疾病的族长足以确保他的后世绵长。

一个强人会有很多担当,会为自己的子女选择权且遵循自然法则,以便给他的家族一个相得益彰的目的。但是,当贝格斯家的孩子们不得不学着去面对时代的突然变化时,魔鬼已经掐住了他们的脖子。他们成了残废,久久地倚靠在父辈们的封建堡垒上,守护着他们的精神遗产——那些遗产,如果他们能有更好的地方储存的话,本来还会更多。

米莉·贝格斯的一个校友说她从来没见过比那些孩子小时更烦人的家伙。不论她们因为什么而哭,米莉都会竭尽所能地去满足,如若不然,就会叫博士来征服这无动于衷的世界，因为这个冷酷的世界除了一些少得可怜的东西，什么也没有给予这些被拣选的孩子。由于没能从自己的父亲那儿得到足够的资助，奥斯丁·贝格斯苦心孤诣，日夜加班，为他的家人提供更好的条件。米莉被迫，也并非不情愿，在凌晨三点起来哄孩子，摇着小铃铛，小声给她们唱歌，防止孩子的哭号惊跑了丈夫头脑中的《拿破仑法典》[1]。他并非开玩笑地说：" 我要给自己造几堵土墙，养一群野兽看门，墙头扎上倒钩的电线，远远躲开这些混世魔王。"

奥斯丁用一种远远的温情和审慎爱着米莉的孩子们，就像那些显要的人们，面对着自己的青春遗骸，忆起了他们从前的时光，那时他们尚未被选出来作为经验的工具，更不是经验的结果。你听到贝多芬的《春天奏鸣曲》[2]就会明白的。若不是他唯一的儿子在婴儿时夭折了，奥斯丁或许会和他的家庭更亲密。法官拼命想从失望中逃离，唯一能让男人和女人同样感到崩溃的就是缺钱的焦虑，这也是他带给米莉的问题。他把孩子丧礼的费用单扔到她的大腿上，哭得撕心裂肺。"看在上帝的分上，你怎么能指望我来付这个？"

米莉，对现实从来没有很强的概念，没法将她所了解的这个人的公正高尚和他的残忍粗暴协调起来。此后，她也没法再对人做出判断，放弃了自己的实际认识，默认了人们的相互矛盾，最后，这种忠诚内化于心，她竟然像圣人一般超然物外了。

"如果我的孩子有什么不好，"她对朋友说，"我从来就没看见。"

人类秉性的不可调和也教会了她一个变通的花招，让她度过了最后一个孩子出生时的难

[1] *Napoleonic Code*，又称《法国民法典》或《民法典》，是拿破仑一世主持订立，并于1804年颁布实施的第一部资产阶级法典，成为欧洲各国的法律典范，至今仍有多个国家在沿用。

[2]《春天奏鸣曲》为贝多芬早期小提琴协奏曲，洋溢着积极乐观的青春气息，优美流畅，为世界名曲。

关。当奥斯丁为文明的迟滞而愤怒，把他的幻灭和对人类的失望连同经济拮据，向她的耐心的头脑不断倾倒时，她本能地把憎恨转移到对琼或迪克西那扭伤的脚踝的关注，把生活中的不幸当作希腊合唱队所唱的安详的悲悼曲。面对贫困的现实，她躲进了斯多葛和无可救药的乐观主义中，不让那自始至终尾随着她的悲伤渗透进来。

在黑人奶妈神秘气味的刺激下，这个家孵出了一堆女儿。因为多花的一个便士，或坐街车去野餐，或装在口袋里的薄荷糖，法官都会将其当成她们性格上的缺陷，她们渐渐懂得，他就是一个奖善惩恶的喉舌，一份不可抗拒的命运，一股代表法律、命令和既定秩序的力量。青春和老年是同一个水泵，只不过是老年明明水力在减少而仍然想要维持青春的承载。接着，女孩们逐渐显出了女人的特性，在进入社交界以前，她们暂时从母亲那里寻求庇护，正如她们为躲开耀眼的光亮而去寻找阴凉一样。

奥斯丁家的走廊上，秋千在吱吱扭扭地响，一只萤火虫疾飞过铁线莲，小昆虫成群飞到大厅里的吊灯上寻求金色的集体葬礼。夜幕粉刷着南方的夜色，像沉重饱和的抹布浸透了被遗忘的过去，最后升华成黑色的热浪。忧郁的月亮藤沿着葡萄架伸展着黝黑的、带有吸盘的叶片。

"给我讲讲我小时候的事。"最小的女孩追问着。她紧贴着妈妈，努力想要感受到一种确切的联系。

"你小时候是个好孩子。"

小女孩对自己毫无概念，她生之何晚，父母对他们自己的生命都已经疏远了，童年更多的是一个概念而不是一个孩子。她想知道她什么样子，她还太小，不知道自己其实什么也不是，要填满她的骨架的其实就是她所要付出的，就像一个将军要根据军队的前进和后退用亮晶晶的图钉不断重构他的战役。她不知道她得需要多大的努力才能成为她自己。很晚以后，这个孩子，亚拉巴马，才明白她父亲给予她的骨架只会是她的桎梏。

"我是不是晚上哭得昏天黑地，你和爸爸希望我还是死掉的好啊？"

"怎么这么想！我的孩子个个都很乖。"

"奶奶的孩子也很乖吗？"

"我认为是。"

"那为什么卡尔叔叔从内战回来时，她把他赶跑了？"

"你奶奶是个怪老太。"

"卡尔也很怪吗？"

"对。卡尔回家时，奶奶给弗洛伦丝·费瑟捎信，说如果她想等到她死以后嫁给卡尔的话，她想让费瑟家的人知道贝格斯家的人都很长寿。"

"她很有钱吗？"

"不。不是钱的事。弗洛伦丝说除了魔鬼没有人能和卡尔的母亲生活在一起。"

"所以，最后卡尔没有结婚？"

"没有——祖母们总是那个样子。"

母亲笑了——那种既得利益者重述贸易争端时胜利的笑，占了优势后表示歉意的笑，家族获胜后的笑，在永恒的家族叠加中打败另一个获胜家族的笑。

"要是我是卡尔叔叔，我就忍不下去，"孩子抗议道，"我想和费瑟小姐怎么样就怎么样。"

父亲低沉平稳的声音帮助沉沉夜色盖住了贝格斯家睡觉前的窃窃私语。

"你干吗要翻这些旧账?"他不动声色地说。

关上百叶窗,他把他的家装在了一个特殊的盒子里:一个有光的所在,窗帘的花边处透进了阳光,印花棉布的花边荡漾着,像花园里毛茸茸的围栏。黄昏没有在房间里留下阴影或幻影,而是把它们变成了一个模糊的、灰色而完整的世界。冬天和春天的时候,房子就像画在镜子上,非常可爱,熠熠闪光。在镜子里,椅子上的裂痕和地毯上的破洞都不影响它的明亮。房子是一个真空,养殖着奥斯丁·贝格斯。像一把闪光的宝剑夜里睡在剑鞘中,这个剑鞘就是他那倦怠的高贵。

锡皮屋顶在热浪中噗噗作响;屋子里像是长期未启封的衣箱。二楼大厅尽头的门楣里没有透出亮光。

"迪克西去哪里了?"父亲问。

"和朋友出去了。"

听到妈妈轻描淡写的回答,小女孩警惕地靠拢来,有一种参与家庭要事的感觉。

"要发生什么事了,"她想着,"有个家真好玩。"

"米莉,"她父亲说,"要是迪克西再和伦道夫·麦克林托斯在城里闲逛,她最好离开我的家。"

父亲生气地摇了摇头,庄重地把眼镜从鼻子上拿下来。母亲静静地在房间里热乎乎的席子上走来走去,小女孩躺在黑暗中,完全沉浸在家族的感觉中。她父亲穿着麻纱睡袍下楼去等姐姐。

孩子的床边飘来一阵香味,是对面果园里成熟的梨子。远处有乐队在排练华尔兹舞。夜色中白色的物体闪着光——白色的花朵和鹅卵石。窗框上的月亮摇摇晃晃照在花园里,像银色的船桨拍打着泥土,散发出水润的涟漪。世界变年轻了,她自己却那么老、那么有智慧,抓着她的问题和它搏斗,好像问题是她个人的而不是世代相传的。一切都那么明亮鲜艳,她自豪地审视着生活,好像她走在花园里,强迫自己在花园里最贫瘠的土地上种花。她早就看不起循规蹈矩的种植,相信某个魔法师能从最硬的岩石里种出甜美的花朵,从荒芜的空地上伸展出夜间开花的藤蔓,把黄昏的气息种下,把金盏花放在橱窗。她希望生活轻松,充满愉快的回忆。

想着想着,她想到了姐姐的心上人。伦道夫的头发浓密,如同一个珠母贝丰饶角[1],从那里冒出一个明亮的圆球,那就是他的脸。她想象着自己就在那个球里面,在自己的感情和对各种美的纠缠中。她想着迪克西,兴奋地发现她就是自己身上已经成年的那一部分,成熟后从她身上脱落了,就像是你自己的一条晒黑了的胳膊,刚刚注意到它变黑了一样。至于她自己,她盗用了姐姐的恋爱。灵敏的感觉让她昏昏沉沉。她把自己悬浮在稀释了的梦中。她睡着了。

月亮轻抚着她那晒黑了的小脸。她在睡梦中长大了。有一天她会醒来,看到阿尔卑斯山植物园里的植物不过是些菌类,不需要多少养分,而且半夜里香气馥郁的白色花盘,根本不是鲜花而是刚发芽的植物。等她长大了,她会痛苦地在充满哲理的法国勒诺特尔式花园[2]里几何图形的小路上

[1] Cornucopia,用柳枝编织的羊角形篮子,装满鲜花和果品,庆祝丰收和富饶,是美国感恩节最显著的象征。古希腊神话中,宙斯由女神Amalthea用山羊乳汁养大,作为回报,宙斯赐予她一只施了魔法的山羊角,想要的任何物品,都会取之不尽,用之不竭。

[2] 勒诺特尔(Andre Le Nôtre, 1613—1700),原为17世纪法国太阳王路易十四时期著名的园林设计师,他的设计理念体现了法国中央集权思想,一般都有一个宏伟的中轴线和放射状道路,然后大运河、花园、园林依次排列,雄伟壮丽又贴近自然。

漫步，而不是在她童年里那朦朦胧胧地栽满梨树和金盏花的田埂上漫游。

亚拉巴马说不上那天早晨是什么弄醒了她，她躺在那里瞧瞧四周，面部僵硬窒息，像被蒙上了一块湿漉漉的防滑垫。她动了动。像是一只落在陷阱中的柔软的小野兽，灵动的眼睛满怀狐疑地从她脸上那拉紧的网子中向外张望；柠檬黄的头发垂到背后。她胡乱穿上上学的衣服，弯腰向前看着自己身体的动作。学校的铃声响了，在寂静四溢的南方，像是一只浮标落在无边的被蒙住的海上，平淡，喑哑。她踮着脚尖溜进迪克西的房间，用她姐姐的胭脂涂脸。

人们说："亚拉巴马，你又在脸上涂胭脂了。"她只回答："我用刷子蹭了两下而已。"

对小妹妹来说，迪克西算是一个非常令人满意的姐姐，她的房间里净是小玩意和绫罗绸缎。壁炉上一尊三只小猴的雕像，上面放着火柴。高尔斯华绥的《黑色花》，王尔德的《石榴屋》，吉卜林的《熄灭的火炬》，罗斯丹的《大鼻子情圣》和一册插图版的《鲁拜集》摊开在两座《思想者》石膏像中间。亚拉巴马知道最上边抽屉里藏着《十日谈》——她读过那些粗俗的故事。在一本书上，一个吉布森女郎手拿长长的别帽子的饰针在放大镜下验看一名昆虫一样的男士；一对泰迪熊坐在一张小小的奢华的白色摇椅上。迪克西有一顶粉色的阔边帽子，一个紫水晶条纹别针，一副电动卷发器。迪克西二十五岁，亚拉巴马到七月十四号深夜两点才十四岁。另外一个姐姐，琼，二十三岁，没在家。她总是整整齐齐，在不在家没什么区别。

亚拉巴马满怀期待地从楼梯扶手上滑下楼来。有时她梦见自己掉进了楼梯天井，一直掉到底下，最后跨在护栏上才得救了——她一边滑一边温习着自己梦中的感受。

迪克西已经坐在桌旁，憋着劲谁也不理。她的下巴红了，额头上也涨红了。她脸上的皮肤从这儿鼓起又从那儿落下，像是壶里烧开的水。

"我又没让你们生我。"她说。

"奥斯丁，她是个大姑娘了。"

"那人一文不名，是个扶不上墙的懒汉。连婚都没有离。"

"我自己挣自己吃，想怎么着就怎么着。"

"米莉，别想让那个人再进我的家门。"

亚拉巴马静静地坐在那里，希望能有什么更壮观的来对抗父亲的干涉。什么也没发生，只有孩子的沉默。

太阳照在银色的蕨菜叶子上，还有银色的大水罐上，还有法官贝格斯离家上班时留下的脚步上，脚步踩在白蓝相间的人行道上，一步一步量取了多少的时间和空间——仅此而已。她听到街车在拐角处的那棵梓树下停了下来，法官走了。没有他在场，照在蕨菜上的阳光都不那么整齐了，他的家是按照他的意志来摆动的。

亚拉巴马看到喇叭花缠绕在篱笆后面，像给木棍戴上了一串红珊瑚项链。樱桃树在早上落下的阴凉和阳光一样——生硬而傲慢。

"妈妈，我不想去上学了。"她沉思着说。

"为什么不去？"

"我好像什么都懂了。"

母亲略带惊异地瞅了她一眼；孩子想还是不要暴露自己的目的为好，为了挽回脸面，把话题转到姐姐身上。

"爸爸会怎么对付迪克西？"

"哦，小傻瓜！要是你在想这个，那就不要难为你那可爱的小脑瓜了，还不到你操心的时候。"

"要是我是迪克西，我就不会让他拦着我。我喜欢伦道夫。"

"在这世上，想要什么就要什么，不是那么容易的事。现在，快跑吧——你要迟到了。"

灼烧在一群青春脉动的脸颊中，教室好像也从方方正正的大窗户上漂了起来，勉勉强强抛锚在颜色暗淡的《独立宣言》石版画上。六月那些迟缓的日子，在远处的黑板上堆成一堆热烈的阳光。破旧的黑板擦上，白色的颗粒在空中飞溅。头发和校服上的哔叽毛，还有墨水瓶上的墨渍，将柔软的初夏窒息了，夏天在街上的树下挖出了白色的地道，用甜得使人恶心的热气涂抹着窗户。黑人用鼻音哼唱的叫卖声，循环哀怨，叫人昏昏欲睡。

"给你西红柿，很好的熟透的西红柿。绿色的，都是绿色的。"

男孩子们穿着冬天的黑色长袜，在阳光照耀下变成了绿色。

亚拉巴马在"雅典议会的一场辩论"底下写上"伦道夫·麦克林托斯"。把"所有的男人立刻处死，女人和孩子变卖为奴"这句话圈了起来。她把亚西比德[1]的嘴唇涂上颜色，给他画了一个时髦的短发，然后，合上了迈尔的《古代历史》课本，开起了小差。迪克西为什么总是对什么都跃跃欲试，总是对什么事都那么有把握？亚拉巴马觉得自己总是不能马上就很好地掌握周围的哪怕一件事——永远都不会进入一种绝对准备好的状态。

迪克西是城里报纸的社会栏目编辑。从她下班回家到晚饭前的时间，她一直在打电话。

[1] Alcibiades（450—404 BC），雅典政治家和演说家，曾是苏格拉底的朋友，后被驱逐出雅典并被波斯人所害。

迪克西嘤嘤嗡嗡、咯咯咯地痴笑着，欣赏着笑声的震颤。

"我现在就不告诉你。"——接着，是一阵慢慢的、长长的、咯咯的笑声，像水从浴池里流出来。

"哦，我见了你再告诉你。不，我现在就不告诉你。"

贝格斯法官躺在他的铁床上，打发着成捆的黄昏。《不列颠法律史》和《案例点评》两部牛皮卷宗，像一堆树叶堆在他的身上。电话打断了他的注意力。

法官知道是伦道夫打来的电话。半个小时后，他气冲冲地来到客厅，声音因为压抑而颤抖。

"好了，既然你不能说，为什么还要打电话？"

贝格斯法官抓过听筒。他的声音像是在残酷无情又准确无误地制作动物标本的手，干净利索。

"我将非常感谢你以后不再见也不要打电话给我女儿。"

迪克西把自己关在屋里两天没有出门，也没吃东西。亚拉巴马对自己在这场骚动中的角色很陶醉。

"我想让亚拉巴马在名媛舞会上和我一起跳舞。"伦道夫在电话里说。

女儿们的眼泪无疑打动了母亲。

"为什么要烦你父亲？你们可以在外边自己安排。"她安慰说。由于多年面对着法官推不倒的理性和逻辑，母亲养成了一种无原则的宽容。这种女性的宽容在家里无足轻重，也无助于她的母性，米莉在四十五岁时已经成了一位感情上的无政府主义者。她只能这样来向自己证明自己存在的价值。她的无足轻重仿佛让她掌握了一种主动权，只要她愿意她就可以搞一些叛逆。奥斯丁不能死，也不能生病，因为还有三个孩子，没有钱,下个秋季还有竞选,他的养老保险,根据法律他得活着;但是米莉是这个家族图案中不重要的一根线头,她可以。

迪克西按照母亲的建议写了一封信,亚拉巴马寄了出去,约伦道夫在顶点咖啡馆[1]见面。

亚拉巴马十几年以来一直周旋在各种强有力的说辞中,她内心里对姐姐和伦道夫之间的谈话内容充满警觉。

伦道夫是迪克西所在报纸的记者。他母亲带着小女儿住在这个州非常偏远、靠近甘蔗林的一间未上油漆的小木屋里。他脸上的曲线和眼睛的形状从来不受他表情的控制,好像他肉体的存在就是他所能做到的最好的成就。他办了一家舞蹈夜校,大多数学生都是迪克西给他招来的——他的领带也是,无论他的什么都需要仔细挑选。

"亲爱的,不用餐刀时,你得把它放在盘子里。"迪克西说,把他的个性倒入了她的社会模子里。

你不知道他是否听到了,虽然看上去他总是在倾听什么——或许他期待着什么小精灵唱的小夜曲,或期待什么超自然的神灵给他一个暗示,告诉他在太阳系中他究竟处于什么地位。

"我想要一个番茄包,奶油炸土豆,甜玉米棒,松饼,还有巧克力冰淇淋。"亚拉巴马不耐烦地插嘴说。

"我的上帝!——我们要参加《小芭蕾》表演,亚拉巴马,我要穿小丑紧身衣,你要穿纱纱裙,戴三角帽。你二个礼拜能学会跳舞吗?"

"当然。去年狂欢节上我学了一些舞步。就像这样,看?"亚拉巴马把手指灵巧地一个放在一个上挪动着。接着,把一根手指按在桌子上不动,画一个圈,松开手指,然后又动起来。

[1] Tip-Top Café,1920—1930年代流行美国的全国连锁咖啡馆。

"——接下来是这样——然后这样子结束,布——啦——啦——唔!"她解释说。

伦道夫和迪克西满腹狐疑地看着这孩子。

"很好。"迪克西迟疑着说,她被妹妹的热情打动了。

"你来设计舞会服装。"亚拉巴马容光焕发,像个老板。她把所有漫无目的的热情都聚拢来,聚拢到她所能找到的任何东西上,她的姐姐和姐姐的心上人、表演和服装。在这个女孩子身上一切变化都像是即兴式的。

每天下午,亚拉巴马和伦道夫都在一间旧剧院里排练到黄昏,直到天暗下来了,外面的树变得亮晶晶、湿漉漉的,像维罗内塞[1]的画一样光彩照人,又像下过雨一样。就是在这里,第一批亚拉巴马军团出发去参加南北内战。纺锤形的铁柱子上,狭窄的阳台已经下陷,地板上有一些破洞。顺着倾斜的楼梯就来到了中心市场:笼子里有洛克鸡、鱼、冷冻的肉,黑人鞋上的花环和满满一门洞的军大衣。孩子兴奋得两颊通红,一时沉浸在一个虚构的芭蕾舞世界里。

"亚拉巴马肤色很好,得了她妈妈的真传。"大人们看着这个旋转着的身影评论说。

"我不过是用胭脂刷蹭了几下。"她边跳舞边回嘴。这是亚拉巴马对自己肤色的说辞;事实并非如此,但是,这就是她对自己肤色的说法。

"这孩子有天赋,"他们说,"应该培养一下。"

"我是自学成才。"她的回答不够诚实。

芭蕾舞结束,幕布终于落下,她听到掌声如雷。有两个乐队为舞会伴奏,州长主持了舞

---

[1] Véronèse(1528—1588),意大利威尼斯画派画家,与丁托内托齐名,为巴洛克艺术的先驱。

会。跳完舞,她站在通向化妆室的黑暗走道里。

"我忘了一拍。"她小声说。沉浸在表演的兴奋中。

"你很完美。"伦道夫大笑。

女孩子听着他的赞美,好像是一份投资期待着再次追加资金。为了迁就她,伦道夫抓住她长长的胳膊用嘴唇扫了一下她的,像是一个水手在寻找地平线上其他的船帆。她把这个吻看作是她长大了的标志,好像一枚英勇勋章——挂在她脸上好几天,一高兴就想起来了。

"你快长成大姑娘了,不是吗?"他问道。

亚拉巴马不想让自己去求证他那随口说出的话,触到让她成为女人的地方,在他的背后给他一个吻,那样去证明自己会违背她心目中的自己。她觉得害怕,觉得自己的心像是一个在走动的人。是在走。每个人都动起来了。表演结束了。

"亚拉巴马,你为什么不出去,到舞池里跳舞?"

"我从没跳过舞。我害怕。"

"我给你一美元,你去和那个在等你的年轻人跳一曲。"

"好吧,但是我怕我会踩到他或者绊倒他。"

伦道夫给她做了引见。除了男伴右转或左转时,他们配合得都很好。

"你真漂亮,"她的舞伴说,"我还以为你是从别的什么地方来的。"

她告诉他有空可以来看她,还有至少一打其他的事,打赌说曾和一个红头发的男人一块去乡村俱乐部跳舞,那人跳舞时能在地板上滑行,像在撒奶油。亚拉巴马以前从没想过约会是怎么回事。

第二天洗脸把妆洗掉了,她感到很难过。只有迪克西的胭脂罐能帮她继续装扮她曾有过的订婚了。

搅着咖啡，拿着报纸，法官看到了早报上对名媛舞会的报道。"才华横溢的迪克西·贝格斯小姐，本城法官奥斯丁先生的长女，"报纸说，"对本次舞会的成功举办居功甚伟，推荐了她的天才妹妹亚拉巴马·贝格斯小姐和舞伴伦道夫·麦克林托斯。舞会炫目，组织完美。"

"要是迪克西认为她能把妓女的那一套弄进我家，她就再不是我女儿了。竟然成了报纸上道德沦丧的替罪羊。我的孩子必须尊重我的姓氏。这是她们在这个世界上拥有的唯一的东西了。"法官咆哮着。

这是亚拉巴马第一次听到父亲如此长篇大论地训诫她们应该如何为人。平时，因为不愿和同僚交流，法官遗世独立，不指望从他的亲朋那里得到多大的乐趣，只求不要打扰他的孤独。

于是，那天下午，伦道夫来道别。

秋千吱嘎作响，多萝西·帕金斯牌[1]的衣裙在黄昏和落日中泛着棕红色。亚拉巴马坐在台阶上，用一根发烫的橡皮管浇着草地。喷嘴悲伤地把水滴到她的裙子上。她为伦道夫感到难过，她本希望会有机会再亲他一次。不管怎么样，她想她以后都不会忘记那一次的。

姐姐的眼光一直追随着那个人的手势，好像希望他的手指能带她到天涯海角。

"或许你离婚后可以再回来。"亚拉巴马听到迪克西打断他的话。在玫瑰花的映衬下，伦道夫的眼睛显得沉重决绝。他那清晰的声音在亚拉巴马听来坚决而超然。

"迪克西，"他说，"你教会了我使用刀叉和跳舞，还有怎么选西装。只是我走了，就不会再踏进你父亲的家门，上帝啊。什么人他都

---

[1] Dorothy Perkins，英国著名的女性时装品牌，最初成立于1909年，名为H. P. Newman，1919年改名为Dorothy Perkins，主要销售对象为25—35岁的女性。

看着不够好。"

当然，他不会再来了。亚拉巴马早就明白，只要在谈话中提到救世主，就一定会有不好的事情发生。再得到一次亲吻的希望破灭了，初吻的味道也随之消失了。

迪克西明亮的指甲变黄了，色泽斑驳，无心打理。她辞掉了编辑工作，进了银行。亚拉巴马得到了那顶粉色帽子，帽子上的饰针被什么人踩了一脚。琼回家后看到房间乱糟糟的，就收拾衣服搬到亚拉巴马的房间去了。迪克西开始攒钱，一年里她买的唯一的一件东西就是波提切利名画《春》中主要人物的画像和一幅德国石版画《九月的早晨》。

迪克西用一大块纸板挡住她房间的门楣，不让父亲发现她半夜不睡。女孩子们来来去去。劳拉在这里过夜时，家人都害怕会传染肺炎；葆拉，金发碧眼，有一个被判谋杀罪的爸爸；玛莎很漂亮，但是名声不佳，有很多敌人，杰茜从纽约跑来看她时，竟把袜子送去干洗。诸如此类，在奥斯丁·贝格斯看来都有违道德。

"我看不出为什么，"他说，"我的女儿必须要从人渣里找朋友。"

"这要看你怎么看了，"米莉反对说，"人渣里也可能有矿藏。"

迪克西的朋友们相互高声朗读。亚拉巴马坐在一个白色的小摇椅上听着，模仿着她们的优雅，琢磨着她们之间的笑声是出于礼貌还是敷衍。

"她不会懂得的。"她们反复说，拿清澈的盎格鲁－撒克逊人的眼睛盯着小姑娘。

"懂得什么？"亚拉巴马说。

冬天在一连串女孩子们的来来往往中窒息了。每当有人要求和迪克西约会，她都会哭。春天来了，有消息说伦道夫死了。

· 泽尔达为司各特所设计的服饰

·泽尔达给女儿做的纸娃娃

"我不想活了，"她歇斯底里地说，"我恨！我恨！我恨！我本来可以嫁给他，他本来不会死。"

"米莉，叫医生了吗？"

"没什么大事，就是情绪太激动了。贝格斯法官。没什么可担心的。"医生说。

"我再不能容忍这种胡闹了。"奥斯丁说。

迪克西心情好转后去了纽约。她和众人吻别时哭了，手里拿着一束忍冬花。她在麦迪逊大街和杰茜合租了一间房，拜访每一个从家乡漂泊到那儿的人。杰茜帮她在自己上班的保险公司里找了个工作。

"我要去纽约，妈妈。"她们读迪克西的来信时，亚拉巴马说。

"去干什么？"

"当我自己的老板。"

米莉笑了。"哦，别急，"她说，"当老板待在哪里不是问题。你为什么不在家里当老板呢？"

三个月的时间，迪克西就在那里结了婚——嫁给了一个亚拉巴马州南部的人。他们在一次旅行中回了趟家，她哭了很久，好像在为所有还留在家里继续照原样生活的人感到难过。她给老房子买了些家具，为餐厅添置了一个长桌。她给亚拉巴马买了一部柯达相机，他们一起在州府大厦的台阶上拍了些照片，在核桃树下，在前门台阶上手拉着手照了合影。她说希望米莉给她做一床百衲被，在老房子周围种一个玫瑰园，叫亚拉巴马不要化浓妆，她还太小，在纽约女孩子都不化浓妆。

"可是我不住在纽约，"亚拉巴马说，"我去那里时再少涂。"

迪克西和丈夫又走了，离开了死气沉沉的南方。姐姐离开那天，亚亚拉巴马坐在后门廊上看妈妈切西红柿准备午饭。

"我提前一个小时切好洋葱，"米莉说，"然后再把它们挑出来，只留味道在沙拉里。"

"嗯，妈妈，我能吃那些洋葱头吗？"

"想要一整个吗？"

"不，妈妈，我就喜欢发绿的那一部分。"

母亲专心地干着活，像是一位庄园女主人在服侍一个穷苦的农民。在她和西红柿之间有一种优雅的、贵族式的个人联系，它们等待着米莉小姐把它们做成沙拉。母亲蓝色的眼睛上，眼睑慵懒地抬了起来，两只手这边那边地挥舞着，像是在施舍。女儿走了。但是亚拉巴马还在，迪克西的一部分还在——那就是相似的脾气。她盯着孩子的脸，寻找着家族中的相似。琼就要回家了。

"妈妈，你以前很爱迪克西吗？"

"当然了，我现在也爱她。"

"可是她老惹麻烦。"

"没有。她只是总在恋爱。"

"你爱她比爱我多吗？"

"我对你们的爱都一样。"

"我也会惹麻烦的，要是我不能按照我喜欢的来做。"

"好了，亚拉巴马，人们都这样，不是因为这个就是因为那个。我们不能受它的影响。"

"好的，妈妈。"

窗外成熟的石榴挂在皮革一样光滑的树叶间，别有一番异国风情。

草地尽头一棵桃金娘树上，古铜色的球果裂成了淡紫色的薄纱样的笑声。日本梅子在鸡棚的屋顶上洒下了几口袋夏天。

咯！咯！咯！咯！

"老母鸡又下蛋了！"

"也许她抓住了一只金龟子！"

"无花果现在还没熟。"

对面房子里，一位母亲在喊着自己的孩子。鸽子在隔壁的橡树上咕咕地叫着。邻居家厨房里响起了有节奏的煎牛排的翻炒声。

"妈妈，我不明白，为什么迪克西跑那么远去纽约，却和一个距我们这么近的人结婚。"

"他是个好小伙子。"

"可是，要是我是迪克西，我就不嫁给他。我要嫁个纽约人。"

"为什么？"米莉好奇地问。

"哦，我不知道。"

"更有成就感吧。"米莉挖苦说。

"是的，妈妈，就是这样。"

远处一辆街车在生锈的铁轨上停了下来。

"是不是街车停下来了？我打赌是你爸爸回来了。"

第二章

"我告诉你,你要缝成那样,我坚决不穿。"亚拉巴马尖叫着,捶着缝纫机。

"可是,亲爱的,就得要这样。"

"蓝哔叽还凑合,可是这太长了。"

"要是你和男孩子出去玩,就不能穿得太短。"

"我从不和男孩子在白天出去,"她说,"我想白天玩,晚上出去。"

亚拉巴马举着镜子打量着裙子的下摆。因为无法修改,气得大哭起来。

"我不要!我就是不要——叫我怎么跑怎么跳吗?"

"很漂亮,是吧,琼?"

"要是你是我的孩子,我就打掉你下巴。"琼说得很干脆。

"你会,你敢!好,我也会打烂你下巴。"

"我像你这么大时,给我什么我都很高兴。我的裙子都是从迪克西的旧裙子改的。你是个被宠坏了的小泼妇。"姐姐继续不依不饶。

"琼,亚拉巴马不过是想把她的裙子改改样。"

"妈妈的安琪儿!这就是她想要的。"

"我怎么知道会是这样子?"

"我倒知道,要是你是我的孩子,我会怎么做。"琼吓唬说。

亚拉巴马站在礼拜六的阳光里,抻平了水手领。若有所思地把手指放在胸兜里，垂头丧气地看着镜子。

"脚看上去像是别人的，"她说，"可是也许还凑合吧。"

"我从来没听说谁对一件裙子这么大惊小怪，"琼说，"要是我是妈妈，我就给你买现成的。"

"商店里的东西我都不喜欢。而且，你的衣服上都有花边。"

"我自己花钱买的。"

奥斯丁摔了一声门。

"亚拉巴马，你能不能不要吵？我在睡午觉。"

"孩子们，你父亲！"米莉不悦地说。

"是的，先生，是琼。"亚拉巴马尖叫。

"我的上帝！她总是赖别人。不是我，就是妈妈或什么人——永远不会是她自己。"

亚拉巴马厌恨地想着生活真是不公平，为什么要在她之前生出一个琼。不仅如此，还给了她姐姐无与伦比的肤色，像块黑的蛋白石。亚拉巴马无论怎么努力都不能使她的眼睛变成金色或棕色，或从她的脸颊上挤出那神秘的黑酒窝。在灯光下看琼，她就好像一个美丽的鬼魂等待着投胎。她的牙齿闪着透亮的蓝光，头发光滑柔顺。

都说琼是个乖女孩——与家里其他女孩相比。刚过二十岁，她就成了全家的焦点。听到父母为琼做着打算，亚拉巴马侧耳倾听，听见父母对她自己的本质进行难得的评论。听到一些零零碎碎她自己身上也应该有的家族特征，就好像发现自己原本有五个脚趾而目前却只数出了四个。知道你自己会被传承下去真好。

"米莉，"有一晚，奥斯丁焦急地问，"她是要嫁给那个叫阿克屯的孩子吗？"

"我不知道，亲爱的。"

"好吧，要是她没有这个想法就不该闲着没事到乡下去看他父母，还有，要是她真有这个想法，那她就不该频繁地去见那个哈兰。"

"我在老家时见过阿克屯家的人。你为什么让她去？"

"我不知道有个哈兰。我有责任——"

"妈妈，你还记得你爸爸吗？"亚拉巴马插话说。

"当然。他八十三岁时在肯塔基从一辆竞赛马车里摔了下来。"亚拉巴马期待着妈妈的父亲生活很有戏剧性，她就可以加入表演了。时间会照料一切的，她早晚会有自己的角色——在某个地方上演她自己的生活。

"这个哈兰人怎么样？"奥斯丁追问。

"哦，啥？"米莉不置可否。

"我不知道。好像琼很喜欢他。他连自己都养不活。阿克屯很成功。我不想让我的女儿受人指摘。"

哈兰每天晚上都来与琼一起唱他从肯塔基带来的歌曲。《那时那地那女孩》《从萨斯卡区万来的女孩》《巧克力士兵》，歌曲封面有一个双色石版画，有吸着烟管的男人、坐在栏杆上的王子和彩云追月的画面。他的声音低沉如手风琴。他经常留下来吃晚饭。他的腿太长了，其他部位都成了摆设。

亚拉巴马想出了一种舞步给哈兰炫耀，在地毯外边踢踏着。

"他都不回家了吗？"每次哈兰留下，奥斯丁都会对米莉发脾气，"我不知道阿克屯怎么想。琼不能这么不负责任。"

哈兰很懂逢迎，让人不满意的是他的地位。嫁给他就意味着琼要从法官和米莉开始的地方开始,而奥斯丁不像米莉父亲有赛马能把她追回来。

"你好,亚拉巴马,你的衣服很漂亮。"亚拉巴马脸红了。她努力保持着愉悦。她记得这是她第一次脸红;或许这是对这个或那个的又一个证明,以前的反应才是真实的——尴尬、骄傲和责任。

"这是围裙。我刚穿了新裙子,在帮忙做晚饭。"她将新裙子的蓝边掀起来给哈兰看。

他把瘦小的女孩抱到腿上。

亚拉巴马不愿意讨论自己,急忙说:"我还有一个穿着跳舞的漂亮裙子,比琼的裙子还漂亮。"

"你还小,不能参加舞会。你还是个孩子,我都不好意思吻你。"亚拉巴马对哈兰父亲般的语气有点失望。

哈兰把她脸上淡黄的头发分开。有一些几何形构造和闪亮的小圆丘,有一种女奴一样谦卑的寂静。她的骨头像她父亲的一样硬,结实的肌肉紧紧绷住她小小的年纪。

奥斯丁进来拿他的报纸。

"亚拉巴马,你长大了,不要随便爬到男人的大腿上。"

"他又不是我的情人,爸爸!"

"晚上好,法官。"

法官轻蔑地向壁炉里啐了一口,表示他的不满。

"不管怎么样,你长大了。"

"我不论干什么都总是太大了吗?"

哈兰站起来把她放到地上。琼站在门口。

"琼·贝格斯小姐,"他说,"你是全镇最漂亮的女孩!"

琼咯咯一笑,就像人们自感优越时,勉强屈尊降低自己来照顾一下他人——好像她一直都知道自己是最漂亮的。

亚拉巴马羡慕地看着哈兰拿着琼的外套,把她带走了。她若有所思地看着姐姐对着那个男人倾诉衷肠,变得更乖巧更讨人喜欢了。她希望那是她自己。她父亲到时也会坐在餐桌旁。几乎没什么区别,想要成为并不是你自己的那种人的愿望是一样的。她想,父亲不知道也不真正了解她是什么样子。

晚饭很快乐,有尝起来像煤块的吐司,有时还会有鸡,温乎乎的像被窝底下散出来的热气,米莉和法官例行公事地谈着家务和孩子。家庭生活成了一个倾听奥斯丁法官定罪量刑的仪式。

"我还想要草莓酱。"

"那会让你恶心的。"

"米莉,我看,一个好姑娘不应该与一个人订了婚还对另一个感兴趣。"

"没什么大不了的。琼是个好姑娘。她也没和阿克屯订婚。"

她母亲知道琼和阿克屯订婚了,因为夏天时,有一晚下大雨,紫藤树哗哗作响,如同女士们贴在身上的丝绸裙子,雨水嗒嗒像是鸽子在呜咽,水沟里泛着泥浆,米莉让亚拉巴马去送伞,亚拉巴马发现他们两个紧贴在一起,像笔记本上两枚黏答答的邮票。事后,阿克屯告诉米莉他们会结婚的。但是哈兰每个礼拜日都送玫瑰来。天知道他哪来的钱买这么多花。他不能向琼求婚,他太穷了。

当花园里鲜花盛开时,哈兰和琼带亚拉巴马去散步。亚拉巴马,还有长着肥大的叶子、颜色好像生锈的锡一样的贴梗海棠和散落在草坪上像是晚礼服碎片的日本木兰花，一起静静地聆听着他们的谈话。有孩子在场，他们谈的都是琐事。在她面前，他们都避而不谈他们的问题。

"我有了房子就种这种花。"琼指着说。

"琼妮！我可买不起！我会愁得长出胡子来的。"哈兰惊叹。

"我喜欢小树，金钟柏和杜松，树林中要蜿蜒着一条长长的小路，像是羽状绣花，尽头还要栽上克洛蒂尔德·柏亚月季花。"亚拉巴马认定她姐姐嫁给阿克屯还是哈兰都无关紧要——花园肯定会很漂亮，不论是嫁给哪一个，或都不嫁，或都嫁，她有点困惑了。

"哦，上帝！为什么我就挣不来钱？"哈兰抗议。

解剖图一样的黄菖蒲、密密层层的荷花、棕白两色蜡染过的雪球花、突如其来灼热的感情冲动和琼麦秆帽底下鹅蛋脸上的惨白粉妆，一起构成了那个春天。亚拉巴马模模糊糊地明白了为什么哈兰在口袋里摆弄钥匙，里面没有一分钱，像醉汉踩着滚木一样在街上漂。其他人都有钱；他只有买玫瑰的钱。如果连玫瑰也没有，他就一无所有了，在他攒钱的一年又一年里，琼可能早就离开了，变心了，永远地失去了。

天热起来后，他们租了一辆小汽车，一路尘土开到一片雏菊地，像童话中的世界，梦幻般的奶牛在树荫下雪白的草坡上啃着夏天。亚拉巴马站在后座，抱着鲜花。在这个有限又微妙的陌生世界里，亚拉巴马感觉到她所说的话意义重大，就像一个人用外语说话时总觉得自己更机智。琼向米莉抱怨亚拉巴马比同龄的孩子话多。

好像在愈来愈烈的暴风中飘摇的小船，爱情故事冲进了七月的终点线。终于，阿克屯写来了信。亚拉巴马看到它就放在法官的壁炉上。

"我相信自己能给您女儿稳定和幸福，希望您能同意我们结婚。"

亚拉巴马要求保留这封信。"保留一份家庭档案。"她说。

"不行。"法官说。他和米莉从来不留档。

亚拉巴马对她姐姐充满期待，唯独漏掉了一点，那就是爱情必须滚滚向前，旧爱只配填补路上的坑坑洼洼。她花了好长时间才学会不把生活浪漫化，生活只是一系列互不相关、相互更迭的事件，一种感情经历只是为另一种做铺垫。

琼答应了求婚，亚拉巴马感到受了骗，她满怀兴致地为这场演出买了票，却发现"今天表演取消，主角临阵脱逃"。

她说不上琼是不是哭了。亚拉巴马坐在楼上客厅里擦白拖鞋。看到姐姐躺在床上，好像她把自己放在那儿，走了，忘记回来了，没有任何动静。

"为什么嫁给阿克屯你不高兴？"她听到父亲慈祥地问。

"哦——我没有衣箱，嫁给他就要离开家，我的衣服都很旧了。"琼避重就轻。

"我会给你买箱子，琼妮，他很有钱，会给你买衣服，给你一个很好的家，给你所有你生活中想要的东西。"

法官对琼很温柔。她比其他人更不像他，她的羞涩使她比亚拉巴马和迪克西更冷静、更愿意担当自己的命运。

炎热压迫着大地，乌云笼罩了门窗，直到夏天用一声可怕的霹雳把它劈开。闪电中看到树木打着旋，摇晃着它们的手臂，像是发了狂。亚拉巴马知道琼害怕雷雨。她溜到姐姐的床上，用棕色的手臂揽着琼，好像给摇摇欲坠的门安上了门闩。亚拉巴马想，琼不得不做出正确的选择，得到该得到的东西，像琼这样的人就该是这样的。琼的一切都是有条有理的。亚拉巴马只在礼拜天下午家里什么人也没有，一片寂静的时候才会那样子。

她想安慰姐姐。她想说："琼妮，要是你想念那片贴梗海棠和雏菊田，没关系的，即使你忘记了也没关系，我会告诉你的——即使很多年以后发生很多事以后，也会让你记住的，就像今天你还记得一样。"

"从我床上滚下去！"琼说，很突兀地。

亚拉巴马很伤心，在惨白的闪电中进进出出。

"妈妈，琼妮很可怕。"

"好吧，你想睡在我旁边吗，亲爱的？"

"我不是害怕，就是睡不着。要是可以，我就在这睡。"

法官常常坐在那儿读菲尔丁[1]的小说。把书合到拇指上，示意熄灯。

"天主教堂里都干些什么？"法官问，"哈兰是个天主教徒吗？"

"不是，我看不是。"

"我很高兴她要嫁给阿克屯。"法官莫测高深地说。

亚拉巴马的父亲很明智。他用自己对女性的观点造就了米莉和女孩们。她心想他什么都懂得。嗯，或许他的确明智——如果明智就是把你的理解和生活中看得见的部分协调起来组成马赛克的话，他的确明智；如果明智就是对我们不知道的事情态度明确，而对那些我们知道的却持不可知论态度的话，他的确明智。

"我不乐意，"亚拉巴马坚决地说，"哈兰

[1] Henry Fielding（1707—1754），英国小说家和剧作家，以幽默和讽刺见长，代表作有《汤姆·琼斯》(Tom Jones, 1749)。

的头发像西班牙国王。我宁愿琼妮嫁给他。"

"人不能靠西班牙国王的头发过日子。"她父亲回答。

阿克屯来电报说他将于周末到达,他说自己很幸福。

哈兰和琼在荡秋千,铁链子吱吱扭扭地响,他们用脚底蹭着灰色的油漆,扯着牵牛花的藤蔓。

"这个走廊是最凉快最香的地方。"哈兰说。

"你闻到的是忍冬花和非洲茉莉。"琼说。

"不,"米莉说,"是路边割掉的青草的香味,和我种的天竺葵的香。"

"哦,米莉小姐,我不愿走。"

"你可以再回来。"

"不,不会了。"

"很抱歉,哈兰——"米莉亲吻着他的脸颊,"你还是个孩子,"她说,"保重。会有其他女孩的。"

"妈妈,那香气是梨树上的。"琼轻声说。

"是我的香水,"亚拉巴马迫不及待地说,"一盎司六块钱。"

为欢迎阿克屯,哈兰给琼送来了一桶螃蟹。它们在厨房里到处爬,钻到了炉灶底下,米莉把它们背朝下一只一只放入滚水中。

除了琼,每个人都尝了。

"它们太笨了。"她说。

"它们在动物界的地位可能正像我们今天的机械时代。它们和坦克一样先进。"法官说。

"它们吃死人。"琼说。

"琼妮，在餐桌上有必要说这个吗？"

"不过，它们真是这样的。"米莉不合时宜地附和。

"我相信我能造出一个来，"亚拉巴马说，"要是我有材料的话。"

"嗯，阿克屯先生，你旅途愉快吗？"

琼的嫁妆堆满了屋子——蓝色的塔夫绸衣裙，黑白方格的和蟹壳红的缎子，蓝色和黑色的羊皮鞋子，鞋靿是绿松石色。

棕色和黄色的丝绸，黑色和白色的蕾丝花边，还有一个新箱子，装着一件高雅不凡的西装和一个玫瑰香包。

"我不想穿那个，"她啜泣着，"胸部太突出了。"

"这个很流行，而且在大城市里非常方便。"

"你们一定要来看我，"琼对朋友们说，"到肯塔基来时一定来看我。将来我们要搬到纽约去。"

琼兴奋地坚守着某种不可捉摸的、对自己人生目的进行的对抗，像一只小狗为着一根鞋带焦虑。她很烦躁，对阿克屯很挑剔，好像她期待的就是他用一枚婚戒来装点她的收藏。

他们在半夜送新人坐火车。琼没哭，好像哭是丢人的事。跨过铁路走回家，亚拉巴马比以往更深切地感受到了奥斯丁身上的力量和决断。琼出生了，长大了，处理了。父亲和女儿分别时，似乎将琼的生命加在了他自己的年龄上，显得更老了；只有亚拉巴马的未来还挡在他和他对自己过去的完全占有中。她是唯一一个未消除的因子，还残留着他的青春。

亚拉巴马想到琼。她得出一个结论：恋爱就是把我们的过去馈赠给另一个人，过去的包裹太大，以至于我们独自一个无法对付松散了的绳子。寻找爱情就是寻找一个新的出发点，生活中的另一次机会。早熟的她做了一个补充：一个人绝不会和他人分享未来，人类隐秘的期望是如此贪婪。亚拉巴马想到了几个很好的怀疑论的念头，但是它们基本上都没影响她的行为。十七岁的她就像哲学家一样热衷于研究或然性，不知餍足地吸吮着从她家族的盛宴上扔掉的鸡肋。但是她身上主要还是父亲在为自己讲话和做判断。

她想不出为什么他身上那种能带来宁静的感觉不能持久。别的也都不能。因为他，她高兴地看到姐姐们从一个家庭准确彻底地转到了另一个家庭。

没有琼在家很孤独。留下的零零碎碎几乎可以把她重构出来。

"我难过时就干活。"她母亲说。

"我很奇怪你怎么衣服缝得这么好。"

"给你们缝衣服锻炼出来了。"

"可是，你就不能让这件裙子不带袖子，把玫瑰花放在肩膀这吗？"

"好吧，要是你喜欢。我的手变糙了，容易挂进绸子里，不如以前缝得好了。"

"还是很完美。我穿着比琼穿着好看。"

亚拉巴马将丝绸全都抖开，看着它在风中飘动，想象着穿在维纳斯身上会怎么样。

"要是我能一直这样待到舞会开始，"她想，"肯定很妙。但是等不到舞会我就累垮了。"

"亚拉巴马，你在想什么？"

"想好玩的。"

"那敢情好。"

"在想她多么漂亮吧。"奥斯丁开玩笑说。他的家族很少爱慕虚荣,他身上所没有的东西竟然在孩子身上发现,这让他觉得好笑。"她老是照镜子。"

"爸爸!我没有!"但是,她明白自己的确过于频繁地照镜子了,总期待着发现一些更令人满意的地方。

她把眼睛尴尬地转到隔壁空地上,透过窗户那里像是长着一丛蔷薇。朱红色的木槿弯下了五个铜质的防晒盾牌;谷仓旁边,蜀葵耷拉着淡紫色的花头,南方发出了烫金的邀请函——参加一个没有地址的舞会。

"米莉,你会让她晒黑的,要是让她穿这种衣服的话。"

"她不过是个孩子,奥斯丁。"

琼的旧粉红色舞裙改造完工了,米莉小姐将后背扣起来。屋里热得坐不住。她还没撩起这边的头发,汗水就把另一边的头发粘在脖子上了。米莉给她端来了冰镇柠檬水。她鼻子上的脂粉干成了一个个小圈。她们来到游廊。亚拉巴马坐在秋千上,这好像是她的乐器,她晃动着绳子奏出活泼的乐曲或者摇出摇篮曲来抗议这无聊的约会。她准备好太久了,等他们到达时,她反而准备得不好了。为什么他们还不来接她,或打电话?为什么什么事也没发生?邻居家的钟敲响了十下。

"要是他们再不来,就太晚了。"她轻描淡写地说,假装不在乎是否会错过舞会。

一阵断断续续不太清晰的喧哗打破了夏夜的寂静。远处沿街传来报童的叫卖声。

"号外!号外!特——大——新——闻。"

叫卖声四处回响,好像教堂里此起彼伏的唱诗声。

"发生什么事了,孩子?"

"不知道,夫人。"

"过来,孩子!给我一份报纸!"

"太可怕了,爸爸!怎么了?"

"可能要有战争了。"

"不是已经警告人们不要乘坐卢西塔尼亚号邮轮了吗[1]?"米莉说。奥斯丁不耐烦地扭头。

"没什么警告,"他说,"他们无权警告中立国。"

满满一汽车男孩子停在路边。黑暗中传来一声长长的尖厉的嘀嘀声,但是没有人从车上下来。

"除非他们来家里找你,否则你绝不能踏出家门一步。"法官严肃地说。

灯光下,他看上去非常英俊严肃——就像他们马上要迎来的战争一样严肃。与他的父亲相比,她为自己的朋友感到惭愧。一个男孩子下车打开了门,她和父亲认为这是一个让步。

"战争!要打仗了!"她想。

兴奋撞击着她的心脏,抬起脚步,她脚不点地地飘向汽车。

"要打仗了。"她说。

"今晚的舞会一定得好好玩。"她的同伴回答。

一整夜,亚拉巴马都在想战争的事。新的

---

[1] Lusitania,卢西塔尼亚号邮轮隶属英国卡纳德轮船公司,建造于1904年,是当时世界上最快的邮轮。1915年5月1日,德国驻美大使馆在报纸上发表声明称,任何乘坐悬挂英国旗帜的商船的美国旅客,其生命安全都得不到保障,但是并未引起美国人的重视。5月7日,从美国纽约出发驶至爱尔兰外海、满载着1959名乘客(大部分是美国人)的卢西塔尼亚号遭到德国潜艇的鱼雷袭击,邮轮造成1195名乘客和船员死亡,最终促使美国对德宣战。

兴奋把一切都打碎了。带着青年尼采的思想，她早就打算翻转这个世界，逃离这种令人窒息的感觉，她的家庭、母亲和姐姐都在受着压抑。她告诉自己，她要爬到耀眼的高处，站在那儿欣赏，即使要受重罚——好吧，没必要在付账之前先攒钱。她充满自以为是的决心，发誓如果将来她的灵魂饿了，哭着要面包吃，那就让它吃石头吧，她绝不抱怨绝不后悔。她对自己说，最重要的就是当她能得到什么东西时就要得到它。她要不遗余力。

第三章

"她是贝格斯家最野的丫头,是最纯种的。"人们如是说。

亚拉巴马明白他们说的一切——这么多的男孩子争着要保护她,什么事情都瞒不过她。她斜倚着秋千想象着自己现在的样子。

"最纯种的!"她想,"说明我从没让他们在任何一个可能的戏剧性场合失望——我演得该死地好。"

"他不过像一头尊贵的猪,"她打量着身旁高个子的军官,"一头猪,一头高贵的猪!我在想,他的耳朵能否盖住他的鼻子。"军官消失在她的比喻中了。

他的脸很长,悲伤和多愁善感终于终止在那自惭形秽的鼻尖上。他把自己扯成了碎片,从她头上洒落下来。很明显,他情绪很激动。

"小女士,你认为一年五千美元够你生活的吗?"他温情脉脉地问,"是一开始。"他想了想又补充道。

"够了,可我不想那样。"

"那你为什么要吻我?"

"我以前没吻过长胡子的人。"

"这不是理由——"

"对。可是这和其他很多人进修道院的理由一样充分。"

"那么，我再待下去也没意义了。"他伤心地说。

"我看是的。已经十一点半了。"

"亚拉巴马，你可不够淑女。你知道自己的名声有多糟，而我依然向你求婚——"

"你生气了，因为我没领你的情。"

那人犹犹豫豫地躲在毫无个性的制服下。

"你会后悔的。"他不快地说。

"我希望，"亚拉巴马回答，"我喜欢为自己做的事埋单——这让我觉得我和这个世界两不相欠。"

"你是个野蛮的科曼奇人。为什么你总是假装你是这么坏这么强硬呢？"

"或许我就是这么坏——不管怎样当我后悔的那天，我会在结婚请柬的一角写下来。"

"我会给你寄几张照片，这样你就不会忘了我。"

"好的——只要你愿意。"

亚拉巴马摁下弹簧锁的按钮，熄了灯。在黑暗中等待着，直到眼睛看清楼梯。"或许我真该嫁给他，我就要十八岁了，"她盘算着，"他会照顾好我的。你必须得有点经历。"她摸索着找到楼梯脚。

"亚拉巴马，"妈妈的声音非常柔和，在水一样的黑暗中几乎听不出来，"你父亲早上要见你。你起床后得下来吃早饭。"

奥斯丁·贝格斯法官坐在摆满银器的桌子边，镇定自若，动作协调，像一个优秀运动员起跑前一样安静。

他对亚拉巴马训话，打压自己的孩子。

"告诉你,我绝不允许我女儿的名字被街谈巷议。"

"奥斯丁!她都还没上完学。"米莉抗议道。

"那就更应该说她了。你对那些军官了解多少?"

"别——说——啦——"

"乔·英格汉姆说他女儿酩酊大醉地给送回了家,她说是你让她喝的酒。"

"她没必要非喝它——就是个新人见面会,我的瓶子里装的是杜松子酒。"

"是你强迫英格汉姆家女儿喝的啦?"

"我没有!她看到人家都在笑,也想闹个笑话,但是没有别的本事。"亚拉巴马扬扬得意地反驳说。

"你要检点一下你的行为。"

"是的,先生,哦,爸爸!我烦透了,只是坐在走廊上,等待约会,看着一切烂掉。"

"我看,除了带坏别人,你有很多事情可做。"

"没什么可做的,除了喝酒和做爱。"她心里说。

她有一种强烈的感觉,觉得自己十分渺小,感觉生命正在悄然滑过,濡湿的无花果上伏着几只金龟子,云集在裂口处的苍蝇一动不动。蔓延在山核桃树旁的铁线草看上去就像黄褐色的毛毛虫。廊柱上草苫一样的紫藤在秋日的蒸汽中枯萎了,像是灌木丛上挂着的空空的虾壳。太阳把草坪烤成了金黄色,让一块块棉花田肿胀了起来。其他时令里欣欣向荣的田野现在匍匐在路边,无精打采。鸟儿们嘶哑地鸣叫着。田野里看不到一头骡子,沙土路上也看不到一个人影,都受不了低矮下陷的泥土堤坝和杉树沼泽间升腾的热气，军营和城镇隔泽相望——有些列兵中暑死了。

傍晚的太阳按下了天空上粉红色的按钮，慢慢地，一辆满载军官的公交车驶进城里，那些大大小小的中尉们都离开军营，来到这个小小的亚拉巴马城寻找，看看它给这次世界大战能提供什么理由。亚拉巴马全都认识，对他们的感情也深浅不一。

"你妻子就在城里是吧，法若雷上尉？"颠簸的车里一个声音问，"你今晚很兴奋。"

"是在这儿——可我是去看女朋友。所以我很幸福。"上尉毫不掩饰，吹着口哨。

"哦。"中尉实在太年轻了，不知怎么回答上尉。好像是要对着一个死婴表示祝贺一样。他可以说，"太好了！"或者"真好！"他也可以说，"嗯，上尉，那可是很丢人的事！"——要是他想被军法从事的话。

"好，祝你好运，我明天去看我的。"最后他说，为了显示他对此不做道德评判，他加了一句"祝你好运"。

"你还在围着贝格斯街转悠吗？"法若雷突然问道。

"是。"中尉心虚地笑了笑。

他们在令人窒息的市中心广场下了车。宽大的广场周围是一圈低矮的楼房，公交车好像成了古画中皇宫大院里停放的小马车。车的到来一点也没影响到小城的沉睡。这辆破车把一股咔咔作响的阳刚之气和紧张活泼的军人气质投进了这个软体世界的怀中。

"贝格斯大街五号，"他大声宣布，以便让中尉也听到，"越快越好。"

车子蹿出去后，法若雷得意地听着背后夜色中中尉的那声干笑。

"你好，亚拉巴马！"

"啊，来了，法力克斯？"

"我不叫法力克斯！"

"你适合叫这个。你叫什么？"

"富兰克林·麦克菲尔森·法若雷上尉。"

"我一直想着战争，记性不好。"

"我为你写了一首诗。"

亚拉巴马拿起他递过来的纸，举到百叶窗里透出的灯光处去看，好像是一首曲子。

"这是关于西点军校的。"她失望地说。

"一样的，"法若雷说，"我对你是一样的。"

"那么美国军事学院很高兴你喜欢它的灰色眼睛。你把最后一行诗落在出租车里了，还是你让车等着让我开枪射它？"

"车等着，是因为我想我们可以一起开车兜风。我们不能去俱乐部。"他一脸严肃地说。

"法力克斯！"亚拉巴马抗议，"你知道我不在乎人们说三道四。没有人注意到我们在一起——打一场仗需要很多士兵的。"

她为法力克斯难过。他不想让她名誉受损，这让她感动。一阵友谊和温情的冲动。"你不必在意。"她说。

"这回是我的妻子——她在这儿，"法若雷丁脆地说，"她可能会去那儿。"

他并未为此道歉。

亚拉巴马犹豫了。

"好吧，来吧，我们去兜风，"最后她说，"下个周六再跳舞。"

他是个穿着军服的酒肉之徒，挺着一副吃牛排长大的英国人的神气，一股不服输、不多愁善感、逢场作戏的骑士风度。他们沿着青春的地平线在战争的月光下飞驰，他反复唱着"女士们"。南方的月亮丰满而性感。甜美宁静的月光洒在田野上，洒在沙沙作响的沙土路上和缠绵的金银花篱笆上，就像一缕乙醚向你吹来，你无法保持清醒。他紧搂着那干爽苗条的身体。她像月光下的切诺基玫瑰[1]，又像一个避风港。

"我要申请调任。"法力克斯焦躁地说。

"为什么？"

"防止像你其他的追求者一样从飞机上掉下来，在路边摔成烂泥。"

"谁摔飞机了？"

"你那个脸像达克斯腊肠狗[2]、留胡子的朋友，在去亚特兰大的路上。机师死了，中尉被送上了军事法庭。"

"恐惧，"亚拉巴马说，她感到肌肉一紧，一种灾祸临头的感觉，"是种勇气——或许一切情感都是。不管怎么样，我们必须保住自己，不去在乎。"

"哦——怎么发生的？"她满不在乎地问。

法力克斯摇摇头。

"好了，亚拉巴马，我希望那是一场意外。"

"一个人没出息，操心也没用，"亚拉巴马为自己开脱，"法力克斯，那些对什么事情的进展都关心的人，活得就像多愁善感的妓女，在其他人看来他们的付出缺乏诚意——我们

[1] Cherokee Roses，美国佐治亚州的州花，历史上佐治亚州西部原为切诺基印第安人的家乡，19世纪美国颁布了印第安人迁移法，强迫切诺基人西迁俄克拉荷马，迁移途中约有4000多人丧生，从而形成了一条"血泪路"（Trail of Tears），传说切诺基母亲们的泪水变成了白色切诺基玫瑰，七片叶片代表着七个部落，黄蕊代表着他们从故土带走的金子。

[2] 美国十大名犬之一，腿短毛密，身子瘦长，状如腊肠，故得名。因为该名字原为德语，故而德国人过去被戏称为腊肠狗。

不是探险家沃尔特·雷利 [1]，对命运的定数无能为力。"她为自己辩护。

"你不该鼓励他的，你知道。"

"现在结束了。"

"结束在医院里，"法力克斯说，"可怜的机师。"

她高高的颧骨上印上了一道月光，像是成熟的麦田里收割的镰刀。一个军旅中的人很难去指责亚拉巴马。

"还有那个和我一起进城的金发中尉？"法若雷继续说。

"恐怕我没法让他明白。"她说。

法若雷上尉做了一个溺水挣扎的动作，捏着鼻子沉到车底。

"毫无心肝，"他说，"好吧，我猜我会大难不死。"

"为了荣誉、责任、国家和西点。"亚拉巴马喃喃着，她笑了。他们都笑了，非常悲哀。

"贝格斯街五号，"法若雷指挥着出租车司机，"马上。房子着火了。"

战争将成群的士兵带到了镇上，像是一群好心的蝗虫，要将南方经济衰退以来过度增长的未婚女性一扫而空。有一个小个子的上尉，像个日本武士闪着金牙四处巡视，一个爱尔兰上尉，眼睛像布拉尼巧言石 [2]，头发像烧过的泥炭。那些空军军官们，眼睛周围和鼻子因为风吹日晒有些泛白和浮肿；那些出身贫穷的人，从来没有穿过像身上的制服那么好的衣服，谈论着他们从军的兴奋；而那些衣着考究，散发着营地理发店费奇牌洗发水味道的士兵，和那些从普林斯顿和耶鲁来的散发着俄国毛皮味道的军官们都非常活跃，对那些穿着马靴跳华尔兹和不按次序跳舞的人评头论足。女孩子们从一个士兵转

---

[1] Walter Raleigh（1552—1618），英国伊丽莎白时代著名的冒险家、作家、诗人和政治家，后因探险失败被詹姆斯一世处死。

[2] 布拉尼巧言石位于爱尔兰布拉尼古堡，据说吻过这面巧言石后便能滔滔不绝雄辩四方。

到另一个，跳着更亲密的现代弗吉尼亚舞[1]。

整个夏天，亚拉巴马都在收集士兵们的袖扣。到了秋天，她收集了满满一盒。没有任何别的女孩比她更多，即使她还丢了一些。这么多的舞会、兜风，这么多的金条、银条和炸弹、城堡和旗子，甚至还有一条蛇，全都放在一个带衬垫的盒子里。每天晚上她都佩戴一个新的。

贝格斯法官为亚拉巴马收藏这些小玩意而训斥她。米莉大笑，告诉女儿留着那些袖扣。它们很漂亮。

天冷了，像这个国家的其他地方一样。也就是说，神圣的造物主将外面那些仅存的绿色东西用雾罩住了。月亮散发着模糊的光晕，像是涂上了一层珍珠粉；夜给自己摘了一朵白玫瑰。即使云雾笼罩，亚拉巴马仍然站在外面等约会，在旧秋千上晃来晃去，从过去到将来，从梦想到猜想，然后再回来。

一个袖口上少了一枚袖扣的金发中尉走上了贝格斯家的台阶。他没有给自己买一枚新的，因为他喜欢想象自己在与亚拉巴马交战中丢掉的那枚徽章是无可替代的。他的腋下好像有神力将其双脚托离地面，让他飘浮起来，好像他知道自己有在空中飞翔的能力，却故意像其他人一样在地面上行走，从而自得其乐。月光下，他的头发像绿色的金子，像壁画，又像时髦的门廊覆盖在他浓密的眉毛上。两只眼睛上方的凹陷处像是神秘的闪电终止的地方，掌握着那照亮他脸庞的蓝色电光。二十二年来，他一直竭力保持男性的魅力，他的一举一动都谨慎而省力，像是野蛮人头上顶着沉重的岩石在走路一样。他每次对出租车司机说"贝格斯街五号"时，心里都想象着自己和法若雷的鬼魂同坐一辆车。

[1] Virginia Reel，传统的弗吉尼亚舞蹈起源于苏格兰高地，1830—1890年间风行美国。

"你已经准备好了！为什么要在外面等？"他喊道。雾气中待在外面荡秋千很冷。

"爸爸在搞大毁灭，我撤出阵地。"

"你又犯了什么不可饶恕的罪行？"

"哦，他好像觉得只有军队有权利拥有自己的肩章。"

"是不是很妙？父母的权威就要和其他一切一样被打倒了？"

"好极了——我喜欢传统。"

他们站在结了霜、一片雾气的走廊里，隔得相当远，但是，亚拉巴马发誓她正在触摸他，他们的眼睛如胶似漆。

"还有——？"

"歌唱夏日爱情的歌。我不喜欢冷天。"

"还有——？"

"走在俱乐部路上的金发男人。"

乡村俱乐部的房子在橡树下破土而出，像是春天里一大块球茎植物从落叶下钻了出来。车子停在鹅卵石铺成的车道上，车头伸进了一个圆圆的美人蕉花床。周围的地面像是儿童游乐场前的空地一样磨损严重。网球场周围的网线都松弛了，第一开球区的夏日小屋，绿色的油漆已经剥落，水龙头滴滴答答，走廊里尘土很厚，散发着自然界里各种各样令人愉快的气息。非常可惜，战争刚结束，储物柜中一瓶玉米酒发生爆炸，把这个地方夷为平地。这么多理论上的青春——不仅仅是人生早期的过渡岁月，而是在戏剧性的时代里还不够成熟的人们的梦想和逃避——像楔子一样揳进了低矮的屋梁。烧毁了这个战时怀旧圣地的那把大火，或许就是那过度饱和的青春情感在燃烧。没有一个军官不在来过三次之后就爱上这个地方，与它私订终身，小小的乡村俱乐部使这个乡村人口鼎盛起来。

亚拉巴马和中尉在门边流连徘徊。

"我要在我们第一次见面的地方留个纪念。"他说。

拿出小刀在门柱子上刻起来。

"戴维，"刻着，"戴维，戴维，奈特，奈特，奈特，和亚拉巴马无名氏小姐。"

"自大狂。"她抗议道。

"我喜欢这里，"他说，"我们在外面坐一会儿。"

"为什么？舞会十二点就要结束了。"

"你就不能相信我三分钟吗？"

"我相信你。所以我要进去了。"她对刚才刻的名字有点生气。戴维以前告诉过她很多次他以后会多么多么有名气。

与戴维一起跳舞，他身上闻上去有一股新进货物的味道。她的脸紧贴在他的耳朵和军服硬领之间，感觉像是置身在一家精纺商店地下存货室的入口，散发着大捆细棉和亚麻的味道。她很嫉妒他高高在上的恬淡。她一看到他带着别的女孩子离开舞场，就会心中愤恨，不是因为他把他自己和别人融合在一起，而是因为他带领别人而不是她自己去到那个他本来独自占领、远离众人的清凉之地。

他送她回家，他们一起坐在火炉边，炉火还未完全熄灭。火苗映在他的牙齿上，他的脸忽然变了容，在她的眼前活动起来，像射击馆里移动的赛璐珞靶子一样不好把握。她希望自己能从与父亲相处的经历中找到办法帮她把握住，但是，没有任何有关男性魅力的建议。在恋爱中，所有的格言警句都帮不上忙。

最近几年，亚拉巴马长得又高又瘦；头发因为离地面远了而更加金黄。双腿修长纤细，像是史前时期的岩画。双手酸痛沉重，好像戴维的眼睛在她的手腕上施加了重量。她知道自己的脸在火光中像是糕点商的甜酒在发光，像广告画上的女孩在畅饮的一种用六月的日光酿造的草莓酒。她很好奇戴维是否知道她究竟有多么自负。

"这么说你喜欢金发男人？"

"是。"亚拉巴马的谈话有一种在压力下自然迸发的感觉，好像她所说的就在她的嘴唇上，而她必须赶快把它们说出来。

他在镜子里核实自己——浅色的头发仿佛十八世纪的月光，眼睛像石灰岩洞穴，一个蓝色的洞，一个绿色的洞，黑色的瞳仁周围悬挂着钟乳石和孔雀石——好像出发前他给自己列了一个存货清单，而且对自己如此完整非常满意。

他头的后面摸上去很结实，毛茸茸的，脸颊像一片微微隆起的阳光灿烂的草坪。他双手揽着她的肩，她觉得像是躺在温暖的枕头上。

"叫我'亲爱的'。"他说。

"不。"

"你爱我。为什么不说？"

"我从来不对任何人说任何话。不说。"

"为什么你不对我说出来？"

"会破坏气氛的。说你爱我。"

"哦——我爱你。你爱我吗？"

她是那么爱他，觉得自己与他是那么那么亲密，以至于他在她的眼中变了形,像是把鼻子贴在镜子上看自己的眼睛。她抚摸着他脖子的线条,他的寸寸肌肤,像是一阵一阵的风吹拂着她的意识。她觉得自己的内核变得越来越薄、越来越小,像是那些奔流的玻璃被扯得越来越薄,最后变成了闪光的幻觉。既没有掉落也没有扯断,奔涌的玻璃旋转得更快了。她觉得自己很小,很兴奋。亚拉巴马恋爱了。

她爬进他友好的耳蜗。里面灰暗,阴森,没有什么特殊,她环视着耳道深处。那里没有花也没有树来打破平缓的沟回,只有一块凸起的整洁的灰色地带。"我去前面看看。"亚拉巴马暗自思忖道。有两片湿乎乎的东西凸出来在她头上,她循着皱褶走进去。很快,她迷路了。像一个神秘的迷宫,每一条迂回的山涧都渺无人烟;分不出哪条路是哪条路。她踉跄前行,终于到达了延髓。一大片弯曲的锯齿引导她转了一圈又一圈。她开始歇斯底里地跑起来。戴维感到脊椎骨上有点痒,从她的唇上抬起了自己的嘴唇。

"我要去见你父亲,"他说,"告诉他我们要结婚。"

贝格斯法官坐在摇椅里前后摇着,把他从头到脚打量了一下。

"哦——嗯——嗯——好吧,我想可以吧,要是你认为能照顾好她。"

"我相信能做到。家里还有点钱——我也有能力挣钱。我会的。"

戴维怀疑自己没什么钱——也许妈妈和奶奶那儿能有一万五千块,他想去纽约当个艺术家。或许家人帮不上什么忙。不管怎么样,他们订婚了。不管怎么样,他必须拥有亚拉巴马,还有钱——他曾经梦到一队南部邦联的士兵用南方自印的灰背钞票[1]包扎受伤的脚不让它们沾到雪。在梦中,戴维看到他们一点都不为

[1] Rebel Banknotes,美国南北内战时期,双方各自加印美钞,由于南方印刷技术落后,容易被伪造,故称灰背美钞,北方的货币称绿背美钞。战争期间,由于南方棉花市场被封锁,没有经济后盾支持,故灰背美钞严重贬值,1864年一美元灰背仅等于一美分绿背。

用光了那些无用的钞票而难受，因为战争打输了。

春天来了，将光彩耀眼的金莺散落到了水仙花的花环上。忍冬花攀缘在棱角分明的树枝上，老园子盛开着孩子们熟识的鲜花，雪球、报春花、褪色柳和金盏花。戴维和亚拉巴马在林子里踩着橡树叶子，采摘白色紫罗兰。星期天他们就去看歌舞杂耍表演，坐在剧院后排手拉着手。他们学唱《我的甜心》和《宝贝》，在喜剧歌舞片《希契-库》[1]包厢中含情脉脉，相互凝视，听着合唱队忧伤地唱着"你怎么知道？"春雨浸润着天空，后来云开雾散，夏天用汗水和热浪席卷了南方。亚拉巴马穿着浅粉色亚麻裙，和戴维坐在吊扇底下，用吊扇驱赶着夏天。乡村俱乐部宽阔的大门外，面对茫茫宇宙，听着爵士乐的梦呓，在树丛中散出的黑色热浪中，他们紧紧相拥，就像人们要在这一切上烙上人性的印记。他们沐浴在月光中，大地像给裹上了一层糖衣。戴维咒骂着他的制服领子，宁愿开一夜的车去打靶场，也不愿放弃饭后与亚拉巴马共度一段时光。他们打破了宇宙的节奏，用自己的概念进行计量，用宝贵的心跳来催眠自己。

草坡那儿幽幽暗暗，虫鸣唧唧，球场沙坑里干燥的沙子从球杆上像火药一样飞了起来。太阳成了一个金光闪闪的火球；炎热的夏天把硬土路晒出了一层粉尘。开拔的日子到了，学校开学的第一天让早晨忙碌了起来——夏天结束了，又一个秋天到了。

戴维去了港口等待开赴战场，他给亚拉巴马写信描述纽约。毕竟，她要去纽约结婚。

"充满梦幻的城市，"戴维兴奋地写道，"一座童话磨坊，悬在透明的蓝中！人们沿街而

---

[1] *Hitchy-Koo*，1913年英国出品的一部喜剧歌舞片，配乐为当时流行的拉格泰姆音乐（Ragtime，爵士乐的前身）。

居,像苍蝇追逐着糖浆。高楼林立,像一群云集的国王头戴金冠——哦,亲爱的,我的公主,真想把你永远关在象牙塔里供我一人享受。"

第三次称她公主时,亚拉巴马告诉他不要再提了。

晚上,她一边心里想着戴维·奈特,一边和一个长脸的军官去看歌舞杂耍表演,直到战争结束。那天晚上,战争结束的消息出现在歌舞会的幕布上。以前是战争时期,现在加演两场。

戴维退役了,回到了亚拉巴马身边。他告诉她,有天晚上他喝醉了,在艾斯特旅馆遇上了一个女孩。

"哦,上帝!"她想,"好吧,没办法。"她想起了死去的飞机机师,法力克斯,那个痴心的长脸中尉。她自己也不是洁白无瑕。

她对戴维说没关系:她认为只有彼此都有感觉,忠诚才有意义。她说或许是她的错,她没有让他更想她。

戴维一安顿好就来信催她去。法官为她付了去北方的路费当作结婚礼物。她为了结婚礼服与妈妈吵了起来。

"我不想那个样子。我要让肩膀露出来。"

"亚拉巴马,我尽最大努力了。没有东西吊住怎么穿呢?"

"哦,妈妈,您能弄好的。"

米莉笑了,又伤心又高兴,也很享受。

"我的孩子认为我能完成不可能的事。"她自得地说。

亚拉巴马离开的那天,在抽屉里给妈妈留了纸条:

最亲爱的妈妈:

我一直没有如你希望的那样,但是我全心全意爱你,我会每天都想你的。我不想离开你,尤其是你的孩子们都走了。勿忘我。

——亚拉巴马

法官送她到车站。

"再见,女儿。"

他看起来那么英俊,那么抽象。她没有哭;父亲非常骄傲。琼也没有哭。

"再见,爸爸。"

"再见,宝贝。"

火车载着亚拉巴马离开了浸满阴霾的青春之乡。

法官和米莉独自坐在熟悉的游廊上。米莉拿起了一把蒲扇,心神不定,法官偶尔朝紫藤里啐一口。

"你不觉得我们最好换个小点的房子?"

"米莉,我在这儿住了十八年,这个年纪了我不想有什么改变。"

"房子没有护板,冬天水管又上冻。离你办公室也太远,奥斯丁。"

"很适合我,就住这里。"

空荡荡的旧秋千架在清风中轻轻摇荡,风每晚都从海湾吹过。街角上飘来孩子们的声音,他们在路灯下玩着打仗游戏。法官和米莉静静地摇着老摇椅。从摇椅上拿下脚,奥斯丁站起来关上百叶窗。房子终于归他了。

"好了,"他说,"明年这时候你可能就是寡妇了。"

"喊,"米莉说,"你都说了三十年了。"

米莉脸上的甜蜜变成了忧伤。鼻子和嘴边的线条下垂,像是桅杆上

·泽尔达自画像（水粉，1942）

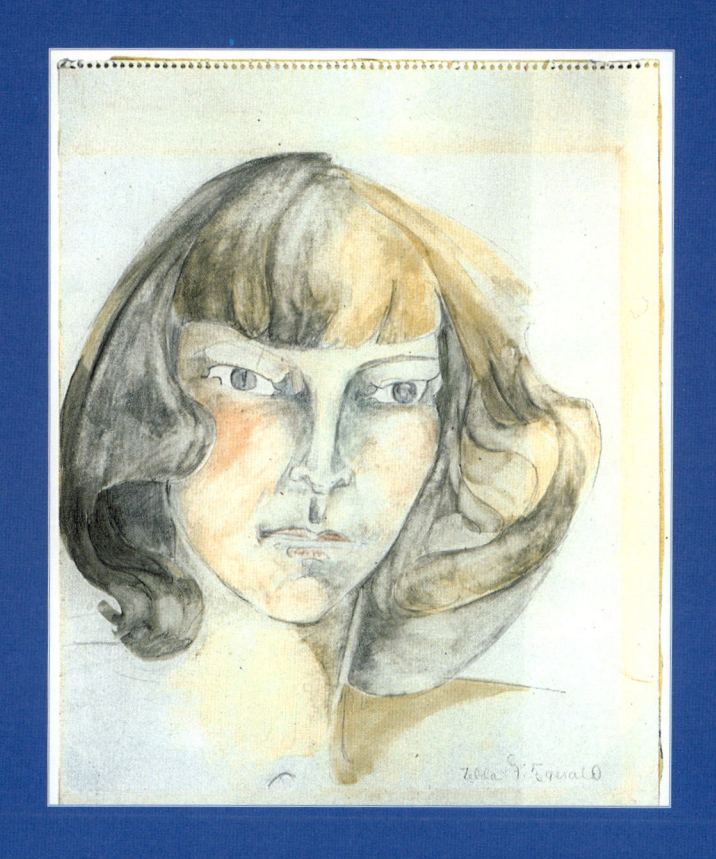

·更衣的芭蕾女舞者（油画，1941）

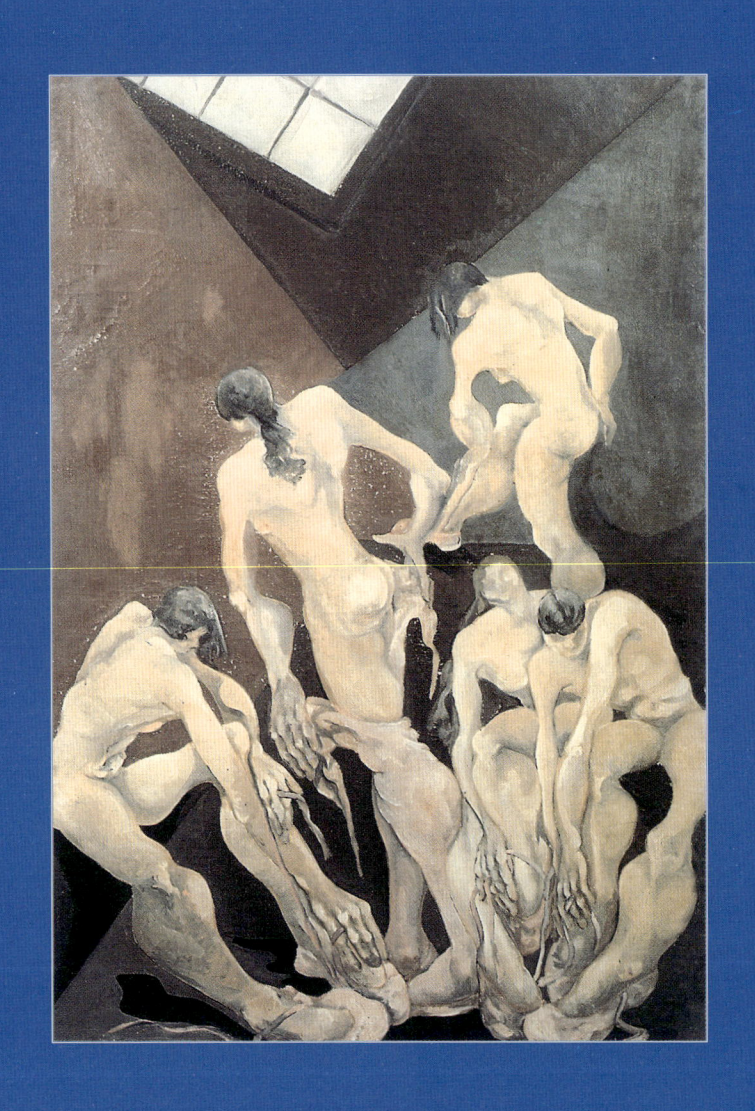

降到一半的旗子。

"你母亲也是如此，"她责备他，"天天说死，却活到九十二。"

"瞧，最后她确实死了，不是吗？"法官哧哧笑了。

他愉快地关上了房子里的灯，上了楼，就剩两位老人了。月亮徘徊在锡皮屋顶上，接着笨拙地弹到米莉的窗框上。法官躺着，看了半小时左右的黑格尔就睡着了。他深沉平稳的呼噜声在漫漫长夜安慰着米莉，生活还没有完，虽然亚拉巴马的房间漆黑一片，琼走了，迪克西遮挡门楣的纸板早就当成垃圾扔掉了，她唯一的小男孩躺在埃塞琳达和梅森·卡斯伯特·贝格斯墓旁小小的坟里。米莉对个人的事情不太在意。她只是一天一天活着，而奥斯丁根本不去想它们，因为他的生活是从一个世纪到另一个世纪。

然而，家里少了亚拉巴马还是很可怕，因为她是最后一个离开的，生活从此不一样了。

亚拉巴马躺在比尔特摩酒店 2109 房间也在想，不在父母身边生活真是不一样。比如，戴维戴维奈特奈特奈特，不会在她还没睡着时就关灯。她有点害怕地想到，除了她自己，这世上没有谁能让她做什么事了。

戴维不介意开着灯，亚拉巴马是他的新娘，他刚刚花了他们全部的家当给她买了那本侦探小说，但她毫不知情。这本书很好，讲的是金钱、蒙特卡洛和爱情。他认为亚拉巴马躺在那儿读书时非常可爱。

第二部

Save

Me

The Waltz

第一章

他们两个加一起也想不到有这么大的床。宽比长还长,其他方面也彻底颠覆了他们俩对床的传统印象。亮闪闪的黑色小旋钮,白色的珐琅一样弧形的床头,特制的床罩直垂地面。戴维翻了一个身,亚拉巴马滑到那个热乎乎堆着星期天报纸的地方。

"你能不能再挪一挪?"

"老天——哦,天啊。"戴维呻吟着。

"怎么了?"

"报纸上说我们出名了。"他圆睁双眼像猫头鹰一样。

亚拉巴马一下坐起来。

"这么棒——我看看——"

戴维哗啦啦翻着布鲁克林的房地产杂志与《华尔街日报》上的报道。

"太棒了!"他说——简直是大喊大嚷起来,"太棒了!可是他们说我们发了疯进了精神病院。真不知道我们父母看到这个会怎么想?"

亚拉巴马用手指梳理着她的卷发。

"好吧,"她若有所思,"他们会认为好几个月前我们就该进去了。"

"——可是我们还没有。"

"我们现在是没有。"她假装害怕,转过身双手抱住戴维,"是吗?"

"不知道——是吗?"

他们哈哈大笑。

"看看报纸。"

"我们很傻是吧?"他们说。

"太傻了。好玩吧——嗯,很高兴我们总算出名了。"

亚拉巴马在床上连跑三步一跃跳到地板上。窗外,灰色的道路把康涅狄格州的地平线前后延伸交会在了一起。一座石头的民兵雕像保卫着沉睡的田野。一条车道从胡桃树下蜿蜒而出。紫苑草在酷热中枯萎了,只剩薄薄一层紫色覆盖在花茎上。太阳把路上的沥青都融化了。万道金光中一成不变的房屋在窃笑。

新英格兰的夏天就是一场福音弥撒。大地自命清高地伸展出一片清新翠绿,突然之间,夏天的主旋律像是日式和服的背面突然闪现,冲击着我们。

她幸福地踏着舞步,穿上衣服,觉得很体面,盘算着再买些什么。

"报上还说什么?"

"说我们是传奇。"

"你知道——"她开始说。

"不,我不知道,但是我猜一切都会好的。"

"我也不知道——戴维,肯定是说你画得好。"

"当然了,不是说我们,两个自大狂。"

他们十点钟了还在嬉闹,阳光像莱丽[1]水晶一样明亮,他们就像两只没有梳理的锡利哈姆犬。

"哦,"亚拉巴马从壁橱里边呻吟道,"戴维,看看这个箱子,这是你复活节时送我的礼物。"

[1] Lalique,世界上最古老的水晶品牌之一,1885年由法国人 René Lalique 首创,设计前卫,善于捕捉细节,至今仍为博物馆与收藏家所喜爱。

灰色的皮箱里，绸缎内衬上有一个黄色水印。亚拉巴马伤心地盯着丈夫。

"我们这个地位的女士可不能带着这样的东西进城。"她说。

"你只是去看医生——这是怎么回事？"

"那天琼来的时候，吵着要我借给她装孩子的尿布。"

戴维笑得很勉强。

"她很不高兴吧？"

"她说我们应该攒钱。"

"为什么不告诉她我们有钱都花了？"

"我说了。她好像觉得这样不对，我还告诉她我们马上就更有钱了。"

"她怎么说？"戴维自信地问。

"她不相信，说我们这样不合规矩。"

"家里人总认为我们不会发什么大财。"

"我们再不理她了——戴维，下午五点见，在广场饭店大厅，我要赶不上火车了。"

"好吧。再见，亲爱的。"

戴维严肃地揽她入怀。"要是火车上有人想要把你偷走，你就告诉他们你是我的。"

"要是你发誓你不会被车撞死——"

"再见！"

"我们是不是爱得太深了？"

文森特·尤曼斯[1]在战后写了很多音乐来歌唱那些黄昏暮光。它们非常神奇，像是一

[1] Vincent Youmans（1898—1946），美国20世纪20—30年代最流行的作曲家，1935年为电影 *Flying to Rio* 创作主题曲，并获当年奥斯卡最佳音乐奖提名。

层靛蓝，挂在城市的上空，由路上的沥青、房檐下的煤灰和紧闭的窗户里溢出的软绵绵的空气混合而成。它们飘浮在街道上，像是沼泽上升起的白雾。在雾气中，全世界的人都喝茶去了。女孩子们身着短上衣、长裙子，头戴澡盆一样的草帽，在广场餐馆前等出租车。而那些穿着绸缎长大衣、颜色鲜艳的鞋子、草帽像井盖的女孩正在偏远的洛林和圣-瑞吉斯酒店的舞厅，合着喧嚣的音乐在跳踢踏舞。在比尔特摩大酒店颇具讽刺意义的鹦鹉学舌下，下午茶和晚餐之间的时间里，一圈金色的波波短发混进了黑色花边和肩膀上别着花朵的高雅女士中，遮住了高大的窗户；那细瘦的与时代同步的剪影相互碰撞的铿锵声淹没了里茨饭店里茶杯的敲击声。

那些在等人的人们把棕榈叶尖卷曲成棕色的胡须，又把底下的叶子撕成碎片。到处都是青春活力：莉莉安·洛林[1]与夜半时分新阿姆斯特丹剧院上空的夜晚一样醉意醺醺，训练间隙喝得酩酊大醉的足球队员一招就把侍者摔倒在地，把他们吓得够呛。世界满是喜欢照顾人的父母。互相说着："那不是奈特夫妇吗？""我在舞会上见过他们。亲爱的，给我们引见一下。"

"有什么用？他们两个疯子一样地相爱。"所有这些都融进了纽约众口一词的时尚。

"当然是奈特夫妇，"很多女孩都说，"你看过他的画吗？"

"我愿意天天看他本人。"其他女孩子说。

专业人士也很看重他们；戴维受邀做了一场演讲，讲视觉韵律与星云物理学对三原色的影响。窗外，城市对发生在自己身上的事毫无热情，一座座高楼云集。纽约城的顶部闪烁如

[1] Lillian Lorraine（1892—1955），美国20世纪20年代著名女演员，被称为"齐女郎"（Ziefeld Girl），以扮演美国著名喜剧大师佛罗伦兹·齐格菲（Florenz Ziegfeld, 1867—1932）在百老汇上演的系列喜剧（Ziegfeld Follies）而成名。

御座上的一顶金冠。戴维和亚拉巴马面面相觑——对宝宝的到来没什么可说的。

"医生怎么说?"他追问。

"我告诉你了——他说'你好'!"

"别傻了——他还说什么?——我们得清楚他的意思。"

"那就是我们有小宝宝了。"亚拉巴马宣布,像一个有产者。

戴维摸索着口袋。"抱歉——我肯定把它们落在家里了。"他在想他们就要三个人了。

"什么?"

"镇静剂。"

"我说的是'宝宝'。"

"哦。"

"我们应该找人问问。"

"问谁?"

几乎每个人都知道:朗埃克药房出售城里最好的杜松子酒;刀鱼会帮助你醒酒;你可以根据气味判断甲醇。每个人都知道到哪儿找卡贝尔无韵诗,怎么得到观看耶鲁大学比赛的座位,所有人都知道鱼先生住在水族馆,也知道中央公园警察局里安坐着巡警等等其他很多事情——就是没有人知道怎么有一个宝宝。

"你最好问问你妈妈。"戴维说。

"哦,戴维——不要!她会认为我什么都不懂。"

"好吧,"他思忖着,"问问我的经纪人——他连地铁通到哪里都知道。"

城市里喑哑的喧嚣此起彼伏，像是巨大舞台上响起的隐隐约约的掌声。从新阿姆斯特丹剧院传出来的《两个穿蓝衣服的小姑娘》[1] 和《萨利》[2] 冲击着他们的耳膜，熟悉的快节奏让他们也变成了黑人和萨克斯风吹奏者，让他们又回到了马里兰和路易斯安娜，把他们当成黑人保姆和百万富翁。女店员看上去都像是玛丽莲·米勒[3]。大学生们以前热衷谈论的玫瑰女王现在变成了玛丽莲·米勒。女电影演员们都广受追捧。保罗·惠特曼[4] 的小提琴也让大家着魔。那一年，他们在里茨排队买面包。每个人都在那里。人们在豪华的、摆着兰花、充满悬疑故事的酒店大厅里，互相询问上次见面以来都去过哪里。查理·卓别林穿着一件黄色马球衫。人们厌倦了无产阶级——每个人都出名了。那些没有出名的都在战争中死了；时代对个人生活不感兴趣。

"他们在那边跳舞，奈特夫妇，"他们说，"很好是吧？他们走了。"

"听着，亚拉巴马，你没有跟上拍子。"戴维说。

"戴维，看在上帝分上能不能不踩我的脚？"

"我从没跳过华尔兹。"

合唱队让人想起了成千上万令人沮丧的事。

"我还有很多工作要做，"戴维说，"就要成为某个人眼中的一切了，这不是很荒谬吗？"

"的确。我很高兴我父母在我难受时来。"

"你怎么知道你会难受？"

"肯定会。"

[1] *Two Little Girls in Blue*，1921 年百老汇上演的一出音乐剧，由保罗·兰宁和文森特·尤曼斯（Paul Lannin and Vincent Youmans）作曲，阿瑟·佛朗西斯（Arthur Francis）作词。

[2] *Sally*，1920 年由美国著名喜剧家佛罗伦兹·齐格菲在百老汇上演的一出音乐喜剧，连演 570 场，为当时之冠。

[3] Marilyn Miller（1898—1936），美国 20 世纪 20—30 年代红极一时的踢踏舞明星、歌手和电影演员。40 年代，美国女演员 Norma J. Baker 因酷似玛丽莲故改名为玛丽莲·梦露（Marilyn Monroe），后嫁给戏剧家阿瑟·米勒，故而也称玛丽莲·米勒。

[4] Paul Whiteman（1890—1967），美国爵士乐之王，他的乐队在 20 世纪 20 年代名噪一时，创造了"交响爵士乐"，著有《爵士乐》（1926）等著作。

"没有理由。"

"没有。"

"我们去别的地方吧。"

保罗·惠特曼在皇宫夜总会演奏《两个穿蓝色衣服的小姑娘》；票价不菲。很多侧影漂亮的姑娘被误认为是格罗利亚·斯万森[1]。纽约到处都是影子——这里最具体的东西就是抽象。每个人都在买票去看卡巴莱歌舞表演。

"我们有一伙人，"每个人对其他人说，"欢迎你来"，他们说，"电话联系。"

整个纽约每个人都在打电话。从一个酒店打到另一个，对那里聚会的人说去不了了——他们很忙。整天都是下午茶或深夜聚会。

戴维和亚拉巴马在种植园俱乐部让朋友向大桶里扔橘子，自己跳进联合广场的喷水池里，哼着《新约》和《我们国家的宪法》，像是荒岛野人踏着冲浪板一样胜利地踏浪前行。没有人知道"星条旗"的歌词。

在城里，一些老太太在兜售紫罗兰，脸上皮肉松弛，黯淡无光，像中欧国家的小巷子；第五大道公交车上帽子攒动；中央公园上空飘洒着雪片样的宣传单。纽约的街道有一股刺鼻的甘甜味道，像是从夜晚开花的钢铁花园里滴落的机油味道。时断时续的气味，拥挤的人群和弥漫的兴奋，从大街扩散到小巷，随着人们的脚步刮起了一阵一阵的旋风。

他们贪婪的自我和席卷一切的天才像一股暗流吞噬了他们的世界，并将尸体冲进了大海。纽约是个好地方，可以让人不断进步。

曼哈顿酒店的职员认为他们还没结婚，但

[1] Gloria Swanson（1899—1983），美国著名演员、歌手和制片人，曾三次获奥斯卡奖提名，1929年获金球奖最佳女演员奖，她在电影中的服饰、发型和首饰在20和30年代影响了整个美国，成为一代人的偶像。

还是给他们开了房。

"怎么了?"戴维从双人床上问道,床上方挂着一幅复制的大教堂画,"你不能去吗?"

"能。几点的火车?"

"看。我只有两美元来接待你家人。"戴维搜索着衣服说。

"我想给他们买束花。"

"亚拉巴马,"戴维说得很干脆,"那不现实。那个除了理论上美以外什么也不是——一个好看的化学公式而已。"

"反正两块钱也干不了什么。"她摆出她的逻辑。

"我猜也是——"

酒店花摊上传来稀薄的花香,像是银锤子敲打着真空的天鹅绒外壳。

"当然,要是得由我们来付出租车钱——"

"爸爸会带钱的。"

阵阵白色烟雾冲向车站上空。车灯像是阴雨天里挂在钢铁橡子上未熟透的橘子。一群一群的人们互相挨挤着走上楼梯。火车咣当咣当开走了,像是许多钥匙同时在开许多生锈的锁。

"我要是早知道就像在大西洋城一样,"他们说——或者说,"你相信吗,我们晚点半小时?"——又或者,"我们不在,镇上也不会有多大变化。"他们一边说着,一边当啷当啷拉着行李箱,同时意识到他们的帽子在城里完全不合时宜。

"那是妈妈!"亚拉巴马喊道。

"嗨,你好——"

"城市真大是吧,法官?"

"1882年后我就没来过。变化很大。"法官说。

"旅途愉快吧?"

"你姐姐呢,亚拉巴马?"

"她来不了。"

"她来不了。"戴维含糊地附和道。

"你知道,"亚拉巴马看到妈妈很惊讶,就说,"上次琼来借了我最好的手提箱盛湿尿布,从那以后我们就——就再没见过面。"

"为什么她不能用?"法官面无表情。

"那是我最好的箱子。"亚拉巴马捺着性子说。

"见不到可怜的小宝宝了,"米莉小姐叹了口气,"我们可以打电话给她们。"

"你有了自己的孩子后就不会这样想了。"法官说。

亚拉巴马怀疑是不是自己的身子有点显露了。

"我能理解她是多么不愿出借自己的箱子,"米莉则很宽容,"还是个孩子时,亚拉巴马就特别宝贝自己的东西——不愿与人分享,那时候她就这样。"

出租车在车站的车道上冒着热气。

亚拉巴马不知道怎么开口要法官付出租车费——自从她没有按照法官那令人憎恨的指示而自行恋爱结婚以来,她就不知道怎么办了。当女孩子们在戴维面前搔首弄姿,要他把她们画在他的衬衫正面时,她不知道说什么,还有当戴维发脾气,发誓说干洗店把他的纽扣洗掉了会毁了他的天才时,她也不知道该怎么办。

"你们把行李拿上火车,我来付车费。"法官说。

呼啸的火车开动后，康涅狄格州的绿色小山开始了宁静的布道。新英格兰的草坪有一股憔悴刻板的味道，空气好像也被看不见的商品蔬菜园里扎得紧紧的花束绑住了。带着歉意的树木长满了门廊，昆虫在灼热的草地上鸣叫，哀悼着它们失掉的庄稼。垦殖过的田野里没有什么是料想不到的。亚拉巴马想，要是你想吊死某个人，你得在你自己家的后院里干。蝴蝶在路边一开一合，像是照相机的镜头一闪一闪。"你可不能当一只花蝴蝶。"他们说。那些花蝴蝶很傻，一边在路上飞，一边和人们争论着它们的潜质。

"我们想修剪草坪来。"亚拉巴马说——"可是——"

"这样更好看，"戴维截住了话题，"更像图画。"

"嗯，我喜欢杂草。"法官赞许地说。

"它们让乡下更甜美，"米莉补充道，"不过你们晚上不觉得孤独吗？"

"哦，戴维的大学同学有时会来，我们也经常进城。"

亚拉巴马没有说明他们是多么频繁地去纽约消磨多余的下午，在单身汉避难所啜饮橘子汁，在纠结的头发后面对着夏天嘤嘤嗡嗡。他们径直去那儿，让自己溶解在相互间不安分的浊流中，等待着这场进步运动几年后渐渐在纽约遍地开花，像是救世军[1]在圣诞节所做的那样。

"先生，"坦卡从台阶上向他们打招呼，"小姐。"

坦卡是个日本厨子。他们从戴维的经纪人那儿借钱雇用了他。他很费钱；因为他用黄油仿拼了一个黄瓜和花卉植物园，省下伙食钱来上长笛课。他们曾试着不用他帮忙，直到亚拉巴马开罐头时割伤了手，戴维开割草机时扭伤了他画画的手腕。

[1] Salvation Army，1865年在伦敦成立的福音宣教团体和慈善机构，采用军队编制和军衔制管理，圣诞节期间常在街头悬挂红壶（Red Kettle）进行募捐，或设立食物分发中心进行救济活动，俗称"热汤（Soup）、肥皂（Soap）和救恩（Salvation）"的3S救济。

东方人开始打扫地板,扭着身子转过来转过去,好像自己是地球的轴心。突然,他爆出一声让人不安的大笑,转向亚拉巴马。

"小姐,占用你几分钟——就几分钟,这边,请。"

"他想要小费。"亚拉巴马想,不安地跟他来到走廊一侧。

"看!"坦卡说。打了一个手势表示不赞成,他指着廊柱中间吊床上酣睡的两个年轻人,他们身边还有杜松子酒瓶。

"嗯,"她犹豫着说,"你最好告诉先生一声——不要当着家人的面,坦卡。"

"很小心。"日本人点头称是,用食指掩住嘴唇放低声音。

"听我说,妈妈,你最好在晚饭前上楼休息一下。"亚拉巴马提议说,"你肯定累了。"

当她从父母房间下楼时,显得不知如何是好,戴维明白发生了什么事。

"发生什么事了?"

"什么事!吊床上有两个醉汉。要是爸爸看见就糟透了!"

"把他们打发走。"

"他们动不了。"

"天啊!得让坦卡看住他们,让他们一直待到晚饭后。"

"你想法官会理解吗?"

"恐怕会吧——"

亚拉巴马不放心地看了看四周。

"好吧——我猜总有一个时刻,人们得在同龄人和家人之间做出选择。"

"他们样子很不好吗？"

"不省人事了。要是叫救护车，就会弄出动静。"她思忖着说。

丝绸一样的午后阳光打磨着房间里死气沉沉的殖民地样式，逗留在壁炉上像羽状绣花一样的黄色花朵上。这一缕阳光是飘荡在忧郁的华尔兹舞曲中的神恩。

"没有什么办法。"他们一致认为。

亚拉巴马和戴维焦灼地站在那儿相对无言，这时呵楞一声，勺子敲在锡桶上，侍者宣布开饭。

"我很高兴，"奥斯丁对着像玫瑰一样的甜菜根说，"你已成功地驯服了亚拉巴马。她结婚后好像变成了一个能干的家庭主妇。"法官对甜菜根印象很好。

戴维想起了楼上那些扣子。都掉光了。

"是的。"他含糊地说。

"戴维一直表现很好。"亚拉巴马有点不安地插嘴说。

她正打算描绘一幅完美的家庭图画，这时吊床上的一声呻吟惊醒了她。像鬼魂一样，从餐室门口踉跄着进来一个年轻人，看着这场家庭聚会。他大体来说是站在那儿，就是有点歪斜——他衬衣的下摆露了出来。

"晚上好。"他非常正式地说。

"你的朋友最好也一起吃点。"不明就里的奥斯丁提议说。

朋友一阵傻笑。

米莉小姐困惑地看着坦卡做的雕花拼盘。当然，她希望亚拉巴马交朋友。她总是让孩子记着这一点，但是，有时候，情况很可疑。

第二个衣冠不整的鬼影从门外钻了进来，一阵刺耳的歇斯底里的咕噜声打破了沉默。

"他那样子是因为他做过手术。"戴维急忙说。法官眉毛倒竖。

"他们摘除了他的喉结。"戴维警告说。他的眼睛狂乱地去搜寻那个原生质的脸。还好,两个家伙好似听懂了他的暗示。

"一个是哑巴。"亚拉巴马受到启发解释道。

"好吧,听到这个我很高兴。"法官高深莫测地说。语气不无恼怒。不用进一步交谈让他松了一口气。

"我不会说话,"那个鬼影子出其不意地说,"我是个哑巴。"

"好吧,"亚拉巴马想,"完了。我们还能说什么?"

米莉小姐说含盐分的空气对银器不好。法官怒气冲冲地看着女儿。要说点什么的必要被桌子旁边一曲怪异的不言自明的卡曼纽舞[1]驱散了。准确说来这不是一种舞蹈。这是一种对脊椎骨的迫害,一种不时加以有规律的拍背的雄壮赞歌,他们大声邀请奈特夫妇加入。法官和米莉小姐也被慷慨地邀请参加。

"像是檐壁雕饰上的动作,希腊风的雕饰吧。"米莉小姐心不在焉地说。

"就是没什么启示意义。"法官补充说。

那两个人筋疲力尽,跟跟跄跄歪倒在地板上。

"要是戴维能借给我们二十块钱,"那一大团喘息着说,"我们就去路边旅馆。当然,要是他没有钱,我们就得在这里再待一段时间。"

"哦。"戴维说,像被施了魔法。

"妈妈,"亚拉巴马说,"能不能先借给我

---

[1] Carmagnole,原指卡曼纽夹克衫,1792年法国资产阶级革命时期革命者穿的一种短上衣,经常配以宽大的黑色长裤、红色便帽和三色腰带。也指流行于法国大革命时期的一种疯狂歌舞,以讽刺被处死的法国王后玛丽·安托内特(Marie Antoinette, 1755—1793)。

们二十块钱,早上我们再去银行取。"

"当然了,亲爱的——楼上抽屉里就有。很遗憾你朋友要走了;他们好像玩得很开心。"她勉强说。

屋子里安静下来。蟋蟀清凉的叫声像是清新的莴苣的吱嘎声,清除了屋子里的不和谐。青蛙在草地上金线莲盛开的地方呱呱叫着。夜里,在橡树叶的沙沙声中,老人不知不觉睡着了。

"逃过一劫。"亚拉巴马叹息着回到具有异国情调的床上。

"是,"戴维说,"没事了。"

沿波士顿邮政路有人喝醉了酒,认为一切都好,结果驾车撞到了消防栓,又撞到卡车和古老的石头墙上。警察们也在忙着认为一切都好,没空去逮捕他们。

深夜三点钟,奈特夫妇被草坪上响亮的口哨声惊醒了。

戴维穿衣下楼,一小时过去了,压底的嗓音越来越高。

"好了,要是你动静小一点,我愿陪你喝一杯。"亚拉巴马听见戴维说。她非常细心地穿上衣服。一定发生了什么事。若有官方人士在场最好表现出最佳状态。他们一定在厨房。她怒气冲冲地把头伸进旋转门。

"喂,亚拉巴马。"戴维对她招呼道,"我劝你还是不要管的好。"像在表演一场闹剧,他夸张地转过身,继续很机密地说,"这是我能想到的最有效的方法——"

亚拉巴马看到厨房里一片狼藉,怒火冲天。

"哦,别说了!"她大叫。

"听着,亚拉巴马。"戴维说。

"是你一直在说我们应该受人尊敬,现在看看你!"她责备道。

"他还好。戴维非常好。"那两个趴在那里的人嗫嚅着。

"要是我爸爸现在下楼怎么办？他——会怎么说？"亚拉巴马指着碎片说，"那些破罐子里是什么？"她轻蔑地问。

"番茄汁，能让人清醒。我刚刚给了客人一点，"戴维解释道，"我先给他们番茄汁，又给了他们杜松子酒。"

亚拉巴马夺过戴维手中的瓶子。"给我瓶子。"他挡了她一下，她碰到了门上。为了不至于摔到客厅里弄出动静，她用身体重重地抵住了门框。门转回来打中了她的脸。她的鼻子鲜血直流，直流到裙子上，像刚刚发现了一口油井。

"我看看冰箱里有没有牛排，"戴维建议道，"亚拉巴马，把它贴在水槽底上。你憋气能憋多久？"

等厨房里有了点头绪，康涅狄格州的黎明像一个消防水管淹没了整个乡村。那两位踉跄着到旅馆睡觉去了。亚拉巴马和戴维担心地查看着她的黑眼圈。

"他们会认为是我打的。"他说。

"当然了——不论我说什么都没用。"

"他们看见我们在一起一定这样认为。"

"人们总是相信最好的说辞。"

法官和米莉很早就下楼吃早餐。他们在湿乎乎、堆积如山的烟蒂中间等待着，坦卡在预料之中又把火腿烤焦了。几乎没什么地方可坐，到处都是黏糊糊的杜松子酒和番茄汁印渍。

亚拉巴马觉得像是有人在她的头盖骨里爆玉米花。她试图用厚厚的脂粉遮住青肿的眼睛，感觉她的脸在面具下一层层地剥落。

"早上好。"她快活地说。

法官火冒三丈。

"亚拉巴马,"他说,"打电话给琼——你妈妈和我最好今天就走。她需要人照顾宝宝。"

"好的,先生。"

亚拉巴马早知道他们的态度会是这样,但还是忍不住内心陡然塌陷。她明白一个人在别人心中的印象不可能一成不变——早晚他们都会越过边界,不再以那个人对自己的看法来看待他。

"好吧!"她心一横,"一个人到了自立的年纪,父母也没有权利要求他服从他们的教条。"

"既然,"法官接着说,"你和你姐姐关系不是很融洽,我们明天早晨自己去找她。"

亚拉巴马不说话,坐在那里研究昨夜的垃圾。

"我猜琼一定会给他们讲大道理,说我们是多么难相处,"她很苦恼,"把我们贬一顿,显得她自己是多么好。不管怎么看,我们都是一副黑色恶魔的样子。"

"你知道,"法官说,"我不是要对你的生活准则作评判。你是成年人了,怎么做是你自己的事情。"

"我知道,"她说,"你就是看不惯,不想再忍下去了。要是我不接受你的思维方式,你就随我去了。好吧,我没有资格要求你留下来。"

"不接受,"法官回答说,"就没资格。"

法官和米莉搭乘的通往市里的火车满载着牛奶盒子和夏天换季的物品。他们说再见时态度并不决绝。几天后他们就回南方了,不再回这里了。

戴维为了他的画要离开一段时间,他们认为他不在家时亚拉巴马最好回家。他们为戴维的成功和成名感到高兴。

"不要这么沮丧,"戴维说,"我们会再见到他们的。"

"但是已经不一样了,"亚拉巴马哀叹,"他们心中的那个我们从现在开始就会不断消减了。"

"本来不就是这样的吗?"

"是的——但是,戴维,同时去做两个人太难了,一个想要有自己的原则,另一个想保留一切旧的、好的东西,永远被爱、被保护。"

"这个,"他说,"我相信以前很多人已经发现了。我想我们能和人们分享的只有天气。"

文森特·尤曼斯写了一首新曲子。宝宝出生时,穿过医院的窗户传来了手风琴的老曲子,新曲子弥漫在大厅里、椰子树花园里和屋顶上。

米莉小姐给亚拉巴马寄来了一箱子婴儿用品和一个贴在洗手间门上的小贴士,讲解如何给婴儿洗澡。妈妈接到邦妮出生的电报后,给亚拉巴马回电说:"我的蓝眼睛的宝宝长大了。我们为她自豪。"电报从西联发出后"蓝眼睛"变成了"胶水眼睛"[1]。妈妈的信主要是让她行为检点些。它们暗示说亚拉巴马和戴维有点荒唐。亚拉巴马读着这些信的时候,仿佛听到故乡的泉水在缓缓喷涌,柏树沼泽里青蛙在低哑地呱呱歌唱。

纽约市里河流沿岸悬挂的街灯像是电线上挂的灯笼;长岛湿地将星光拉伸至蓝色的坎帕尼亚平原。璀璨的高楼大厦给天空盖上了明亮的百衲被。一星哲学,数点聪明,零散的想象,都在感伤的黄昏里自杀了。湿地黝黑平坦、血红,周边满是罪恶。是的,文森特·尤曼创作了那音乐。

透过爵士乐迷宫一样无尽的感伤,他们从这边

---

[1] Blue-eyed 和 Glued-eyed,指电文被误拼。

到那边摇着头,隔着城镇打着招呼,排成一排坐在车上驶过村庄码头的人体,像是雷达上快速移动的金属物。

亚拉巴马和戴维对自己和宝宝非常自豪,极力假装对两年花费五万美元去打磨他们生活的巴洛克式外墙满不在乎。事实上,没有谁能像艺术家一样是个物质主义者,对自己情感的付出和浪费向生活要双倍的回报。

那些年里,人们靠各路神仙帮忙。

"早上好,"坐在大理石门厅里的银行职员说,"您想要提取您的帕勒斯·雅典娜吗?""要我把黛安娜存在您夫人的账户上吗?"

坐在出租车顶比坐在车内更花钱;约瑟夫·厄本[1]的天空若是真的会更昂贵。阳光用千万根银针缝补街道——一根魅力之线,一根劳斯莱斯,一根欧·亨利。疲惫的日子需要更高的收入。好像是在他们那黑色的充满感恩的池塘里尽情挥洒梦想,他们花五万美元给邦妮请了一个中看不中用的保姆,一辆二手玛蒙车,一幅毕加索蚀刻画,给鹦鹉笼子买了一块白色绸缎罩衣,一块黄色薄绸用来扮剪秋萝花田,一条像刚画好的油画一样鲜润的绿裙子,两件一模一样的白色灯笼裤,一套商务装,一套英式西装,颜色像八月烧焦的田野,两张去欧洲的一等舱船票。

打包留下的行李里有一组长毛绒泰迪熊,戴维的军大衣,他们结婚时的银器,四大本鼓鼓的剪贴本,里面贴满了人们艳羡的东西。

"再见,"他们站在车站的金属楼梯上说,"什么时候你们得试着自己酿酒,"或是"这个乐队夏天在巴登巴登,或许我们会在那儿见到你们,"或者"别忘了我告诉你的,你会在老

[1] Joseph Urban(1872—1933),奥地利裔美国建筑师、插图画家和舞台设计师,早年在维也纳艺术学院学习建筑,1912年移民美国,就任波士顿歌剧剧团艺术指挥,也是美国建筑史上装饰艺术(Art Deco)的主要倡导者。

地方找到钥匙。"

"哦,"戴维从大床深处的被浪中呻吟,"真高兴我们要离开了。"

亚拉巴马从手镜中端详着自己。

"还有一个晚会,"她说,"我得去找维欧勒·勒·杜克看看我的脸。"

戴维仔细检查了她的脸。

"你的脸怎么了?"

"没什么,我用指尖挠的,我不能去喝茶了。"

"好吧,"戴维面无表情,"我们得去茶会——就是因为你这张脸他们才要喝茶的。"

"要是有事可做的话,我也不会去挠它。"

"不管怎么样,你得来,亚拉巴马。想想人们会怎么说吧——'你可爱的妻子怎么了,奈特先生?''我妻子,哦,她在家里挠自己的脸呢。'你认为我会开心吗?"

"要是我就会说是因为杜松子酒或天气或其他什么原因。"

亚拉巴马悲哀地看着镜中的自己。奈特夫妇外表没什么变化——女孩子仍然觉得一天很长,好像她刚刚起床;男人的脸上仍然满是惊奇,像是在百万码头观光。

"我想去,"戴维说,"看这天气!我没法画画。"

雨水把他们结婚三周年的灯光扭成了薄薄的七彩光晕;女低音的雨,男高音的雨,为英国人和农夫下的雨,橡皮雨,金属雨,水晶雨。远处春雷的震耳吼声密密地盘旋在田野上,像浓重的烟雾。

"人很多。"她反对。

"人一直很多,"戴维说,"你不想对你的情人说再见吗?"他调侃道。

"戴维！我身边男人太多了，我根本不觉得浪漫。他们只是坐着出租从我的生活一闪而过，一片没有热气的抽象烟云而已。"

"我们不说这个。"戴维打断她。

"说什么？"亚拉巴马懒洋洋地问。

"某些美国女性与传统的热烈妥协。"

"太可怕了！我们可不要这样。你是说你在嫉妒我吗？"她觉得不可思议。

"当然了。你不嫉妒我吗？"

"嫉妒得很。可是我们不应该这样。"

"那我们扯平了。"

他们含情脉脉地对视着。很可笑，顶着乱蓬蓬的头发脉脉对视。

喝下午茶的时候，泥泞的天空吐出了一轮白月。月亮，像一枚楔子顶住了云彩的裂隙，像是硝烟散去后阵地上残留的军用卡车的车轮，风雨过后显得清新、柔和、纤细。砖砌的公寓挤满了人，肉桂吐司的香味飘出门外。

"主人，"当他们按门铃时，男仆说，"留了话，先生，说他走了，请客人自便。"

"他跑了！"戴维说，"人们总是不远千里互相逃避，在最不方便的酒吧开鸡尾酒会。"

"他为什么突然就走了？"亚拉巴马很失望。

亚拉巴马和戴维是老顾客了，男仆认真地想了想。

他决定告诉他们实情。"主人带了一百三十块手工纺织的手帕，一本大英百科全书，两打法国狐油膏，坐船走了。先生，你没发现行李有点特别吗?"

"他该说再见的,"亚拉巴马不依不饶,"他知道我们就要走了,他要好几年见不到我们的。"

"哦,夫人,他确实留了言,他说'再见'。"

每个人都说希望自己也能离开。要是不再过现在过的日子他们就幸福了。哲学家们、被大学开除的学生、电影导演和末日预言家都说,人们躁动不安是因为战争结束了。

茶会上的人们告诉他们,夏天里维埃拉没人——但要是他们把宝宝带到那么热的地方,她可能会染上霍乱。朋友们预料他们会被法国的蚊子咬死,除了山羊没什么可吃的。他们还说,夏天地中海没有排污系统,饮料中也没有冰块;还有人建议带上一箱子罐头食品。

月光像水银滑过最新现代[1]家具上明亮的几何线条。亚拉巴马坐在幽暗的角落,细数构成自己生活的东西。她忘记把那瓶多斯卡里亚泻药送给邻居。坦卡也该得到那半瓶杜松子酒。要是保姆这个时候能让邦妮在旅馆睡觉,她就不会睡在船上了——一等舱,半夜出发,C舱35号和37号;她本该给妈妈打电话说再见,但是从这么远的地方给她打电话只会吓着她。这样对妈妈太不好。

她眼光飘到挤满了人的玫瑰色的客厅。亚拉巴马告诉自己他们很幸福——她继承了妈妈的乐观。"我们很幸福,"她心想,像她妈妈经常说的,"可我们不在乎我们是幸福还是不幸。我们期待着什么更戏剧性的东西。"

春天的月光像冰锥切割着人行道;闪闪的月牙儿用羞怯的亮光冻住了高楼的边角。

坐船应该很有趣;可以开舞会,乐队

---

[1] Ultra-modern,可能指20世纪20年代流行欧陆的德国包豪斯设计风格,重视技术,强调功能,善用新材料,喜欢几何形式,钢管椅是其代表作。

"呜——啊——呜"地演奏着——你知道——文森特·尤曼斯写的那首歌,让合唱队告诉我们为什么忧伤。

船上酒吧间空气污浊。亚拉巴马和戴维穿着睡衣坐在那儿,像两只俄国猎犬坐在高凳子上。服务生在读新闻。

"有位西尔维娅·普瑞斯特里-帕斯倪璞斯夫人。我能请她喝一杯吗?"

亚拉巴马狐疑地看了看四周。没有别人。"好吧——不过据说她只和丈夫睡觉。"

"不过不在酒吧睡。你好,夫人?"

西尔维娅夫人扑扑棱棱飘过房间,像一块模糊的原生质飞过河岸。

"我满船上找你们俩,"她说,"听说船要沉了,所以今晚他们举办舞会。我请你们去我那里用晚餐。"

"你不用为我们举行晚会。帕斯倪璞斯夫人,我们不是那种住下等舱穿蜜月礼服的人。晚会有什么名目吗?"

"我完全是毫不利己专门利人,"她说,"我必须找个名人来参加,虽然我知道你们俩疯狂相爱。这是我丈夫。"

她丈夫自认为是个知识分子,他真正的本领是弹钢琴。

"久仰久仰。这是西尔维娅——我妻子——告诉我说,你们是很专一的一对。"

"我们是与世隔绝的伤寒玛丽[1],"亚拉巴马说,"我得提前告诉你,我们不付任何酒水费。"

[1] Typhoid Mary,原名 Mary Mallon(1869—1938),美国第一位伤寒杆菌携带者,传染过51名患者,后被隔离长达30年之久,最后孤独而终。

"哦，不要你们付。我们从没让朋友付过——战争以来我就不信任他们了。"

"看上去暴风雨就要来了。"戴维说。

西尔维娅夫人打了响嗝。"每次有突发情况时，麻烦的是，"她说，"我总是穿上我最好的内衣，结果什么也没发生。"

"我发现要想让意外发生，最简单的办法就是带着面膜睡觉。"亚拉巴马把两条腿抬起来交叉搭在桌子上，摆出一个三角形对钩。

"在遥不可及的太阳上可能需要五个八角形肥皂盒。"戴维强调说。

"这是我朋友，"西尔维娅夫人打断说，"这些英国人给送到纽约去防止堕落，而这个美国人去英国找寻文明。"

"这么说我们准备了足够多的资源，我们能撑过这次航行了。"他们就是一个漂亮的四重唱，立志要达到他们预期的浪漫结局。

"盖尔太太也来，对不对，亲爱的？"

盖尔太太眨了眨圆眼表示同意。

"我倒想去，但是我丈夫不喜欢晚会，西尔维娅夫人。他受不了。"

"没关系，亲爱的，我也不喜欢。"西尔维娅夫人说。

"我们其他人也一样。"

"但是态度要积极，"她用夫人派头敦促着，"我曾经挨个房间举行晚会，直到最后，所有的东西都打碎了，没地方看书了，我才离开家。"

"你们为什么不修一修？"

"我需要拿钱举办更多的晚会。当然，我并不想看书——是我丈夫。我把他惯坏了。"

"和客人练拳击打碎了西尔维娅家的灯，"那位绅士补充说，"她很不高兴,带我去美国,结果这样子回来了。"

"一旦习惯了朴素,你就会爱上它。"他妻子总结说。

所谓的晚餐就是船上供应的那种饭,无论什么都一股咸抹布的味道。

"我们必须装作晚餐很合胃口,"西尔维娅夫人开导说,"让侍者高兴一下。"

"可是我的确,"盖尔太太唱道,"我不得不。我们周围这么多令人怀疑的东西,我都不敢要孩子了,担心他们生下来会长着杏仁眼或蓝指甲。"

"通常都是你的朋友,"西尔维娅夫人的丈夫说,"他们骗你们去赴无聊的晚宴,在里维埃拉把你们刷掉,在白瑞茨吃掉你们,然后在全欧洲散布你们的谣言议论你们的上磨牙。"

"我要是娶个女人,她必须履行所有的自然职能,不能受社会谴责。"那美国人说。

"你得确信你不想让她逃避对她的谴责。"戴维说。

"你得确信不要人云亦云。"亚拉巴马强调说。

"对,"西尔维娅夫人说,"宽容已经达到如此地步,不必再有个人隐私了。"

"所谓隐私,"丈夫说,"西尔维娅指的是不名誉的事情。"

"哦,都一样,亲爱的。"

"是,的确是这样。"

"近来人们都非常小心,确保自己置身法外。"

"谷仓后有那么多人,"西尔维娅夫人叹着气,"你都找不到地方去显摆一下自己抵挡诱惑的技巧。"

"我想婚姻是唯一一个我们永远都不能丢的体制。"戴维说。

"可是有报道说你们俩的婚姻非常成功。"

"我们要把它呈献给卢浮宫,"亚拉巴马附和道,"法国政府已经接受了。"

"好长时间以来我以为,西尔维娅夫人和我是唯一能永远粘在一起的一对——当然,若是没有艺术的支撑会更困难。"

"现在很多人认为婚姻和生活不能兼顾。"那个美国绅士说。

"无论什么也无法和生活并行。"那英国人响应说。

"要是你觉得,"帕斯倪璞斯夫人打断说,"我们的观众认为我们喝得差不多了,我们再来点香槟。"

"哦,好,最好在风暴开始前先把自己溶解掉。"

"我从来没见过海上的风暴。我猜会很惨,但是我们很期待。"

"我相信,起码不要淹死。"

"可是,亲爱的,我丈夫说海上有风暴时待在船里最安全。"

"哦,比落水好。"

"绝对的。"

风暴来得非常突然。沙龙里的一张台球桌子撞到一根柱子上。破碎的声音镇住了轮船,像是死神降临。一阵静悄悄的垂死抵抗传遍了全船。服务生快速穿过走廊,匆忙把行李箱捆绑在洗脸槽上。半夜里,绳子断了,固定隔板从墙上脱落下来。水灌进了通风口,浸泡了走廊,传说船上的无线电丢了。

男服务生和女服务生穿着制服站在楼梯角。他们紧绷的脸庞和自重的眼神让你相信他们蔑视灾难,好像灾难把他们日常肤浅的纪律强化成了一个更直接的自我,这让亚拉巴马很吃惊。她没有想到训练是一种对性情的强化,使这种性情习惯承担忘我的职责。

"每个人都能担当最坏的事情,"她从湿透的走廊冲向自己的船舱时想着,"但是几乎没有什么人能站到顶端。这就是为什么我父亲总是很孤独。"船一下把她从这个铺位抛向另一个。她觉得背要断了。"哦,上帝,它沉下去以前就不能安稳一分钟吗?"

邦妮不放心地瞅着妈妈。"别害怕。"孩子说。

亚拉巴马吓得半死。

"我不害怕,亲爱的,"她说,"邦妮,要是你从铺上爬出来会死的,所以乖乖躺在那里抓着栏杆,我去找爸爸。"在船上摇摇晃晃,撞来撞去,她紧抓着扶手。船上的员工面无表情地看着她走过去,好像她疯了。

"为什么不发信号放救生艇?"亚拉巴马歇斯底里地向那个一脸平静的无线电长官尖叫。

"回到你的船舱去,"他说,"什么救生艇在这样的海上也放不下去。"

她发现戴维和普瑞斯特里·帕斯倪璞斯爵士还在酒吧里。桌子堆成了一堆;固定在地板上的椅子被用绳子绑在了一起。他们在喝香槟,其实就像歪斜的酒桶把酒洒了一地。

"自从我从阿尔及利亚回来后,这是我见过的最糟的一次了。那一回我在自己船舱的墙上走,"那绅士轻描淡写,"那次,正值战时,海上交通很糟。当时我就想那船几年前就该沉了。"

亚拉巴马爬过酒吧地板,从一根柱子扑向另一根。"戴维,你得回舱。"

"可是,亲爱的,"他抗议道——比那个英国人还严肃,"我,到底能做什么呢?"

"我们最好一起下去——"

"蠢话！"

踉跄着从房间下去时，那英国人的声音一直尾随着她。"危险让人们更有激情是吧？在战时——"

她害怕极了，觉得自己低人一等。船舱好像越来越小，一遍一遍的左摇右晃把舱壁都要晃散了。过了一会儿，她逐渐习惯了憋闷和摇晃。邦妮在她身边静静地睡着了。

外面除了水什么也没有，看不见天空。剧烈晃动让她全身发痒。整晚上她都在想第二天早晨他们都要死了。

到了早上，亚拉巴马再也受不了船舱了。戴维帮她拉着扶手来到了酒吧。帕斯倪璞斯爵士在角落里睡着了。两个深陷的皮椅子上传来一阵低声的交谈。她点了一份烤土豆，希望有什么能让那两个人停止说话。"我讨厌与人交往。"她画着格子。戴维说所有的女人都这样。"我猜是吧。"她让步了。

一个声音显得很有学问，像一个平庸的医生盗用优秀同行的理论，向自己的病人喋喋不休地做讲解。另一个声音像是梦呓中从潜意识里泄露出的抱怨，恍恍惚惚。

"我第一次开始想这些——想非洲人和全世界的人们。这让我相信，人们所了解的并不像他们自认为的那么多。"

"你什么意思？"

"几百年前，那些家伙和我们一样知道如何自保。大自然自己照顾自己。任何想活下去的都不会死。"

"对，活下去的意志你消灭不了。你杀不死他们！"

那声音越来越像在控诉。另一个声音试着转移话题。

"你在纽约看过很多展览吧？"

"三四个吧，都是些琐碎不上台面的东西！找不到一件能带走的。什么也没有。"第二个声音连声谴责。

"大众要什么他们就得给什么。"

"有一天我和一个报界人士谈话，他也这么说，我告诉他去看看《辛辛那提绅士报》。他们从来不刊登这类丑闻，是全国最大的报纸之一。"

"问题不在大众——他们有什么就读什么。"

"当然了，我只是想看看展出些什么。"

"我自己去的不多——每个月不超过三次或四次。"

亚拉巴马站起来。"我受不了。"她说。酒吧里一股腌渍橄榄和死灰的味道。"告诉那人，把土豆给我送到外面。"

抓着扶手，她来到了甲板后游廊。甲板上一阵巨大的海浪冲击和回流。听见椅子飞出甲板掉入大海。海浪合拢，像一个大理石墓碑竖在她面前，然后又张开，没有水。船摇摇晃晃飘在空中。

"在美国，什么都和这风暴一样，"英国人慢吞吞地说，"或者我们现在已经在欧洲了？"

"英国人从来都不害怕。"她说。

"不用为邦妮难过，亚拉巴马，"戴维说，"毕竟她还是个孩子。她还不会有什么感觉。"

"她要是有什么不测，才更可怕！"

"不会的。要是我得选择救你们中的一个，那我宁愿去捞点有用的东西。"

"我不一样。我要先救她。她或许会成为了不起的人。"

"或许,但是我们谁都没什么了不起,我们,只是绝对不差劲。"

"说真的,戴维,你认为我们能挺过去吗?"

"乘务长说这个相当于佛罗里达的海浪被每小时九十英里的风力吹起——飓风才七十英里。船上显示风速三十七级。达不到四十级不会有事。他们认为风力会减弱的。不管怎么样,我们无能为力。"

"对。你在想什么?"

"没什么。我这样说可能很丢人,我一直以来受的惩罚太多了。我快受够了。"

"我也什么都不想。这些元素[1]太壮观了——我不在乎我们是否会沉下去。我变野蛮了。"

"是,当我们发现不得不让自己化身成无数个自我去干这儿干那儿的时候,我们确实变了——得去救别人。"

"不管怎么说,在这条船上或在其他任何场合,据我看,没有什么人的死是了不起的。"

"你是说天才?"

"不。是不可捉摸的进化之链中的那些联系——我们称之为第一科学,其次才是文明——达成目的的手段。"

"是感受过去的分母?"

"更是想象未来。"

"像你的父亲?"

"某种程度上是。他完成了自己的工作。"

"其他人也是。"

[1] the elements,西方谚语,"元素在发怒",意指暴风雨。

·芭蕾肖像（油画，1941）

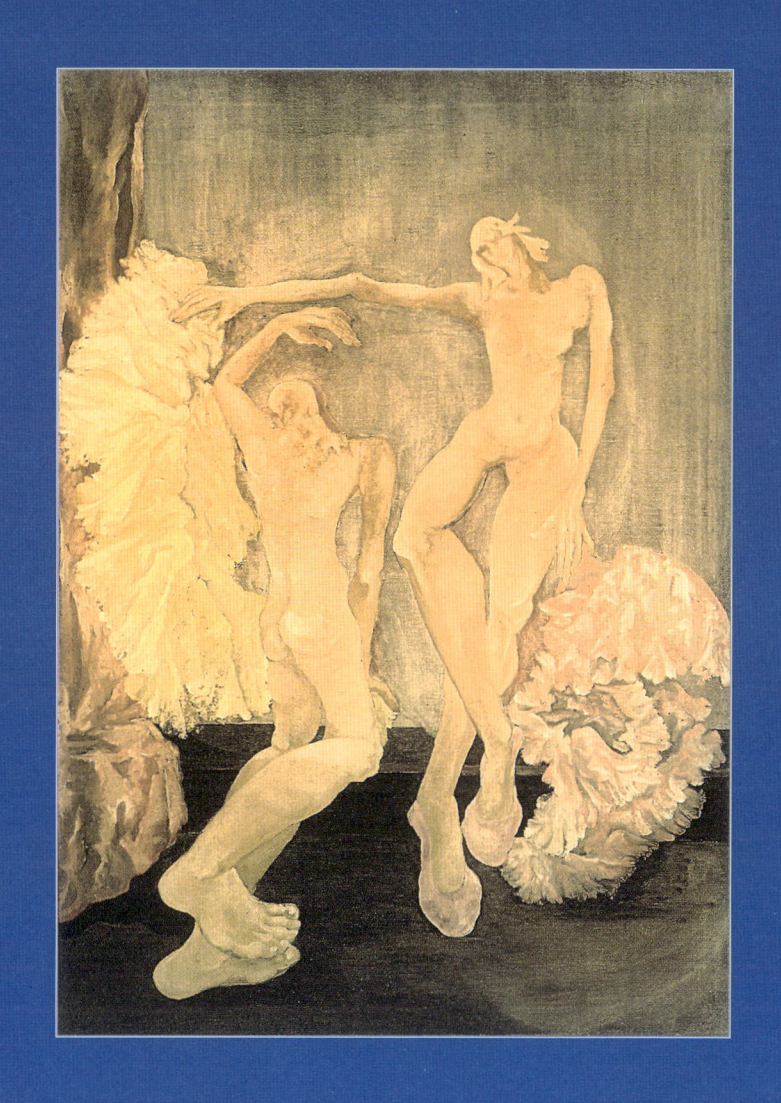

· 肌肉肖像（水粉，1930 年代中期）

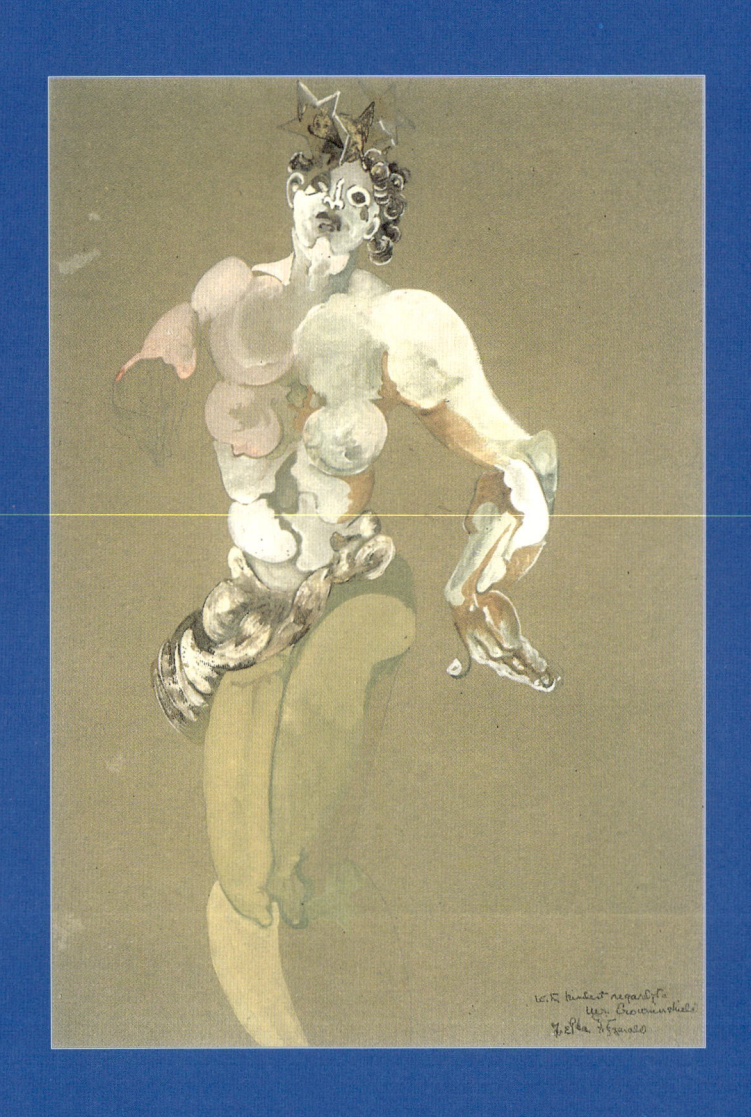

"但是他们不明白。意识才是目的,我觉得。"

"那么,教育的目标就是教我们把自己戏剧化,去实现人类全部的天赋?"

"我是这样想的。"

"好了,纯粹胡说!"

三天后,沙龙又开放了。邦妮吵着要看船上放映的影片。

"你认为她能看吗?里面都是性诱惑。"亚拉巴马说。

"当然能,"西尔维娅夫人回答,"要是我有个女儿,我会让她看所有的影片,让她学点有用的,长大后会对她有好处。不管怎么说,父母都得花代价。"

"我不知道该怎么办。"

"我也不知道——但是性感本身是好的,亲爱的。"

"你愿意要哪一个,是性感大片还是在甲板上散步晒太阳?"

邦妮两岁了,但好像她已经两百岁了,像个女祭司一样古灵精怪,崇拜着父母。孩子断奶后,奈特一家已经不把它当成婴儿了,她有自己的立场和表决权。

"邦妮看完后再去散步。"孩子立刻回答。

空气已经没有美国的味道了。天空也缺少活力。欧洲的奢侈已经随风暴刮来了。

咔啦——咔啦——咔啦——咔啦,她们的脚步在甲板上回响着。她和邦妮在栏杆前停下来。

"船在夜里航行肯定很漂亮。"亚拉巴马说。

"看北斗大勺子?"邦妮指着。

"我看到时间和空间在画一般的静止中合而为一。我在一个天文馆里的小玻璃柜子里看到过，看上去有些年头了。"

"它变了吗？"

"没有，是人们看的角度不同了。有点和他们一直认为的不一样。"

空气里一股海腥味，靠着船的扶手看出去，天空多么美。

"是它的广阔无垠形成了它的美，"亚拉巴马想，"所有的东西里无边无际是最美的。"

一颗流星，灵媒之箭，像是一只嬉戏的蜂鸟疾速穿过假设的星云。从金星到火星再到海王星，拖着被称为理解力的亡灵，照亮了远方地平线上被称作现实的惨白战场[1]。

"真好看。"邦妮说。

"这个会放在柜子里为你孙子的孙子的孙子保留着。"

"孩子的孩子在柜子里。"邦妮深奥地说。

"不，亲爱的，是星星！或许他们会用同样的柜子——外壳才是保存最久的。"

咔啦——咔啦！咔啦——咔啦！她们又绕甲板走起来。夜色很好。

"你得上床睡觉了，宝贝。"

"我醒了就没有星星了。"

"还会有别的。"

戴维和亚拉巴马一起爬到船头上。他们的脸在月色中闪着磷光。他们坐在一卷绳子上，向后看着被网住的影子。

"你那艘船画得不对。那些烟囱像女士们在跳小步舞。"她评论说。

"可能吧。月亮让东西变了样。我不喜欢它。"

---

[1] 此处参照日文译本翻译。

"为什么不?"

"它破坏了黑夜。"

"哦,可是破坏得太美了!"亚拉巴马站起来,仰起脖子,踮起脚尖伸直了身子。

"戴维,要是你爱我,我就向你飞过去!"

"那就——飞吧。"

"我不会飞,可是你还是要爱我。"

"可怜的,没有翅膀的孩子!"

"爱我很难吗?"

"你认为你是我的一个很轻松的梦吗?"

"我真希望自己能挣钱,至少用我的灵魂。"

"从月亮上挣钱——你会在布鲁克林和王后大道下面找到地址。"

"戴维!我爱你,尤其当你魅力四射的时候。"

"那不常有吧?"

"不,经常有,而且是那么超然。"

亚拉巴马躺在他怀里,觉得他变老了。她没有动。突突突的轮船引擎像是摇篮曲。

"自从上船以来我们好久没有这样了。"

"好久了。让我们每天晚上都这样。"

"我为你写了一首诗。"

"念来听听。"

为什么我是这样,为什么我是那样?

为什么我和我自己经常争吵？

哪一个是理智的、逻辑的我？

哪一个是我愿意成为的我？

戴维大笑。"想让我告诉你吗？"

"不。"

"我们已经到了一个谨慎的年纪，不论什么事情，即使是我们最个人的反应，也得经受理智的检验。"

"太累人了。"

"萧伯纳说，过了四十岁人人都是无赖。"

"要是到时候我们没有达到这个境界呢？"

"那就是发育不全。"

"太煞风景了。"

"我们进去吧。"

"待一会儿——或许魔力会回来。"

"会的。下次吧。"

下来的时候，他们看见西尔维娅夫人正在狂热地亲吻救生艇后的一个黑影。

"是她丈夫吗？看来是真的——他们很相爱。"

"是个水手——有时我想去马赛跳舞厅。"亚拉巴马语气暧昧。

"去干什么？"

"不知道——或许吃羊排。"

"我会很生气。"

"你可以在救生艇后亲吻西尔维娅夫人。"

"永远不会。"

乐队在船上的沙龙演奏《蝴蝶夫人》中的花之二重唱。

> 有一个戴维喜欢木犀草
>
> 另外一个人喜欢紫罗兰

亚拉巴马哼哼着。

"你是音乐家吗?"英国人问。

"不是。"

"可是你在唱歌。"

"因为我高兴地发现,我是一个自我满足的人。"

"哦,是吗?真是一个纳喀索斯[1]!"

"正是。我很满意自己走路、谈话、做一切事的优雅。想要看看我是多么漂亮吗?"

"请。"

"那请我喝一杯。"

"一起去酒吧吧。"

亚拉巴马扭腰摆臀,模仿着性感女人走路的样子。"不过我警告你,"她说,"只有当我是想象中拥有这些神奇魅力的什么其他人的时候,我才真正是我自己。"

"我不在意。"那英国人说,模模糊糊觉得他在期待着什么。任何神秘的东西对三十五岁

---

[1] Narcissus,源自古希腊神话,河神和水泽女神的儿子。Narcissus相貌英俊,爱上了自己的水中倒影,最后溺水而死化作水仙花,后泛指孤芳自赏和自恋倾向。司各特·菲茨杰拉德被认为是一位典型的自恋型作家。

以下的人都具有性的诱惑力。

"我还要警告你,即使理论上我不拥护一夫一妻制,心底里还是的。"亚拉巴马说,感觉到了他的期待。

"为什么?"

"我的理论是,唯一不能复制的感情就是多样化的兴奋。"

"你在说俏皮话吗?"

"当然,我的理论一个也不管用。"

"你就像一本好书。"

"我是一本书,纯小说。"

"谁写了你?"

"国立第一银行的出纳员,因为他算错了账要罚款。你知道,要是他还不上钱就会被解雇。"她信口胡诌。

"可怜的家伙。"

"要不是为了他,我会继续做我自己。当然我也就不会有这些能力让你高兴。"

"你不管怎样我都很高兴。"

"你为什么这么想?"

"你内心是个很正经的人。"他认真地说。

担心自己说得不妥,他匆忙补充道:"我猜你丈夫会来找我们。"

"我丈夫去甲板左首第三个救生艇后面看星星去了。"

"开玩笑!你不会这么清楚,你怎么知道的?"

"特异功能。"

"你其实是怒火中烧。"

"很明显。说够了我自己了。谈谈你吧。"

"我想去美国挣钱。"

"每个人都想。"

"我有推荐信。"

"以后你写书时,可以把它们写进你的书里。"

"我不是作家。"

"所有喜欢美国的人都写书。当你从旅行中歇过来以后,就会感觉神经衰弱,然后你会觉得有一些很好却没说出来的东西,你就会努力要把它发表出来。"

"我想写我的旅行。我喜欢纽约。"

"是的,纽约像是一本《圣经》图示,不是吗?"

"你读《圣经》吗?"

"读《创世记》。我喜欢上帝对自己的造物感到喜悦的那部分。我愿相信上帝是幸福的。"

"我看他不怎么幸福。"

"我也觉得,但是我认为得有人对所发生的一切有点感觉。没有任何其他人承认对此负责,我们都把它归咎于上帝——至少,《创世记》如是说。"

欧洲的海岸打败了大西洋的扩张;船轻轻驶进了绿色友好的瑟堡,远处的钟声和鹅卵石上木屐的咔嗒声清晰可闻。

纽约抛在脑后了。养育了他们的一切也留在后面了。亚拉巴马和戴维永远不会比现在更能感受到脉搏的跳动,因为在陌生的环境,我们只能辨认出自己熟悉的东西,对此他们完全没有预料到。

"我想大喊！"戴维说，"我想让乐队来甲板上演奏。这是世界上最该死的激动人心的事——所有人类的经历躺在那里供你选择。"

"选择，"亚拉巴马说，"是我们从生活磨难中得到的特权。"

"太伟大！太光荣了！我们午饭时可以喝点酒！"

"哦，大陆！"她欢呼，"给我一个梦！"

"你现在有一个了。"戴维说。

"在哪里？梦是唯一一个让我们最终变得年轻的地方。"

"所有的地方都能。"

"讨厌鬼！"

"是街头演说家！我可以把梳子扔过布洛涅森林！"

在海关遇见西尔维娅夫人，她从一堆高档内衣、一个蓝色热水袋、一个家用电器和二十四双美国鞋子中间向他们打招呼。

"今晚能和我一起出去吗？我带你看看美丽的巴黎，你可以把它画在你的画里。"

"谢了。"戴维说。

"邦妮，"亚拉巴马劝告说，"要是你走进轨道里，它们马上就会碾碎你的脚，那样就既不时髦也不高雅了——据说，法国是很善于区别这两个的。"

火车载着他们，穿过诺曼底粉红色的康乃馨，经过巴黎精致的窗格和里昂高地，第戎的钟楼和阿维尼翁的浪漫，进入了柠檬的味道和黑色树叶的窸窣中，乌云一样的飞蛾扇起紫红色的粉尘——他们来到了普罗旺斯，在这儿人们不需用眼去看，除非他们要找夜莺。

第二章

地中海深处的希腊文明拍打着我们狂热文明的海角,各处角落都留下了它的印迹。灰色山坡上的防御工事已然坍塌,战争的灰烬已埋入橄榄树和仙人掌下。古老的壕沟长眠在乱蓬蓬的金银花下;柔弱的罂粟花沿堤洒满鲜血;锯齿状的岩石上爬着葡萄藤,像是一块块破旧的地毯。疲惫的中世纪钟声用男中音毫无热情地宣告着某个节日。薰衣草沉默地开放在岩石上。阳光下很难辨认。

"这里是不是太好了?"戴维说,"多么纯净的蓝色啊,要是盯着看下去,又变成了灰色和淡紫色,要是再仔细看,就更深了,几乎就是黑的了。当然,再细看,简直就是透明的紫水晶。这是什么,亚拉巴马?"

"我看不见,等等,"亚拉巴马把鼻子贴在城堡墙上长满青苔的缝隙中,"是真的香奈儿,五号,"她肯定地说,"闻上去像是你脖子里的味道。"

"不是香奈儿!"戴维说,"更像是浪凡[1]。到那边去,我要给你们拍张照片。"

"邦妮也一起?"

"对。让她一起。"

"看着爸爸,有福的宝宝。"

孩子眼睛睁得大大的,不敢相信地看着妈妈。

---

[1] Robe De Style,法国最悠久的高级时装品牌,1889年由让娜·浪凡女士(Jeanne Lanvin,1867—1946)在巴黎创立,灵感来自绘画和教堂的彩色玻璃,1925年开始发行香水,以母子图案为标志。

"亚拉巴马，你能不能让她侧一下身？她的脸颊比额头宽，要是你把她稍稍向前倾一点，她看上去就不会像雅典卫城的入口一样宽了。"

"嘘，邦妮。"亚拉巴马试着矫正姿势。

她们两个一下倒在一大蓬芥菜上。

"上帝！我把她脸划破了。你没有带红药水吧，带了吗？"

她检查了一下孩子沾满土的膝关节。

"好像不要紧，我们还是回家消消毒吧。"

"宝宝回家。"邦妮若有所思地宣布，话从牙缝里吐出来，像是厨子在挤果泥。

"回家，回家，回家。"她唱了起来，一点儿不在乎，戴维抱着她蹦跳着下了山坡。

"到了，亲爱的，'佩特罗尼乌斯和金岛大酒店'，看见了？"

"戴维，我们应该去王宫和大学看看。他们花园里应该会有更多棕榈。"

"然后把我们这样的人的名字留在那里？你最大的缺陷就是缺乏历史意识，亚拉巴马。"

"我不知道为什么欣赏这些白漆大道需要历史头脑。你抱孩子的方式让我想起了一个巡回剧团里的民谣歌手。"

"说对了。不要揪爸爸的耳朵。你见过这么热的天吗？"

"还有苍蝇！真不知道人们怎么受得了。"

"或许我们该沿着海岸继续北上。"

"走在这些鹅卵石上，像是装了假肢。我得买双凉鞋。"

他们沿着法兰西共和国的大道，走过耶尔的竹帘，路过挂着一串串套鞋和兜售女人内衣的小亭子，跨过漂满南方垃圾的臭水沟，走过一些滑稽的假人模特，满是异国风情，让人想起普罗旺斯人那棕红色的脸，想起外籍军团里的自由，走过得了坏血病的乞丐和蓬乱的叶子花，尘土和棕榈树，一排马车，一排乡村理发馆出售的牙膏，散发着西普兰香水的味道，最后走过一座兵营，它把整个城镇连在一起，就像一个巨大的乱糟糟的客厅最后都归结于一幅全家福。

"到了。"

戴维把邦妮放在酒店大厅里一堆去年的潮乎乎的《伦敦新闻画报》上。

"妈妈去哪了？"

亚拉巴马伸头向用蕾丝装饰的豪华的起居室看了看。

"杜莎夫人的屋里没人。我猜，她是去为她的英国和某某国对比表收集材料去了，这样，当她回到巴黎后就会说：'是的，我和戴维·奈特一家到过耶尔，那里的云彩，颜色比战舰的灰色还要深。'"

"她会教给邦妮什么是传统。我喜欢她。"

"我也喜欢。"

"奶妈在哪里？"邦妮警惕地转着眼珠在找。

"亲爱的，她快回来了。她出去给你找好点子去了。"

邦妮满脸狐疑。

"找扣子。"她说，指着她的裙子，"我想要橘子汁。"

"哦，好的——但是长大了你就会发现点子比扣子更有用。"

戴维按了铃。

"能给我们一杯橘子汁吗？"

"哦，先生，我们什么也没有。没有橘子。天太热；我们本来想关门歇业，因为这么热的天，人们连橘子汁都喝不到。等一下，我看看吧。"

店主看上去像是从伦勃朗画里走出来的医生。他按了铃。一个男仆走了出来，也像伦勃朗画里的医生。

"有橘子吗？"店主问。

"一个也没有。"来人阴沉沉地说。

"你看，先生，"店主解脱了，"一个橘子也没有。"

他满意地搓着手——酒店里要是有橘子出现无疑会给他带来很多麻烦。

"橘子汁，橘子汁。"宝宝吵着。

"那个女人到底去哪了？"戴维喊起来。

"家庭教师吗？"店主说，"她就在花园里，在那棵有一百多年历史的橄榄树下，了不起的树！我带你去看看。"

他跟着他们出了门。

"多么可爱的小男孩，"他说，"他以后会讲法语的。我以前英语讲得很好。"

邦妮身上的女孩气很明显了。

"我相信你讲得很好。"戴维说。

保姆用一堆弹簧椅给自己搭了一间闺房。里面搁着针线活，一本书，几副眼镜，邦妮的玩具。桌子上点着一盏酒精灯。整个花园都摆满了，看上去像是一间英国儿童室。

"夫人，我看了看菜单，又是山羊肉，因此我去了一下肉铺。正在给邦妮做一点炖肉。这地方太脏了，请允许我这样说，夫人。我不相信我们能受得了。"

"是太热了,"亚拉巴马歉意地说,"要是今天下午找不到房子,奈特先生会沿岸北上找个别墅的。"

"我相信我们会过得更好一些的。我和奥特尔·科林斯一家在戛纳住过,非常舒服。当然,一到夏天,他们就去多维尔了。"

亚拉巴马觉得他们或许也该去多维尔——他们该为保姆着想。

"我也会去戛纳。"戴维被说动了。

空荡荡的餐厅在热带正午的滚滚热浪中嗡嗡作响。一对老态龙钟的英国夫妇在抖抖索索地对付橡皮样的奶酪和浸透了水的水果。老太太侧过身子,远远地用一根手指拂了一下邦妮通红的脸蛋。

"很像我的小孙女。"她爱抚地说。

保姆横眉竖目。"夫人,请您不要摸宝宝。"

"我没有摸她,我只是手指碰了一下。"

"天热得已经让她的胃够不舒服了。"保姆很专横。

"不吃饭。我不吃饭。"邦妮打破了英国人长长的沉默。

"我也不想吃。一股淀粉的味道。我们找找房子吧,戴维。"

亚拉巴马和戴维顶着火辣辣的太阳步履艰难地来到广场。那里像是给施了魔咒,陷入了昏睡中。车夫躺在他们能找到的任何一点阴凉里。商店都关着门,什么阴凉也打不破这固执的永不罢休的灼热。他们走到趴在那里的一辆车旁,在台阶上跺脚,叫醒车夫。

"两点钟,"那人恼怒地说,"两点以前我不接活。"

"好吧,我们要去这个地址,"戴维坚持,"我们可以等。"

车夫不情愿地耸了耸肩。

"等一小时十法郎。"他咕哝着说。

"好吧,我们是美国百万富翁。"

"我们垫点东西吧。"亚拉巴马说,"车上好像都是跳蚤。"

他们把军用毯子塞在汗水淋漓的大腿下。

"喂,那位先生来了!"车夫懒洋洋地指着一个漂亮的南欧人,一只眼睛上蒙着一块布,他正要打开商店的门,就在街对面。

"我们想找一处别墅,叫'蓝荷',据说可以租。"戴维彬彬有礼。

"没门。无论如何不可能。我还没吃午饭呢。"

"当然了。请先生允许我给您一点加班费——"

"那就另当别论,"代理人的脸顿时放晴,"先生明白,自从有了战事一切都不同了,人得吃饭。"

"那是。"

快散架的破车子沿着以前的洋蓟地迂回前进,蓝色越来越浓烈,烈日下的花草树木暗淡萎靡,一如水下植物。平坦的田野里,这儿那儿长着长枝松,公路在灼热和耀眼的日光下蜿蜒着伸向大海。海上金光粼粼,像是某个造光厂地板上闪亮的刨花。

"就在那儿!"那人像终于下了蛋的母鸡一样很骄傲地咯嗒一声。

"蓝荷",周围没有一棵树木,在一堆红土中暴烤着。他们打开门,走进了拉着百叶窗的大厅。

"这是主卧室。"

一张大床上放着一套蜡染的睡衣睡裤和一件黄绿色皱巴巴的睡袍。

"这个国家的人真是随意得让人无语,"亚拉巴马说,"好像他们刚在这过完夜离开。"

"我希望我们也能这样子过,不需要提前打算。"

"我们来看看水管。"

"夫人,水龙头很精美,你看!"

一扇雕花的大门打开了,一个哥本哈根的抽水马桶,边角用中国泼墨山水风格画着蓝菊花。墙壁上镶嵌着各种彩色诺曼底捕鱼场景。亚拉巴马检查了一下控制这些美丽图画的铜杆。

"不管用。"她说。

那人像弥勒佛一样抬起眉毛。

"怎么会!可能因为没下雨!有时不下雨,就没水。"

"要是整个夏天都不下雨,你们怎么办?"戴维很惊奇。

"可是,先生,肯定会下雨的。"代理商笑得很开心。

"下雨时会怎么样?"

"先生不懂自然。"

"好吧,我们需要比这更进化点的。"

"我们该去戛纳。"亚拉巴马说。

"一回去我就坐第一班车去。"

戴维从圣-拉斐尔给她打电话。

"找对地方了,"他说,"一个月六十美元——有花园,水管很好,厨房炉灶,还有圆屋顶——大得简直可以当飞机场,我知道——明早去接你们。我们马上就可以搬进来。"

第二天,阳光给他们披上了一层盔甲。他们雇了一辆大型豪华轿车,车上满是前任租客们留下的让人不快的陈迹。三角形雕花玻璃瓶里褪了色的旱金莲纸花,挡住了沿海的风景。

"开车，开车，为什么我开不了车？"邦妮叫着。

"因为要把高尔夫球杆运过去，戴维，你可以回头来取画架。"

"呜——呜——呜，"孩子呜呜着，车子开了，很满意，"好啊，好啊，好啊。"

夏天一点点蚕食着他们的心，顺着颠簸的路面撒下一路低吟。亚拉巴马梳理了一下过去，除了这大篷车让她感到自己好像冒冒失失地与人世脱了节以外，其他并没有什么实质的变化。她对此感到不可思议，开始怀疑当初为什么要离开家。

七月份的下午三点钟，小山头，租来的车，白灰路和松树，在这个陌生的环境里，保姆怀念着英国的小山——生活静静地哼着催眠曲。不管怎么样，活着真好。

"夜莺别墅"离海较远。烟草花的香气弥漫在路易十五式的客厅里，厅里挂着褪色的蓝绸缎。一只木刻布谷鸟自鸣钟打破了橡木餐厅里的沉寂；阳台蓝白相间的瓷砖上铺了一层松针；牵牛花紧缠着栏杆。鹅卵石铺成的车道蜿蜒着绕过一棵巨大的棕榈树，最后消失在远处开满红玫瑰的凉亭，棕榈树干的裂隙中发出了天竺葵的幼苗。奶油色的别墅墙壁和彩色的窗户，沐浴着金色的夕阳，伸着懒腰，打着哈欠。

"这有一间避暑屋，"戴维以主人的身份说，"竹子搭的。好像高更用画笔在这风景上描了一笔。"

"简直就是天堂。你猜这里真的有夜莺吗？"

"毫无疑问——每天晚上都来吃它的吐司晚餐。"

"就是这样，先生，就是这样。"邦妮兴奋地用法语唱了起来。

"看！她能说法语了。"

"这个法国，真是一个了不起、了不起的地方。是不是奶妈？"

"我在这儿住了二十年，奈特先生，我从来搞不懂这些人。当然，我也没有很多机会去了解他们，我总是跟更好的人家住在一起。"

"的确。"戴维格外强调。保姆无论说什么听上去都像是在有意无意地打哈哈。

"厨房里的仆役，"亚拉巴马说，"我猜是房屋中介附赠的。"

"是的——三个了不起的姐妹。或许是命运三姐妹[1]，谁知道呢？"

从浓密的树叶间传来邦妮先是含糊不清、继而兴奋的尖叫。

"游泳！现在游泳！"她喊道。

"她把自己的洋娃娃扔进了金鱼池，"保姆很激动，"坏邦妮！竟然那么对待金发姑娘。"

"她的名字叫'就是这样'，"邦妮纠正说，"你看她不是在游泳吗？"

洋娃娃沉到了透亮的、绿色的水底。

"哦，我们太幸福了，躲过了想抓住我们也差点抓住了我们的一切，我们太聪明了！"戴维揽住妻子的腰，把她从宽大的窗子里塞进了他们新家的瓷砖地板上。亚拉巴马查看了一下天花板上的彩绘：小爱神们在牵牛花和玫瑰花环中嬉戏，花环犹如甲状腺结节或某种恶性肿瘤。

"你觉得房子真像看上去这么好吗？"她表示怀疑。

"这就是天堂——比我们任何时候都更接近——这彩画就是证据。"他说，随着她的目光看过去。

"你知道吗，我每次想到夜莺就会想起《十日谈》。迪克西曾把书藏在她最上面的抽屉里。真可笑，我们的生活总被我们的联想所笼罩。"

[1] Three Fates，希腊神话中三位穿着白色长袍的女神：克洛索（Clotho，命运的纺线者）负责将生命线从她的卷线杆缠到纺锤上；拉克西斯（Lachesis，命运的决策者）负责用她的杆子丈量丝线；阿特洛波斯（Atropos，命运的终结者）负责剪断人的生命线。

"可不是吗？人并不能从一件事直接跳到另一件事，我认为不行——总要借助什么来转换。"

"这一回，希望我们不是因为躁动。"

"我们得买辆车去海滩。"

"当然。但是明天可以坐出租车去。"

明天早就又亮又热。普罗旺斯园丁那并非消极怠工的响动吵醒了他们。长耙子懒洋洋地拖过石子路；女仆把早饭放在阳台上。

"给我们叫辆车好吗，花园共和国的女儿？"

戴维欢呼雀跃。早饭前没必要运动这么多，亚拉巴马心里说，她早上总是有点心气不顺。

"亚拉巴马，在我们这个时代，还从来没有见过如此有力的笔触，绝对是个天才，那个名叫戴维·奈特的，他以前的画布上可从来没有过这个。他每天游完泳就开始画画，一直到四点钟后再游一次泳，让自傲的他再一次精神焕发。"

"我也享受一下这骄奢淫逸的空气，戴维·奈特要破茧成蝶，我就吃吃香蕉、喝喝夏布利，长得白白胖胖的。"

"十分正确。醇酒美人，"戴维强调说，"惜乎艺术功未成。"

"不过你也不用整天工作，对吧？"

"希望不用。"

"这是个男人的世界，"亚拉巴马叹口气，在一缕阳光中打量着自己，"这缕阳光最摄人心魂——"

奈特家的生活在厨房三女神的照料下运转顺利，夏天稳稳地喷着火舌，越来越肆无忌惮。大厅下面鲜花盛开，甜甜的，黏黏的。夜晚，星星被网进了松树冠织成的网子中。花园里的树在窃窃私语,"哝噗——噗哦——哝嗷,"热乎乎的黑影子说,"唔——哦。"从夜莺别墅的窗子看出去,弗雷瑞斯的罗马角斗场沐浴在月光中,稍稍凸起在地面上,像是一个装满了酒的羊皮酒袋。

戴维在画布上忙碌着,亚拉巴马很孤独。

"戴维,我们,"她问,"该拿我们怎么办?"

戴维说她不能老是像个孩子,等着一切都给她安排好。

一辆破旧的客货两用车每天载他们到海滩。女仆称小破车为"la voiture",而且每次都在他们正吃蜂蜜黄油鸡蛋卷的时候,郑重宣布它的到来。他们一直在争论,饭后游泳多长时间为好。

太阳懒洋洋地在拜占庭式的城镇后戏耍。白色的海风把冲水房和跳舞亭都漂成了白色。海滩绵延数里。保姆习惯在沙滩上先建一个英国保护地。

"铝土矿让小山显出了红色。"保姆说,"夫人,邦妮需要再买一件泳衣。"

"我们可以在旧货商店买一件。"亚拉巴马建议。

"或者在失物招领处找一件。"戴维说。

"可以。要不从鼠海豚身上扒一件下来,要不就把那边那个男人的胡子揪下来。"

亚拉巴马指着一个瘦削的古铜色身影,穿着帆布裤,肋骨闪亮,像是一尊象牙基督像,弗恩[1]一样的眼睛召唤着他们。

"早上好,"那身影令人心生敬畏,"我经常看到你们来这儿。"

[1] Faun,罗马神话中半人半羊的农牧神,类似于希腊神话中的潘神和萨提尔,但是弗恩较温和善良,萨提尔则狡黠好色。

他的声音深沉有磁性，充满男性的自信。

"我在这儿有个小地方。晚上有吃的，还有舞会。欢迎你们来圣-拉斐尔。你们也看到了，夏天人不多，但是我们自得其乐。要是你们洗完澡后过来喝一杯美国人鸡尾酒，将使蓬荜生辉。"

戴维很吃惊。他没想到还会有欢迎委员会。好像他们已经通过了某个俱乐部的入会选举。

"很荣幸，"他急忙说，"我们能入伙？"

"是的，入伙。朋友们都叫我让。你一定得见见我的朋友们，他们非常可爱。"他沉静地微笑着，然后消失在早晨的粼粼波光中。

"这里没有人。"亚拉巴马说，环顾四周。

"或许他把他们装在瓶子里了。他看上去真像是一个有魔法的妖怪。一会就见分晓。"

保姆喊邦妮，要她从沙滩上回来，声音里对他们的杜松子酒和魔怪很不认同。

"不，不，我就不！"孩子跑到水边。

"我把她叫回来，护士小姐。"

戴维夫妇跟在孩子身后跳进了蓝色染料里。

"你可以当个好水手。"亚拉巴马说。

"可是我正在当阿伽门农[1]。"戴维抗议。

"我是小人鱼，"邦妮插话说，"我是可爱的小鱼！"

"好吧。你想当就当吧。哦，天啊！太好了，没有什么能干扰我们，生活就应该是这样子，

---

[1] Agamemnon，希腊神话中的迈锡尼国王，阿特柔斯之子，斯巴达王墨涅拉俄斯之兄，特洛伊战争中任希腊联军首领，出征前曾拿自己的女儿伊菲革涅亚献祭，惹恼妻子克吕泰涅斯特拉，征战归来后被妻子谋害，其子奥瑞斯忒斯为父报仇杀死了母亲。古希腊悲剧家埃斯库罗斯据此写有悲剧《阿伽门农》。

是吧?"

"完美,闪亮,称心如意,太好了!可我还是要当阿伽门农。"

"和我一起当小鱼吧,"邦妮恳求道,"小鱼更可爱。"

"好吧。我是阿伽门农鱼。我只用腿游泳,看!"

"可是你怎么能同时是两样东西呢?"

"因为,我的女儿,我这么聪明,要是我不愿意住在爸爸那更好一点的世界里,我自己就能给我自己整个世界。"

"你脑子进盐水了,亚拉巴马。"

"哈!那我就是腌渍阿伽门农鱼,就更硬了。没有腿也行。"亚拉巴马幸灾乐祸。

"喝一杯鸡尾酒会更好。我们去吧。"

从沙滩上的日光中走进来,房间凉爽幽暗。一股男士身上的汗水味。外面升腾的热浪让这个酒吧也飘了起来,好像里面的静谧是暂时的,阵阵轻风正在这儿休息。

"梳子,是的,你今天没有梳子。"亚拉巴马唱着,对着吧台后发霉的镜子研究着自己。她觉得自己很清新、很光滑、很有盐味!她决定把头发分在另一边。在古老模糊的镜子里,她看到了一个后背宽阔的身影,绷在白色硬挺的法国空军制服里。那人以拉丁骑士的姿态,先向她,后向戴维,举杯致意,打断了亚拉巴马的舞台演出。圣诞节硬币上的金色头像向她催促性地点了一下,宽大的铜手徒劳地希望它丰富的热带经历能抓住恰当的英语单词来表达如此拉丁的意思。那人稍稍弓起肩膀,努力表达着自己,隆起的肩膀小巧、强壮又结实。他从口袋里摸出一把红色小梳子,友好地向亚拉巴马点点头。她的眼睛与他的两两相对,亚拉巴马突然觉得好像小偷在撬一个复杂的保险柜时突然遇见了屋主人。她觉得自己像是在干坏事时被抓了个正着。

"请?"那人用法语说。

她瞪了一下眼。

"请?"他坚持说,"用英语就是,'请',明白了吗?"

那军官又滔滔不绝说起听不懂的法语。

"听不懂。"亚拉巴马说。

"你懂了,"他很有优越感地说,"请?"他弯腰吻了一下她的手。一丝悲伤严肃的微笑闪过金色的面容,一丝歉意的笑——他脸上有一种表情,像是一个少年人出其不意地被迫在公众场合去做一些他私下里排练了好久的动作。

他们的动作都很夸张,好像在扮演他们自己很遥远、很模糊的鬼魂。

"我不是'种子'。"他令人惊奇地说了一句。

"你看——我说,很明显。"她说。

"瞧!"那人用梳子利索地梳了一下自己的头发来证明很好用。

"我很愿意用一下。"亚拉巴马有点心虚地看了看戴维。

"夫人,这位,"让用低沉的声音说,"是法国空军杰奎斯·谢弗尔·弗耶上尉。他不会伤害你,这些是他的朋友,波利上尉,夫人,贝拉上尉,蒙太古上尉,他是科西嘉人,你一会儿就知道——那边两位是圣－拉斐尔的瑞恩和鲍比,他们都是好小伙儿。"

红色的格子灯笼,遮挡阳光的阿尔及利亚挂毯,海水和乳香的味道,所有这些都好像使让的家成了一个秘密场所——鸦片烟馆或海盗窝。墙上挂着弯刀;黑暗的角落里非洲鼓上放着明亮的铜盘;灯光照在镶嵌着珠母的小桌子上,像覆上了一层尘土。

杰奎斯拥有一股领袖般自发有力的意志,瘦削的身体十分敏捷。在他的华丽闪亮后面是他的追随者们:肥胖油腻的贝朗德,与杰奎斯同住一室,在黑山共和国的混战中成熟起来的;那科西嘉人是个阴郁的浪漫主义者,满足于自己的绝望,他曾驾驶飞机沿海滩作自杀式低飞,在那儿游泳的人几乎可以摸到飞机的翅膀;那个高大纯洁的波利,始终被他妻子的目光追踪着,那妻子像是从玛丽·洛朗森[1]的油画中走出来的人。瑞恩和鲍比的身子紧绷在白色海滩服里,低声谈论着亚瑟·兰波[2]。鲍比扬起眉毛,他的脚扁平无声如管家的脚。他年龄较大,上过战场,眼睛灰暗荒凉,像是凡尔登附近被炸毁的地方——就在那个夏天,瑞恩不管天气好坏画了各种光线下丰富多变的大海。瑞恩很有艺术天赋,其父是普罗旺斯的一位律师。他有一双棕色的眼睛,透露着像丁托列托[3]小时候一样的艺术之火。一位阿尔萨斯巧克力商人的妻子一边在一架廉价的留声机前沉思默想,一边大声地怂恿她女儿拉斐尔,去晒得黑黑的,直黑到骨子里那难以丢掉的、多愁善感的南方血统。还有两个二十岁出头、一半美国血统的人,那卷得很紧的白色发卷纠结在拉丁人的好奇和盎格鲁-撒克逊人的谨慎之间,盘旋在昏暗中,像文艺复兴风格中楣上的守护天使。

在地中海的早晨,野蛮与文明的并列极大激发了戴维的画意。

"我来请客,但只能是波尔图酒,因为你知道,我没什么钱。"虽然杰奎斯想尽办法用

[1] Marie Laurencin(1883—1956),法国画家和版画家,是20世纪初法国先锋派艺术的代表人物,与毕加索等立体派艺术家过从甚密,但是她更致力于用轻淡柔和的色彩和曲线刻画女性气质。

[2] Arthur Rimbaud(1854—1891)法国诗人,早期象征主义诗人,开启了超现实主义诗歌流派。

[3] Tintoretto(1518—1594),文艺复兴时期意大利威尼斯画派画家,师从大画家提香,色彩温暖,充满幻觉,同时效仿米开朗基罗,突出强烈的动感。

英语来表达，但是真正让人弄懂他意图的还是他那各种夸张的手势。

"你说他是不是真是个神？"亚拉巴马对戴维说，"他和你很像——只不过他是太阳神，而你是月亮神。"

上尉站在她身边，对她碰过的所有东西进行归位，试探性地在两人间建立某种感情联系，像一个机械师在摆弄一个复杂的焊接。他对戴维又说又比画，假装对亚拉巴马的在场不感兴趣，以掩盖他对她这么快就感兴趣。

"我会开着我的飞机去你家，"他慷慨地说，"每天下午我也去海滩游泳。"

"那你今天下午要来和我们喝一杯，"戴维很高兴，"因为现在我们得回去吃午饭了，没时间再游泳了。"

那辆快要散架的出租车载着他们歪歪扭扭地穿行在普罗旺斯骄阳下的阴凉中，在葡萄园与葡萄园之间补丁一样的空地上缓缓爬行。太阳好像把整个乡村的色彩都吸收了起来，然后酿出了落日的余晖，天空中耀眼的色彩在沸腾着、咕嘟着，大地则脸色苍白元气大伤，等待着岩浆一样的色彩铺开去，在葡萄藤间和岩石上冷却。

"看，夫人，孩子的胳膊。我们必须得弄一个遮阳篷。"

"哦，奶妈，让她晒成黑色。我喜欢这些漂亮的棕色人。他们看上去好像没有秘密。"

"但是太过了，夫人。他们说以后会影响皮肤的。我们必须时刻想着将来，夫人。"

"好了，我个人，"戴维说，"很快就要成为黑白混血儿了。亚拉巴马，你觉得我刮掉腿毛会太女人气吗？那样能更快地晒黑。"

"我能要一艘船吗？"邦妮看着地平线。

"这是阿基塔尼亚号，要是你喜欢，等我完成下一幅画吧。"

"这个太老套了，"亚拉巴马插话说，"我想要一艘漂亮的意大利班轮，货仓里有那不勒斯海湾运来的酒桶。"

"又来了，"戴维说，"你又回到南方了——要是我看见你向那个年轻的狄奥尼索斯[1]抛媚眼，我就扭断他的脖子，我警告你。"

"没什么危险。我们话都听不懂。"

一只苍蝇一头撞在餐桌上方的灯上。这是一张可折叠的台球桌子。桌面上的球洞透过桌布凸了出来。格拉芙产区独家干型葡萄酒透过蓝色的酒杯显得绿油油、温吞吞的，让人没有胃口。午饭是橄榄油烧鸽子，闻上去有一股热烘烘的谷仓味道。

"或许在花园里吃饭更好。"戴维提议。

"我们会被虫子咬死的。"保姆说。

"在这么可爱的国家生活得竟然这么不舒服，真够愚蠢，"亚拉巴马表示赞同，"我们刚来时一切都那么好。"

"嗯，一切都越来越糟、越来越贵了。你知道一公斤究竟是多少吗？"

"两磅吧。"

"那么，"戴维大发脾气，"我们不可能一周吃掉十四公斤的黄油。"

"或许是半磅，"亚拉巴马歉意地说，"我希望你不会因为一公斤把事情搞大了——"

"你得非常小心，夫人，和法国人打交道。"

"我不明白为什么，"戴维告诫说，"你天天抱怨没有事情做，就不能把这个家管得让人

---

[1] Dionysus，古希腊神话中的酒神，罗马神话称其为巴克斯（Bacchus），是希腊十二主神之一，代表欢乐与重生，与太阳神阿波罗（Apollo）代表的秩序和理性共同成为希腊精神的核心。

满意些。"

"你希望我做什么？每次我想给厨子谈话，她都匆忙溜下地下室楼梯，然后账单就会多出一百法郎。"

"好了——要是明天还是鸽子，我就不吃午饭了，"戴维威胁说，"应该采取点措施。"

"夫人，"保姆说，"你看见那个用人从我们来了以后就买了新自行车了吗？"

"梅多小姐，"戴维突然打断说，"请你帮奈特夫人管一下账好吗？"

亚拉巴马但愿戴维没让保姆掺和。她想思量一下她的腿变得有多黑了，酒要是冰一下味道会怎么样。

"是那些社会主义者，奈特先生。他们败坏了国家。要是他们不慎重，我们还会有战争的。奥特尔·科林斯曾说——"

保姆字正腔圆的声音说啊说啊。她发音清晰，漏掉一个词都不可能。

"那是胡说，"戴维不耐烦地说，"社会主义者掌权是因为国家一团糟。有因才有果。"

"请原谅，先生，社会主义者引起了这场战争，现在——"清脆的声音大胆地阐释着保姆的政治观点。

来到凉爽的卧室，他们打算休息一下，亚拉巴马开始抗议。

"我们不能天天这样子，"她说，"她每顿饭都要滔滔不绝吗？"

"我们晚上可以让他们在楼上吃饭。我猜她很孤独。每天早上她都是自己坐在海滩上。"

"但是太可怕了，戴维。"

"我知道——你不必抱怨。当她滔滔不绝时，你就想创作的事。她得找个人把自己发泄出来。然后就好了。我们不能让外界因素破坏了我们的夏天。"

亚拉巴马从一个房间走到另一个房间,无所事事;通常只有远处那个兵营训练的声音会打破孤寂。现在,这最后的噪音变得很可怕——很恐怖。别墅要塌了。

她冲到阳台上。戴维的脑袋也出现在窗户上。

别墅上空,一架飞机在轰鸣盘旋。飞机飞得很低,他们能看见杰奎斯的头发透过棕色头盔闪着金色。飞机像一只掠食的鸟俯冲下来,然后一个弧线飞上去,冲到蓝天里。又马上飞回来,机翼在阳光下闪烁着,它旋转着冲下来,几乎要撞到屋顶了。等到飞机拉直了,他们看到杰奎斯用一只手挥舞着,把一个小包裹扔到花园里。

"那个傻瓜会送命的!会让我得心脏病的。"戴维很不满。

"他肯定非常勇敢。"亚拉巴马像做梦一样。

"你是说虚荣吧。"戴维告诫说。

"看!夫人,看!看!看!"

兴奋的女仆把一个棕色紧急公文箱交给亚拉巴马。一个脑筋这么灵活的法国女人从没想到一架飞机飞这么低这么危险就是为了送一个口信。

亚拉巴马打开盒子。一张笔记本上撕下来的纸,上面用蓝色铅笔写着法语:"我从我的飞机上向你致意。杰奎斯·谢弗尔·弗耶上尉。"

"这是什么意思?"亚拉巴马问。

"就是问候,"戴维说,"你为什么不买本法语字典呢?"

亚拉巴马下午去海滩的路上在图书馆停了一下。从一排排泛黄的书里，选了一本法语词典和《德·奥尔热伯爵的舞会》[1]，教自己学法语。

根据事前安排，四点钟开始，在让的家里，一阵风把浸透了海水的阴影吹开了一条蓝色道路。一支只有三件乐器的爵士乐队用忧伤的美国流行音乐来对抗涨潮。一首胜利的歌曲《是的，我们没有香蕉》促使好几对夫妇跳起了舞。贝朗德嘲弄般地和那个悲伤的科西嘉人一边跳舞一边调情。波利和夫人疯狂地跳着快得让人眼花缭乱的舞步，他们自称是美国狐步舞[2]。

"他们的脚像是在走钢丝。"戴维说。

"很好玩。我要学。"

"你得先戒烟戒咖啡。"

"我会的。你能教我怎么跳吗，杰奎斯先生？"

"我跳不好。我在马赛只和男人跳过。跳舞不是爷们该干的。"

亚拉巴马不懂他说的法语。但没关系。那人的金色眼睛像是一个阀门把她引到前又引到后，引到后又引到前，在伟大的共和国缺乏香蕉的音乐中忘了语言的障碍。

"你喜欢法国吗？"

"我热爱法国。"

"你不能爱法国，"他假装说，"爱法国你就必须先爱法国人。"

杰奎斯用英语谈恋爱比谈论其他任何事情都更顺畅。他说"爱"这个词时非常强调，好像生怕它会从他那儿跑掉一样。

"我买了一本词典，"他说，"我要学英语。"

---

[1] *Le Bal du Comte d' Orgel*，法国天才作家雷蒙·拉迪盖(Raymond Radiguet，1903—1923）的作品，与另一部小说《魔鬼附身》(1923）并称20世纪伟大爱情小说。

[2] American Fox，狐步舞是结婚典礼、宴会和社交晚会上的流行舞蹈，1913年由美国杂技演员哈利·福克斯（Harry Fox）根据美国黑人舞蹈和爵士乐的节奏而设计，动感流畅，步法多变，很快风行世界，1928年开始传入我国上海滩。

亚拉巴马大笑。

"我在学法语，"她说，"那样我就能更好地爱法国了。"

"你一定得去阿尔勒。我妈妈是阿尔勒人，"他热切地说，"阿尔勒女人都非常漂亮。"

他声音中悲伤的罗曼蒂克让这个世界显得无足轻重。他们一起掠过蓝色大海上的澎湃海浪，眺望着蓝色地平线的尽头。

"我相信。"她喃喃自语——相信什么，她已经忘记了。

"你妈妈呢？"他问。

"我妈妈老了。她很温柔。她把我宠坏了，我想要什么就给什么。哭着要东西，这本不是我的性格。"

"给我讲讲你小时候的事。"他温柔地说。

音乐停了。他把她的身体拉向自己，直到她觉得他的骨头硌着她的了。他古铜色的皮肤上一股沙滩和太阳的味道；她隔着浆挺的亚麻制服触摸到了他的裸体。她没有考虑戴维。她希望他没看见；她不在乎。她觉得她要在巴黎凯旋门顶上亲吻杰奎斯·谢弗尔·弗耶。亲吻一个穿白色亚麻衫的陌生人就像是一项已经失传了的宗教仪式。

晚饭后，戴维和亚拉巴马开车去圣－拉斐尔。他们买了一辆小雷诺汽车。只有镇子的外面还亮着，像是舞台上换幕时薄薄的布景。月亮把水边高大的悬铃木快要倒塌的山洞显露了出来。村里的乐队在海边的圆亭子里奏着《浮士德》和旋转木马华尔兹舞曲。一个街头巡回表演团摆出全部阵容，年轻的美国人和年轻的军官们乘着旋转木马飞驰在南国的夜空。

"那个广场会让孩子得百日咳的，夫人。"保姆责备说。

她和邦妮在车里等，防止病菌传染，或者在车站前的空地上漫步。

邦妮变得很难管束，对有表演团的夜生活很是热衷，最后，他们只好晚上把她和保姆留在家里。

每天晚上在海军咖啡馆，他们都遇见杰奎斯和他的朋友们。年轻人大声喧哗，尽情喝波尔多还有啤酒，戴维埋单时他们会点香槟，装作海军上将向侍者发号施令。瑞恩把他的雪铁龙开上大陆酒店的台阶。飞行员都是保皇党。有些是画家，有些人没有飞行任务时就尝试写作，所有人都是业余卫戍队员。晚上飞行会有补贴。杰奎斯和贝朗德飞机上的红绿灯光经常掠过海面搞庆祝。杰奎斯不喜欢让戴维付账，贝朗德也没有钱——他和夫人在阿尔及利亚有个孩子与他父母住在一起。

里维埃拉性感迷人。热浪下，拍打着海岸的蓝色海水发出炽热的白光，白色的宫殿在热气下咝咝作响，一切都更明亮了。那是在蓝火车[1]高级主管、比亚里茨-贝克斯铁路最高长官和室内装饰总设计师纷纷征用里维埃拉的蔚蓝海岸来串起他们的艺术事业之前的日子。一小群吵吵嚷嚷的人在快乐地浪费着他们的时间，又在烤焦的棕榈和葡萄藤下漫不经心地挖壕沟浪费着他们的幸福。

亚拉巴马在悠长的下午阅读亨利·詹姆斯[2]。戴维工作时，她就读罗伯特·休·本森[3]和伊迪斯·华顿[4]，还有狄更斯。里维埃拉的下午漫长寂静，夜幕未降却早已昏昏沉沉。一船一船闪亮的光脊梁和摩托车的突突声把夏天拉过了水面。

[1] Train Bleu，法国历史上著名的豪华快车，自法国北部的加莱港通往地中海的里维埃拉，第二次世界大战前20年间，该铁路线成为欧洲各国人士前往里维埃拉的主要途径。

[2] Henry James（1843—1916），既是美国又是英国著名小说家，生于纽约，长期旅居英国，1915年加入英国国籍，是西方心理分析小说和小说批评的开创者，也是现实主义小说的集大成者。

[3] Robert Hugh Benson（1871—1914），英国小说家，本是一位英国圣公会牧师，后改宗加入罗马天主教，其小说多描写怪诞恐怖的未来世界，是第一个描写反乌托邦社会（Dystopia）的作家。

[4] Edith Wharton（1862—1937），美国女作家，出身纽约上流社会，长期旅居法国，是菲茨杰拉德夫妇的朋友，其小说风格既有亨利·詹姆斯的心理分析也有简·奥斯汀风俗小说的特点。

"我该拿我自己怎么办呢?"她心神不定。她试着做衣服,结果没有做完。

百无聊赖,她开始干涉保姆。"我认为邦妮的饭菜里淀粉太多。"她摆出权威的样子说。

"我不这样认为,夫人。"保姆回答得很干脆,"二十年来我带过的孩子从来没有吃过太多的淀粉。"

保姆将此事告诉戴维。

"你能不能不要插手,亚拉巴马?"他说,"现阶段,我的工作需要绝对安静。"

当她还是孩子时,时间也是这么懒洋洋地溜过去了,她从来没想到把生活当成慢悠悠的、无声无息的事情,法官是这样打发时间的,可她向来把生活戏剧化当作自己的本分。她开始责备戴维生活单调。

"好了,为什么你不举行个晚会?"他提议。

"我们该邀请谁?"

"不知道——房东太太和阿尔萨斯人。"

"他们很不像样子——"

"只要你把他们看成马蒂斯,他们就很好了。"

女人们太小市民气了,不在邀请之列。其余的人都来到奈特家的花园里喝仙山露[1]。波利夫人从一架小柚木钢琴上弹起了《就是不亲嘴》[2]的旋律。法国人对戴维和亚拉巴马大声地谈论着费尔南多·莱热[3]和瑞恩·克里夫林[4]的作品。他们听不懂,只见对方讲话时弯着腰,对于他们

[1] Cinzano,意大利甜味起泡酒。
[2] *Pas Sur la Bouche*,法语,1925年在巴黎上演的同名轻歌剧。
[3] Fernand Léger(1881—1955),法国画家、雕刻家和电影制片人,波普艺术(pop art)的先驱。
[4] René Crevel(1900—1935),法国作家,曾是法国超现实主义文学俱乐部成员。

自己待在这种古怪的场合感到很拘谨——除了杰奎斯。他大张旗鼓地表示自己不幸被戴维的妻子迷住了。

"你表演特技的时候不害怕吗?"亚拉巴马问。

"我一上飞机就害怕。这就是为什么我喜欢飞机。"他骄傲地回答。

如果说周末时,厨房里三姐妹难得一见,但是在这个特殊场合,她们就像国庆节时的烟花四处飞溅。流着毒涎的龙虾包裹在西芹中,沙拉鲜艳得如同复活节时从淡黄地里找到的卡片。桌子用牛尾菜花环绕裹了一圈;亚拉巴马确信,在地下室的水泥地板上甚至还能找到冰块。

波利夫人和亚拉巴马是唯一的女客。波利很不合群,一直紧盯着妻子。与美国人一起用餐好像是去参加化装舞会一样冒险。

"哦,是的,"夫人笑着说,"是的,当然是的,然后——是——的,"像是米丝廷盖特[1]歌曲中的合唱。

"但是在黑山——当然,你知道黑山共和国?"那个科西嘉人说,"所有男人都穿紧身衣。"

有人戳了一下贝朗德的肋骨。

杰奎斯的眼睛痴痴地盯着亚拉巴马。

"在法国海军,"他宣布,"指挥官会很高兴、很骄傲地和他的船一同沉没——我就是一个法国海军军官!"

晚会一片法语声,亚拉巴马一点听不懂;她的思绪不知不觉飘移起来。

"让我为你加一点总督风,"她说,伸进果酱冰淇淋里,"或是一匙伦勃朗?"

---

[1] Mistinguett(1875—1956),法国著名女演员和歌唱家。

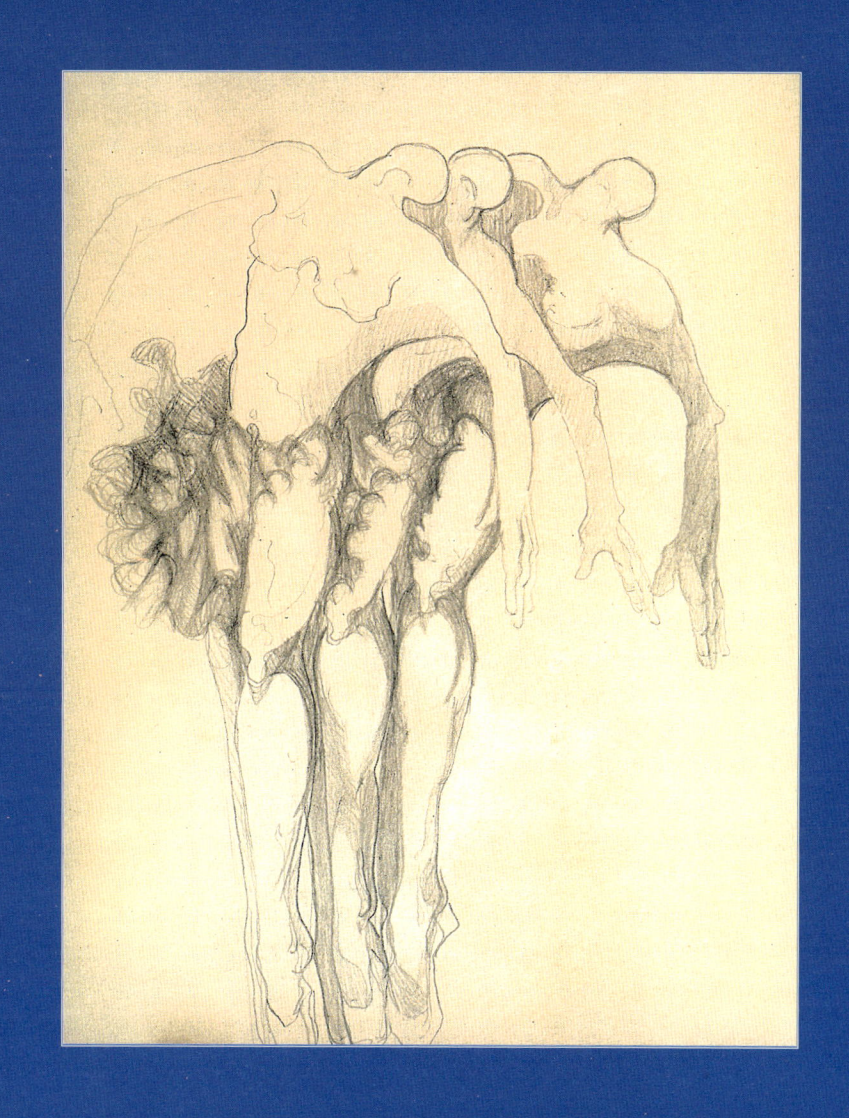

· 三个芭蕾女舞者（铅笔画，1933）
本图即本书封面用图

·第五大道（水粉，1940年代）

他们坐在阳台上吹风,谈着美国、印度支那和法国,听着黑暗中鸟儿的啼叫。月亮一点也不皎洁,夏天里含盐太多的空气让它变黑了,阴影更深了,更易交谈了。一只猫爬过阳台。天太热了。

瑞恩和鲍比去找氨水防蚊子。贝朗德去睡觉了;波利和妻子回家了,对自己在法国的房产很小心。冰块在地板上融化了;他们在厨房的铁锅里煎鸡蛋。亚拉巴马和戴维还有杰奎斯在古铜色的黎明中,开车去阿盖,迎着早上凉爽的金色晨曦,松树上挂着奶油色的太阳,夜晚闭拢睡去的花儿散发着白色香气。

"那些是尼安德特人的岩洞。"戴维说,指着山头上紫色山洞说。

"不,"杰奎斯说,"那个在格勒诺布尔。"

杰奎斯开着他们的雷诺。他开它就像开飞机,速度很快,摩擦声很响,像是一群黎明中迁徙的候鸟。

"要是这车是我的,我就一直开到海里去。"他说。他们飞速穿过阴暗空旷的普罗旺斯,来到海边,道路蜿蜒,像是皱巴巴的床单罩在小山上。

修好这车至少需要五百法郎,戴维想,他把杰奎斯和亚拉巴马放到亭子那儿游泳。

戴维回家一直工作到光线发生变化了——他坚持说自己只在南部中午的光线中写生。他步行到海边与亚拉巴马会合,午饭前稍微游一会儿。他发现,她和杰奎斯像一对情侣并肩坐在沙滩上——很漂亮的一对,他心想。他们浑身光滑,湿漉漉的,像两只刚刚舔过全身的猫咪。戴维觉得燥热。太阳晒着脖子里的汗水,像戴着硬领一样刺痒。

"你要不要和我一起再下一次水?"他觉得要说点什么。

"哦,戴维——今天早上水太凉了。要起风了。"亚拉巴马的语气像是一个孩子，因为被人打扰而恼火。戴维自己游着，回头看着两个在阳光下肩并肩亮晶晶的身影。

"他们两个是我见过的最冒失的人。"他生气地自言自语。

起风了，海水变凉了。斜射的阳光把地中海切割成许多银色的波纹，并把它们冲上无人的海滩。戴维去穿衣服，看见杰奎斯侧身对亚拉巴马低声说着什么。他听不清他们说什么。

"你会来吗？"杰奎斯说。

"是的——我不知道。"她说。

戴维走出小板棚，沙子迷了他的眼。亚拉巴马泪流满面，脸颊上晒出的深褐色泛着黄色的光。她说是风吹的。

"你有病，亚拉巴马，你疯了。要是你再见那男人一次，我就把你扔在这儿，我自己一个人回美国。"

"你不能那样。"

"你看我能不能！"他威胁说。

她在刺骨的风中躺在沙滩上，伤心欲绝。

"我走了——他会用飞机送你回家的。"戴维大步走了。她听到雷诺开走了。冰冷的白云下，海水闪着光，像是金属反射镜。

杰奎斯来了，带了一瓶波尔多。

"我给你叫了一辆出租，"他说，"只要你愿意，我以后不再来了。"

"要是后天他去尼斯时，我没有去你的公寓，你就不要再来了。"

"好的——"他等着为她服务，"你想怎么对你丈夫说？"

"我要把实情告诉他。"

"那不明智，"杰奎斯警告说，"我们必须为我们的利益着想——"

下午，天气寒冷，天空湛蓝。房子周围，风吹着冰冷的土块。在户外你几乎听不清自己在说什么。

"我们午饭后不用再去海滩了，奶妈。太冷了，没法游泳。"

"可是，夫人，邦妮因为刮风坐立不安。我们应该去，夫人，要是你不介意。我们不游泳——就是透透气，你知道。奈特先生会带我们去。"

海边根本没人。晶莹的空气让她嘴唇发干。亚拉巴马躺下晒太阳，但是早在晒暖她的身体前，风就把太阳吹跑了。毫不怜惜。

让和鲍比从酒吧里走了出来。

"你们好。"戴维说。

他们坐了下来，好像他们两个共享着一个与奈特夫妇有关的秘密。

"你们注意到旗子了吗？"让说。

亚拉巴马转向空军基地方向。

旗子半降到金属屋顶上，在微光中非常显眼。

"有人死了，"让继续说，"一个士兵说是杰奎斯——在这种风中飞行。"

亚拉巴马的世界一时寂然无声，好像天体即将碰撞。

她迷迷糊糊站起来。"我得走了。"她安静地说。她觉得胃里冰凉恶心。戴维跟她走到车旁。

他生气地给雷诺挂上满挡。它跑得不能再快了。

"我们能进去吗？"他对警卫人员说。

"不能，先生。"

"这里发生了事故——你能告诉我是谁吗？"

"这违反规定。"

墙下一个白色的沾满了沙子的担架,那人身后有一排夹竹桃给弄弯了。

"我们想知道是否是杰奎斯·谢弗尔·弗耶上尉。"

那人盯着亚拉巴马的脸研究了一下。

"好吧,先生——我看看。"他最后说。

他们在大风中等着。

警卫人员回来了。在他身后,从容不迫的杰奎斯轻捷地来到车边,来认领她,带来了阳光,带来了法国空军,带来了蓝色和白色的海滩,带来了普罗旺斯,带来了因严格的纪律而晒黑了的人们,也带来了生活本身的压力。

"夫人。"他说。紧紧攥着她的手好像在为她包扎伤口。

亚拉巴马无声地哭了。

"我们就是确认一下,"戴维发动了车子,冷冷地说——"我妻子的眼泪是为我流的。"

突然,戴维发起了脾气。

"该死的!"他吼叫起来,"你想决斗吗?"

杰奎斯静静地看着亚拉巴马的脸。

"我不能打他,"他平静地说,"我比他壮。"

他的手像铁手套一样紧紧抓住雷诺的一侧。

亚拉巴马想看看他。眼泪弄花了他的身影。他金黄色的脸和白色的亚麻裤飘离了他的身体,和着金色的泪光,他的身体成了一道道金光。

"你不能,"她粗鲁地说,"你不能打他。"

她哭着,扑到戴维的肩膀上。

雷诺愤怒地冲进了风里。戴维开车冲到让家的栅栏前。亚拉巴马伸手拉下了紧急手刹。

"白痴！"戴维生气地推开她，"把你的手从手刹上拿开！"

"我后悔没让他把你打成肉酱。"她愤怒地喊。

"要是我愿意，我早就把他杀了。"戴维轻蔑地说。

"出什么大事了，夫人？"

"有人死了，就是这么回事。我弄不懂他们怎么活下去的！"

戴维径直去了他"夜莺别墅"的书房。花园尽头有两个孩子在捡无花果，轻柔的拉丁语声随着清风起起伏伏，像是摇篮曲。

过了好长时间，亚拉巴马听见他从窗户里喊："你们能不能走开，不要待在这里！该死的外国佬！"

晚饭期间，他们彼此几乎不说话。

"这些风刮得很及时，其实，"保姆说，"它们把蚊子刮到内陆了，风停以后，天会很晴，你没发现吗，夫人？可是，天呢，它们可是多么让奥特尔·柯林斯先生头疼！一刮风他就像是愤怒的狮子。你不是特别在意，是吧，夫人？"

戴维决心去和平解决争端，晚饭后他坚持开车去了镇上。

让和鲍比坐在咖啡店里喝酒。椅子堆放在桌子上。戴维点了香槟。

"刮风的时候香槟酒不好喝，"让建议道——但他还是喝了。

"你看到谢弗尔·弗耶了吗？"

"是的，他说他要去印度支那。"

听他的口气，亚拉巴马担心戴维要是看见杰奎斯会打起来。

"什么时候走？"

"一星期后——十天吧,要是他收到调令。"

树下郁郁葱葱的海滨小径曾经多么茂盛,充满生命,夏天好像把它们全部的精华都吸走了。杰奎斯像是真空吸尘器把它们的生命都吸走了。什么都没有了,只有廉价的咖啡店,水沟里的落叶,一条四处流浪的野狗,一个叫山思－巴斯的黑人,脸上一道疤,极力要让给他们买一张报纸。这就是七月和八月里余下的东西。

戴维没有说他找杰奎斯干什么。

"或许他就在里面。"让暗示说。

戴维穿过街道。

"听着,让,"亚拉巴马马上说,"你必须跟杰奎斯说我不能去——就是这些。你愿意为我做这事吗?"

让的脸上扬起了梦幻般的激情,他抓住她的手亲吻着。

"很为你难过。杰奎斯是个不错的小伙子。"

"你也是好小伙子,让。"

杰奎斯第二天早上没有来海滩。

"你好,夫人,"让招呼他们,"你们夏天玩得好吗?"

"很好,"保姆回答,"但是我想夫人和先生很快就在这住腻了。"

"嗯,这个季节很快就要过去了。"让一副哲学家的论调。

午餐有鸽子和奶酪。女仆拿着记账本;保姆滔滔不绝。

"很好,我得说,这个夏天。"她评论说。

"我讨厌这儿,要是明天你能把我们的东西打包,我们就去巴黎。"戴维恶狠狠地说。

"可是,法国法律规定你必须提前十天通知保姆,奈特先生。绝对有法律规定。"保姆告诫说。

"我会买通他们的。两个法郎,你就能收买总统,那个讨厌的基基犹太佬[1]!"

保姆笑了,看到戴维发火感到不安。"他们当然金钱至上。"

"我今晚就打包。我走着回去。"亚拉巴马说。

"没有我陪着,你不能进城去吧,亚拉巴马?"

他们针尖对麦芒,好像两个跳舞的人在快速旋转中需求相互的支持。

"不会的,戴维,我答应你。我会带着保姆和我一起。"

她在松树林中漫游,走到别墅后面的公路上。其他的别墅里住满了消夏的人们。悬铃木的落叶铺满了车道。异教徒墓地前的玉石神像更像是室内神,在红色铝土山坡上显得格格不入。大路很平整,便于英国人冬天散步。她们循着葡萄园中的沙土路向前。是一条马车道。太阳在一场红和紫的大出血中流血而死——鲜血染红了葡萄叶子。乌云聚集着,在地平线上蜷曲着,大地在显示《圣经》上的预言。

"法国人从来不亲吻自己妻子的嘴,"保姆很体己地说,"他对她太尊敬了。"

她们走得太远了,亚拉巴马背着邦妮,让她的小腿休息一下。

"跑起来,小马。妈妈,你为什么不跑起来?"宝宝哀求道。

"嘶——我是匹老马了,还得了手足口病,亲爱的。"

一个在火热的地里干活的农民向女人们打着猥亵的手势。保姆吓坏了。

"你能想象得到吗,夫人,我们还带着小孩子?我得向奈特先生汇报。战争以来世界不

[1] Kikes,贬义词,由于俄国犹太人的名字多以 –ky 结尾,故称其为 kikes,1924 年法国在职的总统并非犹太人。

太平了。"

　　太阳落山时，塞内加尔军营里响起了手鼓声——他们为死者举行的仪式。

　　一个孤独的牧羊人，晒得黑黑的，非常英俊，在通向别墅的小路上赶着一群绵羊。它们漫过亚拉巴马、保姆和孩子，吧嗒吧嗒的羊蹄扬起了尘土。

　　"我怕。"她向那人用法语喊道。

　　"好的，"他轻轻地说，"你们别怕！嘘——"他驱赶着羊群沿路走去。

　　直到周末，他们才离开圣-拉斐尔。亚拉巴马待在别墅里，和邦妮、保姆一起散步。

　　波利夫人打来电话。亚拉巴马能否下午去看她？戴维说她会去道别。

　　夫人给了她一张杰奎斯的照片和一封长信。

　　"很为你难过，"夫人说，"我们没想到，你们是认真的——我们以为只是闹着玩。"

　　亚拉巴马看不懂信，信是用法语写的。她把它撕成了碎片，扬到了黑色的水中，水上泊着许多船，从上海到马德里的，哥伦比亚到葡萄牙的。她的心碎了，照片也碎了。那张照片是她这辈子所拥有的最美好的东西。留着它有什么用呢？杰奎斯已经去中国了。什么方法也留不住夏天，什么法国话也不能维持破碎了的和谐，一张廉价的法国照片有什么指望。不论她想从杰奎斯那里得到什么，杰奎斯都把它带到中国去了。你想从生活里得到什么就去拿，要是你能拿到，就不要管其他的。

　　沙滩上的沙子还像六月里的那么洁白，从车窗望出去，地中海还是一样的蓝。火车把奈特夫妇从柠檬树和太阳下拉走了。他们在去巴黎的路上。他们对旅行和换地方来治疗心理创伤都不抱信心。他们只是高兴能离开。邦妮很高兴。孩子总是对新鲜事物感兴趣，没有意识到一切的一切都是一样的，如果一切就是一切。夏天、爱情和美丽，在戛纳或康涅狄格都是一样的。戴维比亚拉巴马年长，自从他第一次成功以来，他一直都没怎么开心过。

第三章

没人知道是谁举办的晚会。它已经持续好几个星期了。你觉得撑不到下一个晚上了,就回家去睡觉,当你再回来,已经有新的一拨人献身于它,让晚会永远继续。它或许开始于1927年,那时轮船满载着不安分的人们,把他们倾倒在法国。亚拉巴马和戴维在巴黎一个教堂档案馆一样不通风的公寓里度过一个可怕的冬天后,于五月份加入了这流动的盛宴。那座公寓为了防止冬天的雨水,一直闭得紧紧的,对他们从里维埃拉带回来的苦恼正好起了孵化作用。他们的窗外,前面的灰屋顶[1]擦着后面的灰屋顶,像轻轻相击的花剑。灰色的天空低垂在管管烟囱中间,像是哥特式建筑那伸入云端的尖顶倒立了下来,将地平线分割成了一个个尖顶,像个巨大的孵化器悬浮在他们上空。香榭丽舍大道阳台上的蚀刻和人行道上的雨水就是他们从红色镀金的大厅里所能看到的东西。戴维在左岸过了阿尔马桥的地方有个画室,那里洛可可式的公寓和长长的林荫道挡住了视线,没有什么色彩。

在那里,他把自己投入到对秋天的怀旧中,从过去的几个月中、从炎热和寒冷以及节日里,创作出了一些催眠曲一样的意象,吸引了大量的先锋派来到独立沙龙画展。画作完成了:展出的是一个新的更个人化的戴维。他的名字在银行大厅和里茨酒吧

---

[1] 巴黎传统的灰屋顶用旧锌铁和石板搭建,一管管粗陶的圆柱形小烟囱林立其上,造型美丽,启发过梵高等很多艺术家的创作灵感,2015年2月巴黎市政府向联合国申请授予巴黎灰屋顶世界遗产地位。我国作家刘心武的散文《美丽的巴黎屋顶》对其描摹细致。

里都能听到，其他地方对他的议论可见一斑。他的作品科学准确，即使在室内装饰方面也很受欢迎。艺术馆的一个餐厅就是按照他的一幅室内画上的秋牡丹来装饰的；俄罗斯芭蕾舞剧院接受了一件室内画——画的是圣－拉斐尔海滩上空光的魔幻效应，借以表现芭蕾剧《进化》中世界之初的样子。

对戴维·奈特一家的崇拜热潮让迪基·阿卡斯顿的书信飞进了他们的视野，所有的墙上都写满了一条来自巴比伦的信息，而他们根本不屑去读，那时他们正在圣日耳曼大道和协和广场上，细细欣赏和体会大道两旁黄昏时紫丁香的香味和广场上那昂贵神秘的蓝色时刻 [1]。

电话铃丁零丁零，穿透了他们的梦，在梦里他们正去往暗淡的瓦尔哈拉殿堂 [2]、埃默农维尔和天堂里垫有衬垫的旅馆走廊。当他们在那充满诗情的床上梦见尘世的遗嘱正在接受审核的时候，电话铃雨点一样落到了他们的意识中，像远处滚滚而来的马蹄声。戴维抓起了听筒。

"你好，是的，是奈特家。"

迪基的声音沿着电话线从高高的自信落到了低低的哄骗。

"我希望你们能来我家吃晚饭。"声音从牙缝里落下来，像一个杂技演员从帐篷的顶端跳下。迪基的社交范围以不突破道德的、社会的和浪漫的独立为底线，因此你可以想见范围很不小。迪基一向跟着感觉走，并称之为人性。在墨索里尼时代和每一个路过阿尔卑斯山的人都可以登山训众的时代，她的存在不足为奇。为了三百美元，她从意大利贵族的手指甲底下把几个世纪的积蓄一卷而空，又把它像鱼子酱一样介绍给堪萨斯城初入社

[1] Blue Hour，指日出之前或日落之后，太阳远在海平面以下，太阳光线中波段较短的蓝色和波段较长的红色被分离开来，红光直射入空，而蓝光从大气层被反射回地面，造成非常奇异的蓝光时刻，时间可长达四十分钟，是艺术家珍爱的宝贵时刻。

[2] Valhallas，北欧神话中的主神兼死亡之神奥丁接待英灵的殿堂。

交界的女孩子们；又用几百美元叩开了布鲁姆斯伯里[1]和帕纳索斯诗坛[2]的大门，也打通了尚蒂伊城堡的大门或挤进了登载美国战后繁荣的《德布莱迪》丛书。她那深不可测的商业网可以为战火纷飞的欧洲前线供给西芹——给西班牙人、古巴人、南美人，甚至可以偶尔在蛋黄酱上漂浮着几块黑乎乎的块菌碎片。奈特夫妇的知名度飙升得如此之高，他们自然成了迪基的硬通货。

"你不必这么清高，"亚拉巴马对戴维的冷淡表示不满，"所有人都会变白——或者曾经白过。"

"好吧，我们会去的。"戴维对着听筒说。

亚拉巴马试着扭了扭自己的身体。下午的太阳高高地照在床上，她和戴维衣衫不整，收拾着自己。

"被追星，"她不情愿地走向浴室，"很荣幸啊，只怕追星者别有用心。"

戴维躺在那儿听着水声很大，玻璃杯子在响。

"再喝一杯吧！"他吼道，"我发现抛开底线生活会更好，但是我不能牺牲我的弱点——一个酗酒的人。"

"你刚才说什么，威尔士王子病了？"亚拉巴马喊道。

"我不明白为什么我说的话你总听不见。"戴维恼火地回答。

"我讨厌别人在我拿起牙刷时开始讲话。"啪的一声。

"我说这床单烙伤了我的脚。"

"但是这里的酒不含碳酸钾，"亚拉巴马不相信，"肯定是神经性的——有什么新症状吗？"她显得很嫉妒。

"我还没昏睡到分不清现实和幻觉。"

---

[1] Bloomsbury，伦敦市中心地区，以小说家弗吉尼亚·吴尔夫兄妹和他们的画家与评论家朋友为主组成的艺术小团体，1912 年开始定期在此聚会，以相互促进艺术为目的，被称为布鲁姆斯伯里团体。

[2] Parnassus，希腊中部的山脉，希腊神话中诗神缪斯的故乡。

"可怜的戴维——我们该怎么办?"

"我不知道。说真的,亚拉巴马,"戴维沉思着点了一支烟,"我的作品有点老套。我需要新的感情刺激。"

亚拉巴马冷冷地看着他。

"我懂了。"她明白她已经因为普罗旺斯的美丽夏天而牺牲了一切权利,"你可以模仿《巴黎先驱报》专栏里百瑞·华尔[1]的做法。"她提议。

"或者让明暗对照法窒息我自己。"

"要是你是认真的,戴维,我相信我们都明白,我们之间互不干涉。"

"有时候,"戴维毫不相干地说,"你的脸就像是迷失在苏格兰沼地里的一个鬼魂。"

"当然了,我们不允许嫉妒。"她继续说。

"听着,亚拉巴马,"戴维打断说,"我觉得这样很不好;我们会成功吗?"

"我想去显摆一下我的新裙子。"她坚决地说。

"我要穿旧衣服。你知道我们不该去。我们应该考虑一下我们对人类的义务。"对于亚拉巴马,义务是文明布下的陷阱和计划,来诱捕和残害她的幸福,拖住时间的脚步。

"你是在谈道德吗?"

"不。我想去看看她的晚会什么样。迪基上一次晚会虽然有几百人没能进门,但没有网到多少鱼。唐卡女公爵用一些巧妙的暗示让迪基在美国待了三个月。"

"他们和别人都一样。你就坐下来等那注定会发生的吧,永远不会发生就是那注定会发

[1] Berry Wall(1860—1940),美国著名花花公子,传闻有 500 条裤子和 5000 条领带。

生的。"

战后的繁荣把戴维和亚拉巴马以及其他六万美国人撒到了欧洲大陆的地面上,进行不用猎犬追兔子的游戏,这时,游戏已经进入到了高潮。截止到五月三号,达摩克利斯之剑[1]已经铸就,满怀希望能以无化有,以有化无。

晚上是美国人,白天还是美国人,银行里也总有美国人在一起买什么。大理石的大厅里挤得满满的。

莱斯皮奥特花店的花供不应求。他们用皮革和橡皮来做旱金莲,用蜡做栀子花,用线头和电线来做旧丝带。他们让多年生植物生长在肩膀饰带那贫瘠的土壤里,把花束的茎秆做得特别长,以别进腰带下面肥沃的土壤里。杜伊勒里花园的衣帽商把帽子串在一起挂在玩具船帆上;成衣商大声兜售着成捆的服装。女士们照着郝莲娜·鲁宾斯坦[2]和多萝西·格雷[3]的风格去理统一的发型,穿上铬合金高跟鞋。她们不是对着侍者念菜单上的菜名,而是互相说:"你不想……吗"和"你真不想……吗",直到让侍者觉得巴黎的街上还更安静些,那里有看不见的乐队在演奏。那些在 1927 年以前就到达巴黎的美国人,为自己买了领口和袖口,把自己塞进纳伊和帕西富人区周边的缝隙中,学习那个荷兰男孩[4]在守护大堤。不那么有野心的美国人就尽情挥霍,像礼拜六放假的仆人去玩破损的摩天轮一样,他们随着花费的增多不断地调整又调整,像是

[1] The Sword of Damocles,亦称悬顶之剑,意指时刻存在的危险。源自古希腊传说,西西里国王狄奥尼修斯宴请他的大臣达摩克利斯,命其坐在用一根马鬃悬挂的寒光闪闪的利剑之下,意在向其说明身为国王当随时有危机意识。

[2] Helena Rubenstein(1872—1965),波兰裔美国女性化妆品行业开拓者,其开创的 HR 护肤品牌与化妆品皇后伊丽莎白·雅顿(1878—1966)的彩妆齐名。

[3] Dorothy Gray,1928 年美国出产的一种防晒面霜。广告画上的女郎头发露耳齐肩,额头发际卷曲向上,肩头发梢向内卷曲。

[4] Dutch Boy,荷兰民间传说,一个小孩偶然发现村旁的堤坝上有小洞在冒水,他用自己的手指死死堵住洞口,派小狗回村报信,避免了村庄被淹。

随时需要调试的波坦收款机。神秘的皮货商在小场街抢劫了一个秘密客户；人们逛得远一点就得花钱坐出租车。

"很抱歉，我不能待太久，我就是进来打声招呼。"他们相互这样告诉对方。他们订购了维罗纳甜点、鸡肉和榛子去枫丹白露野餐，草坪像凡尔赛宫里的蕾丝窗帘，树冠像扑了粉的假发。圆盘样的雨伞挤满了郊外的台地，播放着热情奔放的肖邦华尔兹舞曲。他们坐在远处悲伤低垂的大榆树下，榆树就像欧洲地图，榆皮磨到最后会变成黄绿色羊毛，榆钱饱满沉重，像是酸葡萄。他们预订了好天气，要去大快朵颐，一路听着赶车人抱怨马蹄铁太贵了。菜谱上都是中产阶级喜爱的鲜花，马栗上也堆有高高的鲜花，波尔多酒配以涂了糖霜的玫瑰花苞。美国人随处可见，但也仅仅是一场酒吧音乐的序曲，很快音乐就为想象中的少数人响起。在他们看来，所有法国男孩都是孤儿，因为总穿黑色衣服，那些不知道法国人眼中的疯子什么样的人认为他们就是疯子。他们喝酒都很凶。纽扣里系着红丝带的美国人在人行道上一边读《探路者》报纸，一边喝酒，那些手拿赛马须知手册的美国人边喝酒边下楼梯，还有那些口袋里装着百万美元随时享受酒店女按摩师服务的美国人，穿着西装在默里斯酒店和克里翁酒店喝。其他美国人在蒙马特高地，"解解渴"、"散散热"、"助助消化"或者"提提神"。他们很高兴法国人把他们当作疯子。

凯旋圣母院祭台上一年消耗的鲜花价值达一万五千法郎。

"看来要发生什么事了。"戴维说。

亚拉巴马不希望再发生什么了，但是现在轮到她说是了——他们之间已经达成了不成文的协议，要为对方的情感服务，彼此配合默契，几乎像保险柜的锁和钥一样精确。

"我的意思是,"他继续说,"要是有什么人碰巧让我们回忆起我们以前所感觉到的那一切,或许会让我们再次变得年轻。"

"我明白你的意思。生活已经成了一种折磨,它就像是在记录舞曲,而不是在跳舞。"

"说对了。我想郑重声明一下,我就是因为一直不能放松而没有了工作激情。"

法国人家的录音机里,妈妈说"是",爸爸说"是"。"美人鱼"从一本书的名字传到了屋顶上的三根天线。出什么事了?它已经从一个神变成了神话又成了莎士比亚——没有人在意。人们仍然认识这个字是"美人鱼"。戴维和亚拉巴马几乎没意识到这变化。

他们坐在一辆马恩出租车里,转遍了巴黎所有映入眼帘的角角落落,最后来到乔治五世大酒店。一股不祥的愉快气氛笼罩着酒吧。狂热地模仿着毕卡比亚[1]的风格,黑色的线条和圆点发疯地挤进这个像轮船一样狭窄的空间里,直到让这个小空间的一切都穿上了紧身褡。酒吧侍者察看着这一群人,一副高人一等的姿态。阿克斯顿小姐是老顾客,经常带客人同来。迪基·阿克斯顿小姐,他早就认识。那晚她在巴黎东站开枪射杀她情人的时候,他就在场。只有亚拉巴马和戴维以前没见过。

"阿克斯顿夫人从那次意外事件中恢复过来了吗?"

阿克斯顿小姐用她尖锐有磁性的声音做了肯定的答复,她想要一大杯杜松子酒,要快。她头上的头发像是一个人一边打电话一边随手用铅笔画下来的。她修长的双腿用力蹬到前面,好像她要用脚趾警惕地踩住宇宙的升降梯。人们说她和一个黑人睡过。酒吧侍者不相信。他弄

---

[1] Picabia(1879—1953),法国先锋派画家和诗人,一生风格多变,不断在印象派、抽象派、立体派和超现实主义中变换,同时还是达达主义的创始人之一。

不懂阿克斯顿小姐怎么能在和白人绅士睡觉时找得出时间——有时，也和拳击手。

另一个人物是道格拉斯小姐。她是个英国人。你说不上她和什么人睡过。她远离报纸。当然了，她有钱，选择和谁睡觉就要更加谨慎些。

"夫人，和平时一样吗？"他讨好地笑了笑。

道格拉斯小姐睁开了她那半透明的眼睛；她黑得如此纯粹，简直就是一团黑色香气。苍白，透明，只因她自己那梦幻般的自制力，这才勉强降落凡间。

"不，我的朋友，这次是苏格兰威士忌和苏打水。我喝了一肚子的谢丽酒。"

"有一个窍门，"阿克斯顿小姐说，"你把六本百科全书放在你肚子上，然后背诵目录。几个星期以后，你的肚子就变平了，臀部后翘了，这样就可以前后换位，开始新生活了。"

"当然，"道格拉斯表示赞成，捶了一下自己的腰，腰带上方有一枝新鲜的玫瑰花，像是刚从煎锅里拿出来的蛋卷，"唯一可以肯定的是——"她倾过身子对着阿克斯顿小姐耳语了一句，两个女人放声大笑。

"请原谅，"迪基收住了狂笑，"在英国他们加在威士忌里喝。"

"我从没试过。"黑斯廷斯先生不动声色地宣布。

"自从我得了溃疡，我就只吃菠菜，设法避免再像以前那个样子。"

"一道单调乏味的菜。"迪基盖棺定论。

"我用它炒鸡蛋，再配上油炸面包丁，有时还——"

"现在，亲爱的，"迪基打断说，"你不能让自己太兴奋。"她故意轻描淡写地解释道，"我得照料黑斯廷斯先生，他刚从一家精神病院出来，一紧张,不开着留声机就没法自己穿衣洗脸。邻居们一听见,就把他送去关起来,所以我得让他保持安静。"

"那肯定很不方便。"戴维咕哝着。

"太可怕了——带着那么些唱片走那么远到瑞士,用三十七种语言点菠菜。"

"我相信奈特先生会告诉我们永葆青春的秘诀,"道格拉斯小姐提议,"他看上去只有五岁。"

"他是个权威,"迪基说,"绝对的权威。"

"什么权威?"黑斯廷斯怀疑地问。

"对于今年的女人们。"迪基说。

"你关心俄国人吗,奈特先生?"

"哦,非常关心。我们爱他们。"亚拉巴马说。她觉得自己好几个小时没有说话了,得说点什么。

"我们不喜欢,"戴维说,"我们对音乐一窍不通。"

"吉米[1],"戴维紧紧抓着话题,"会成为一名伟大的作曲家,可是他必须每数十六个对位法就得喝一杯来保持灵感,而且他的膀胱被摘除了。"

"我不会像有些人那样,为了成功把自己牺牲掉。"黑斯廷斯暗示戴维已经把自己出卖给什么了。

"那当然。人人都知道你了——就像那个没有膀胱的人。"

亚拉巴马觉得自己没什么成就,被排斥在外。与阿克斯顿小姐的优雅相比,她讨厌自己身体的古板和瘦削——她的胳膊让她想起西伯利亚的铁路干线。和道格

---

[1] Jimmie (Jimmie Rodgers, 1897—1933),美国乡村音乐之父,1927 年初登歌坛,因为在唱法中加入了布鲁斯唱法和假声唱法而独树一帜。

拉斯小姐精致合体的服饰相比,她的巴度牌[1]裙子感觉针线粗糙。道格拉斯小姐让她觉得像是脖子上滴了一滴凉奶油。她把手指插进腌渍干果盘,不高兴地对侍者说:"我认为干你们这一行的人都得醉死。"

"没有人醉死,夫人。我以前确实喜欢喝边斗车鸡尾酒[2],但是那是我成名以前。"

晚会上的人,像是从一个圆筒里抛出的骰子一下拥进了巴黎的夜晚。粉红色的街灯给树冠披上了流光溢彩的冠冕;就是那些灯光让美国人一听说巴黎就会怦然心跳;它们就是我们青春的亮丽光彩。

出租车沿着塞纳河摇摇晃晃开走了。他们一路经过巴黎圣母院,横跨塞纳河大桥、热闹的公园、政府大楼,又是公园、大桥、圣母院,来来回回像是不断重复的新闻。

圣路易斯岛被许多发霉的院子包围着。入口处用邪恶魔王的黑白宝石镶嵌,窗户被分成小格。东印度公司和格鲁吉亚人看管着这座面朝塞纳河的深宅大院。

到达迪基家时已经很晚了。

"啊,作为一个画家,"迪基开门说道,"我想让你丈夫认识一下加布丽埃勒·吉布斯。你必须,经常,认识一些人。"

"加布丽埃勒·吉布斯,"亚拉巴马重复道,"当然,我听说过她。"

"加布丽埃勒并不聪明,"迪基平静地说,"但是她很有魅力,即使你不欣赏她的谈吐。"

"她的身子最美了,"黑斯廷斯接着说,"像白色的大理石。"

公寓里人都走光了;中间桌子上一盘鸡蛋

[1] Patou Dress,由法国时装设计师让·巴度(Jean Patou, 1880—1936)设计的服装,以舒适自然的女性运动装为主,世界第一件网球裙即为其所设计。

[2] Sidecar,名字来自第一次世界大战时活跃在战场上的军用边斗车,原料主要为白兰地、白橙皮酒和柠檬汁,味道辛辣。

已经干了；椅子上搭着一件晚上穿的珊瑚色披风。

"你来干什么？"当戴维和亚拉巴马走进这个圣殿时，吉布斯小姐从浴室地板上有气无力地问。

"我不会说法语。"亚拉巴马说。

女孩子的金色长发披散在她的脸旁，在盥洗盆里飘着一缕浅灰色头发。那张脸天真无邪，像是刚刚从动物标本制作师手中诞生出来。

"很遗憾。"她简单地说。二十粒的钻石手链碰得便盆座位当当响。

"哦，亲爱的，"迪基镇静地说，"加布丽埃勒喝醉了就说不了英语。酒让她成了有文化的人。"

亚拉巴马估量着那女孩；看上去，她的服装都是成套现购的。

"主啊，"这个喝醉了的人闷闷不乐地自言自语，"只是公元四百年，这真是一个悲剧。"她用一种看上去漫不经心的准确转换了场景，把自己准确无误地恢复了过来，狐疑地盯着亚拉巴马的脸，那眼神就像一幅寓意画里的背景，神秘莫测。

"我得严肃点。"那张脸瞬间有了活力。

"那是必须的，"迪基命令道，"有个你从来没见过的人要认识你。"

"在盥洗室里什么都能干，"亚拉巴马自言自语，"战争以来，这里已经和市中心的俱乐部一样了。"她想该把这个在饭桌上讲一讲。

"要是你能走开，我要冲个澡。"吉布斯小姐庄严地说。

迪基拉着亚拉巴马进了客厅，像是女仆把灰尘从门廊上打扫干净一样。

"我们认为，"黑斯廷斯总结说，"研究人类关系是没有用的。"

他转向亚拉巴马谴责说："所谓的我们究竟是谁？"

亚拉巴马说不出来。她在想是否该说一下关于盥洗室的感悟,这时,吉布斯小姐出现在门口。

"一群天使。"女孩喊着说,瞅了一下房间。

她光洁圆润如瓷娃娃。她突然做出害怕的样子,开始祈求;假装死狗,如此投入又滑稽地卖弄着自己的姿色,好像每个喜剧舞蹈动作都是边走边构思的,以后她还会加以完善。很明显,她是一个舞蹈演员——衣服从来都不是她们纤细身体的一部分。抽一根线就可把吉布斯小姐扒光。

"吉布斯小姐,"戴维急急忙忙地说,"你还记得1920年那个给你那些乱七八糟的便条写回信的人吗?"

眼睛忽闪忽闪的,对此场景不置可否。"那么,"她说,"你就是那个要见我的人了。但是我听说你很爱你妻子。"

戴维大笑。"这是谣言。你不高兴吗?"

吉布斯小姐隐身在一股伊丽莎白·雅顿香水和一串国际通用的咯咯笑声中。"这年头好像就是人吃人。"语气变成了夸张的严肃;她的个性像是微风中飘荡的粉红色雪纺绸一样活跃。

"我十一点钟得去跳舞,要是你有这个意思,我们必须一起吃晚饭。巴黎!"她叹口气,"自从上个星期四点半以后,我就一直待在出租车上。"

长长的桌子上有一百套银制刀叉,暗示着背后尚有数百万美元。古怪凌乱的头饰和烛光中女士们那一张一合的猩红嘴唇,像是腹语者手中的木偶,恍若置身在中世纪疯狂君主举办的宴会上。美国人的嘴里不时蹦出一串外国话,让自己越来越疯狂。

戴维俯身向加布丽埃勒。"你知道,"亚拉巴马听见女孩子说,"汤里需要加点古龙香水。"

整个晚餐期间,她都不得不听吉布斯小姐说话,没有机会表达自己。

"嗯,"她勇敢地开了口,"盥洗室对于女士——"

"让人愤怒——想要骗我们,"吉布斯小姐的声音,"我希望他们多放一点催情剂。"

"加布丽埃勒,"迪基大叫,"你不知道这东西战时以来有多贵。"

桌子就像一只平稳飞行的毽子,就像从飞速驶过的火车车窗里看世界,无数的食物碟子在他们疯狂的、充满疑虑的眼前闪过。

"这食物,"黑斯廷斯恼火地说,"像是迪基从地质学家发掘出的遗址里找来的。"

亚拉巴马一直等着他在合适的时候岔开话题;他总是爱打岔。她正要开口说,戴维的声音好像是潮水中的浮木飘了过来。

"有人告诉我,"他对加布丽埃勒说,"说你全身布满最漂亮的蓝色血管。"

"我在想,黑斯廷斯先生,"亚拉巴马执着地说,"我想让人用精神贞操带把我锁起来。"

因为生在英国,黑斯廷斯对食品很专注。

"蓝色冰淇淋!"他不屑地说,"可能就是冰冻的新英格兰之血,由现代文明从遗传下来的概念和传统中抽取出来的。"

亚拉巴马回到她对黑斯廷斯最初的判断,这个人精于算计,无可救药。

"我希望,"迪基不高兴地说,"人们和我一起吃饭时不要用食物来惩罚他们自己。"

"我没有历史头脑！我是无神论者！"黑斯廷斯喊道，"我不知道你在说什么！"

"我父亲在非洲时，"道格拉斯小姐打断说，"他们爬到大象的鼻子里面，用手抓吃内脏——至少俾格米人[1]这样吃过；父亲还拍了照片。"

"而且，"戴维的声音兴奋起来，"他还说你的乳房像白色甜点——我想，是牛奶冻吧。"

"这会成为一种经验，"阿克斯顿小姐悠闲地打着哈欠，"去教堂找刺激，在性里求禁欲。"

晚会最后慢慢地解体了——那些执着于自我的人待在宽大的客厅里，像是戴着面具的军官在指挥室里到处巡逻。昏黄的灯光里充满了一股女人的魅惑。

窗外的灯光像蓝宝石瓶子上雕刻的星星，细小而准确。街上安静了下来，晚会也寂静了。戴维从一群人走到另一群，把房间纺织成了一只蚕茧，把它挂在加布丽埃勒的肩膀上。

亚拉巴马的眼睛没法从他们身上离开。加布丽埃勒是中心，辐辏云集。她像波斯猫一样向戴维眨着眼睛。

"我猜你衣服下的内衣让人心跳，像男孩子的一样，"戴维的声音嗡嗡着，"是 BVD[2] 一类的吧。"

愤恨升腾在亚拉巴马体内。他窃取了她的创意。她去年整个夏天都穿着丝绸的 BVD 牌。

"你丈夫太帅了，"阿克斯顿小姐说，"不该这么出名。太不公平了。"

亚拉巴马觉得反胃——勉强能忍受，但是

---

[1] Pygmies，生活于非洲和东南亚部分地区，身材矮小，成年人身高不足 155 厘米。

[2] BVD，1876 年在纽约三位年轻人 Bradley、Voorhees 和 Day 用各自名字的开头字母，创立了 BVD 品牌，后成为品牌内衣的代名词，现在仍是备受瞩目的世界级一线品牌。

说不出话来——香槟让人恶心。

戴维对着吉布斯小姐把自己的个性敞开又合上,像一株水生掠食植物。迪基和道哥拉斯小姐斜倚在壁炉上,样子像是古怪又孤独的北极图腾柱。黑斯廷斯用力弹着钢琴。噪音让他们彼此隔得很远。

门铃响了又响。

"肯定是出租车来接我们去看芭蕾舞。"迪基宽慰地叹了口气。

"斯特拉文斯基指挥,"黑斯廷斯说,"他是个剽窃者,"他悲哀地补充道。

"迪基,"吉布斯小姐专横地说,"你能给我留下钥匙吗?奈特先生和我要去——也就是说,要是你不介意的话。"她对着亚拉巴马粲然一笑。

"介意?为什么我介意?"亚拉巴马反驳说。要是加布丽埃勒不是那么有魅力,她是不会介意的。

"我不知道。我爱上你丈夫了。要是你不介意,我要让他也爱上我——当然,我会想尽一切办法的——他是个天使!"她咯咯笑着。这是同情的笑,是她占了上风以后,为掩盖对方意想不到的失败而致歉。

黑斯廷斯帮亚拉巴马穿上大衣。她很生加布丽埃勒的气——加布丽埃勒让她相形见绌。一伙人都穿上了外衣。

灯笼轻轻地晃来晃去,像是河边五月柱[1]上翻飞的丝带;街角上的喷泉悄悄窃笑。

"多么'可——爱'的夜晚!"黑斯廷斯开玩笑地说。

"适合孩子们玩耍。"

有人提到了月亮。

"是月亮们吧?"亚拉巴马不屑地说,"两

---

[1] Maypole,欧洲各国庆祝春天来临时会在空旷处竖起一棵挺拔的杉树树干,上面装饰有花环和彩带,人们绕其跳舞庆祝,称为五朔节,竖起的柱子称为五月柱。

个月亮,每逢十和五,满月或弯月。"

"但是这一个特别可爱,夫人。它让一切都变得特别时尚。"

亚拉巴马心怀不满,回头看去,发现笼罩着刚才的那一幕已经破裂,声音尖厉如《小母猫》里的歌唱。其次,她唯一能感觉到的就是他们都是小角色,还有就是对戴维的不满,他总是把许多女人都当成鲜花——鲜花和甜点、爱情和兴奋、激情和名声!自从圣-拉斐尔以来,她已经没有了足以抗衡他的支柱来撑起自己的世界。她变换着自己的想象,好似一个机械工程师在测算某个结构日益凸显的重要性。

人们在夏特勒待到很晚。迪基带着他们走上一个大理石楼梯,好像引领着一个向莫洛克火神献祭[1]的队伍。

剧院装饰着土星圆环。无数条洁白无瑕的腿,隐约可见的肋骨,充满青春活力的跳跃,随着小提琴歇斯底里的反复震颤而加速再加速,形成了一种性的折磨。看到人类身体为了获得福音而可悲地向肉体意志屈服,亚拉巴马非常激动。她的手心里全是汗,随着音乐在颤抖。她的心在剧跳,像是一只愤怒的小鸟扑棱着翅膀。

剧院在一阵奢华的小夜曲中安静下来。乐队最后的高昂好像将她头朝下托离了地面——就像戴维感到幸福时发出的笑声一样。

楼下很多女孩子从栏杆处回头去看那些围着银狐毛的要人们,那些要人们摸着口袋里叮叮当当的东西,东张西望——他们的私生活和钥匙。

"这里有一个公主,"迪基说,"我们带她一起走吧?她以前非常出名。"

一个剃光头的女人,两只石雕像一样的大耳朵,正在大厅里炫耀着墨西哥人的光头。

[1] Moloch,古代腓尼基人或北非部落崇拜的火神,以儿童为祭品。

"夫人曾在一家芭蕾舞团跳过舞，后来她丈夫弄坏了她的膝盖，她不能跳了。"迪基继续介绍着这位女士。

"我的膝盖僵化已经好多年了。"女人平淡地说。

"你是怎么做到的？"亚拉巴马喘不上气来，"你怎么就进了芭蕾舞团？成了台柱子？"

那女人用街头擦鞋者的眼睛看了她一眼，乞求世界不要忘记她，她自己或许都已经忘记了自己的存在。

"我天生就是为了芭蕾。"亚拉巴马记住了这句话，认为这是对生活的注解。

至于去哪里，大家意见分歧。为了公主殿下，他们选了一个俄国酒馆。一个破落贵族和着茨冈[1]吉他在悲鸣；酒杯碰在酒桶上咣啷作响，像是土牢里铁链子在抖动。僵硬的脖颈和喉咙像是毒蛇的獠牙穿透了灵异之光；蓬乱的头发在夜色中摇成了层层旋涡。

"求你了，夫人，"亚拉巴马央求道，"能不能替我向某个教芭蕾舞的人写封信？我为了学这个什么都可以做。"

"为什么？"她说，"这种生活不易。很受罪。你丈夫肯定会给你——"

"为什么要那样？"黑斯廷斯打断说，"我会给你一个黑臀老师的地址——当然了，他是黑人，但是没人介意。"

"我介意，"道格拉斯小姐说，"上次我和一群黑人一起出去，不得不从领班那里借钱付账。从那以后我把中国人也列入了有色人种之中。"

"夫人，你认为我年龄太大了吗？"亚拉巴马追问道。

"是的。"公主很干脆。

"他们还吸可卡因。"道格拉斯小姐说。

---

[1] Tzigane，茨冈人是俄罗斯人对流浪民族吉普赛人的称呼。

"还向俄国魔鬼祈祷。"黑斯廷斯补充道。

"但是他们中有些人也过着正常的生活,我是这样认为的。"迪基说。

"性是可怜的替代品。"道格拉斯小姐叹口气。

"代替什么?"

"代替性啊,白痴。"

"我认为,"迪基让人意想不到地说,"这正是亚拉巴马要做的事。我一直听说她有点特别——我不是说古怪——就是有点难懂。艺术会解释的。我真的认为你可以,你知道,"她坚决地说,"就如嫁给一个画家一样富有情调。"

"富有情调是什么意思?"

"周游各地,四处留情——当然,我几乎不了解你,但是我确实认为要是你不管怎么想要让你心有所属的话,舞蹈很适合你。以后要是发现晚会无聊,你还可以来几个旋转表演,"迪基用叉子在桌布上戳了一个洞做示范,"像这样,"她满怀热情地结束了她的示范,"我现在明白了!"

亚拉巴马想象着自己优雅地在小提琴的弓顶上旋转着,将银色的弦缠绕又缠绕,将过去的幻灭缠进不确定的未来。她想象着自己是化妆室里镜子上一团模糊的雾,镜子上贴满了卡片、纸片、电报和照片。沿着一条满是电动开关和吸烟标志的石头走廊,飘过一台饮水机和一堆百合杯,一扇贴着星星的灰色门上支着一把椅子,上面坐着一个男人。

迪基天生是一个鼓动家。"我相信你能做到——你有一副好身材!"

亚拉巴马偷偷打量了一下自己的身体。很结实,像一座灯塔。"或许可以。"她咕哝着,像一个游泳的人从深深的潜水中终于浮了出来,满怀欣喜。

"可以？"迪基肯定地说，"你可以把它卖给卡地亚公司换一个金子织的网衫。"

"谁能给我写封引荐信？"

"我来，亲爱的——我有全巴黎都搞不到的入场券。但是为了公平起见，我得警告你通向天堂的金光大道走起来很难。你要想走下去得准备一双褶底鞋。"

"会的，"亚拉巴马毫不犹豫地表示赞同，"我猜，得是褐色的，因为耐脏——我早听说白色会变得很脏。"

"这个安排白搭，"黑斯廷斯突然说，"她丈夫说她五音不全。"

这个男人一定是有什么毛病才如此碎嘴——或者什么毛病也没有。他们全都爱发牢骚，简直像她自己一样。肯定是神经有问题，而且无所事事，只是写信回家要钱。在巴黎连个像样的土耳其浴都没有。

"你都是怎么打发你自己的——？"她说。

"把我所有的战争勋章拿来当靶子，练习打手枪。"他酸溜溜地说。

黑斯廷斯像是拉长的棒棒糖一样细瘦，红棕色。他是一个让人琢磨不透的恶棍，老是打击挖苦人，像是一个道德强盗。好几代美丽的母亲传给了他一份永不枯竭的任性。他连戴维的一半都赶不上。

"我明白了，"亚拉巴马说，"斗牛场今天关门，因为斗牛士得待在家里写回忆录。三千观众可以去看电影。"

黑斯廷斯对她尖刻的语调很恼火。

"不要拿我撒气，"他说，"是加布丽埃勒把戴维借走了。"看到她脸上放光，他满怀希望继续说，"你不会是想让我和你做爱吧？"

"哦，不，没关系——我愿意为爱牺牲自己。"

小小的房间里烟雾呛人。一阵雄壮的鼓声敲击着昏昏沉沉的黎明；从其他杂技团里漂进了几个看门人，来吃他们的早餐。

亚拉巴马坐在那里安静地哼着："马儿，马儿，马儿……"声音像是船只在大雾中出海时拉响的警笛。

"这是我约的晚会，"当支票拿来时，她坚持说，"我已经举办好几年了。"

"你为什么不邀请你丈夫？"黑斯廷斯不怀好意地说。

"该死，"亚拉巴马生气地说，"我请他了——时间太久，他忘记来了。"

"你需要人照顾，"他严肃地说，"你是个有男人的女人，得听话。不，我是说真的。"亚拉巴马大笑起来时，他坚持说。

他根子里怀有对女士们不够坦诚的期望，女士们不禁会想起童话故事里的情形，亚拉巴马认定他不是一个王子。

"我就要自己做主了呢，"她咻咻地笑着，"我和公主还有迪基约好了，要为将来做个安排。"要给一个没有方向的生活制定一个方向还真是特别困难。

"你有一个孩子，不是吗？"他暗示道。

"是的，"她说，"有一个孩子——生命得以延续。"

"这个晚会，"迪基说，"会永远继续下去。他们正在收集最早一批人的签名，好捐给战争博物馆。"

"我们晚会中需要加入新鲜血液。"

"我们所需要的，"亚拉巴马不耐烦地说，"是一个好——"

黎明像一艘停泊的银色飞船，慢慢地划过旺多姆广场。亚拉巴马和黑斯廷斯被送回了奈特家的灰色公寓里,就像把昨夜洒在斗篷褶缝里的碎纸屑抖了下来。

"我猜戴维在家里。"她说着,摸进了卧室。

"我可不这样想,"黑斯廷斯讥讽道,"因为我,你的上帝,是一个犹太上帝,受过洗的上帝,天主教的上帝——"

她突然意识到她早就想大哭了。在让人疲惫得透不过气来的沙龙里,她就崩溃了,啜泣着,摇晃着。戴维最终踉跄着走进了干燥炎热的房间,她也没有抬头。她趴在那儿像是窗户上搭着的一块湿毛巾,又像一个漂亮的甲虫趴在透明的仙人掌上。

"我猜你生气了。"他说。

亚拉巴马没说话。

"我整晚上都在外面,"戴维欢快地解释说,"参加一个晚会。"

她宁愿自己帮戴维编个更合理的理由。她宁愿做点什么,而不让这一切这么丢人。生活看起来是这么毫无用处的奢华。

"哦,戴维,"她哭起来,"我太骄傲了,不想去在乎——骄傲让我感受不到我应该感受的一半。"

"在乎什么?你今晚难道过得不好吗?"戴维息事宁人地说。

"或许亚拉巴马生气是因为我没有对她动感情,"黑斯廷斯说,想要摆脱干系,"要是你不介意的话,我要走了。太晚了。"

太阳从窗子里亮晃晃地照了进来。

她躺在那里哭了好长时间。戴维把她搂在怀里。他的腋下很温暖,很干净,像是山区农家茅屋里从静静燃烧的火中散发出的缕缕炊烟。

"没什么可解释的。"他说。

"一点也不必要。"

她努力想在晨曦中看看他。

"亲爱的！"她说，"我希望自己能住在你的口袋里。"

"亲爱的，"戴维睡眼蒙眬地说，"那里有个洞，你忘记缝了，你会漏出去的，会被村里的理发师送回来的。至少，这就是我把女孩子装到我口袋里的经历。"

亚拉巴马想，她最好拿个枕头放在戴维头下防止他打鼾。他就像个小孩子，几分钟前刚刚由保姆擦洗过的。男人，从来就不是他们自认为的那样，和女人一样，但是他们属于那些对自己的行为有自己的哲学解释的一类。

"我不在乎。"她重复着要说服自己：像一个熟练的外科医生对着一个中毒的阑尾，要干净利索地切进生命的组织一样。像一个在立遗嘱的人一样，她把自己的印象填满又倒空，把每一个稍纵即逝的感觉都聚拢起来组成这个当下的自我，像是潮水起起落落。

为这么个小过失不该起这么晚。太阳在满是斑疹伤寒病毒的塞纳河的水中与死尸一同沐浴；集市货车早已隆隆驶回枫丹白露和圣科鲁；医院里上午的手术已做完；西堤岛上的居民已经喝过了他们的牛奶咖啡，值夜班的司机也在喝他们的那一杯。巴黎的厨子早已运走了废料，运回了煤，许多肺结核病人在潮湿的入口等地铁。孩子们在埃菲尔铁塔下的草地上嬉戏，从到处翻飞的英国奶妈的白色面罩和法国人的蓝色面纱下飞出消息，说香榭丽舍一带一切都好。时髦女子在多菲纳酒店的树下对着她们的波尔图酒杯给鼻子扑粉，王妃亭其时刚刚向咔咔作响的俄罗斯皮靴开放。奈特家的女仆受命要准时叫醒主人去布洛涅吃午饭。

亚拉巴马想起床，但是她觉得神经疼痛，觉得不像人样，觉得胆汁过剩。

"我再也受不了了，"她对睡梦中的戴维尖叫，"我不想跟男人睡觉，也不想模仿其他女人，我受不了了！"

"小心点，亚拉巴马，我头痛。"戴维抗议说。

"我不小心！我不想去吃午饭！我想睡觉，一直睡到该去工作室的时候。"

她的眼睛一亮，好像有了一个决定。她的下巴颏底下有个白色的三角，脖子里有蓝色的纹路。皮肤上有股隔夜脂粉脏兮兮的味道。

"好了，你不能坐着睡。"他说。

"我想怎么做就怎么做，"她说，"任何事！只要我愿意，我醒着也能睡着。"

戴维喜爱简单，但是一个简单的人又对他的简单永远也不会明白。这让他避免了很多争吵。

"好吧，"他说，"我来帮你。"

他们喜欢讲一个战时的故事，说外国军团的士兵在凡尔登附近举办过一个舞会，和死尸跳舞。亚拉巴马已经中毒的潜意识对晚宴发生的一切还在持续发酵，明知生活已经被截肢还依然要坚持活得热闹，其邪恶的本质与此类似。

女人们常常都会有一种无言的、亘古不变受迫害的感觉，这种感觉使她们中最聪明的人也带上一种农民的忧郁。与亚拉巴马相比，戴维的智慧是如此深刻，以至于在时代的混乱中依然闪着强劲与和谐之光。

"可怜的女孩，"他说，"我理解。永远处在等待中肯定很可怕。"

·中央公园（水粉，1940年代）

·华盛顿广场（水粉，1944）

"哦,闭嘴!"她并不领情。她躺在那里沉默了很久。"戴维!"她锐声喊道。

"在。"

"我要成为一个出名的舞蹈家,像那个身子是白色大理石、上面布满蓝色血管的吉布斯小姐一样。"

"好的,亲爱的。"戴维不置可否。

第三部

第一章

舒曼的音乐像一条抛物线从高到低，落到狭窄的砖地上，又渐次从弱到强，在四面红墙间荡漾。奥林匹克音乐大厅，亚拉巴马走在舞台后面阴暗的走廊里。昏暗中，一扇金星剥落的门上隐约可见拉克尔·梅勒[1]的名字；楼梯上堆满了巡回剧团演出用的道具。她爬上七段楼梯，推开了工作室的门，楼梯由于几代舞蹈演员的踩踏已经松弛开裂，摇摇晃晃。日光下，淡蓝色的墙壁和斑驳的地板看上去像一只热气球篮子悬挂在空中。宽阔的、谷仓一样的房间里弥漫着勤奋、汗水和兴奋，还有纪律和压倒一切的严肃。一个肌肉发达的女孩站在这一切的中央，用她那粗壮的大腿画出这一片空间的边界。她转了一圈又一圈，接着，让人眼花缭乱的旋转变成了低声的催眠，慢慢从狂欢中停了下来。女孩向亚拉巴马走过来，步态并不优雅。

"我来跟夫人上三点钟的课，"亚拉巴马用法语对女孩说，"一位朋友介绍的。"

"她很快就来，"女孩面带讥讽，"或许，你先准备好？"

亚拉巴马说不准女孩是在嘲讽这个世界，还是针对她个人，还是对她自己。

"你学了很长时间了吗？"女孩问。

"没。这是第一次上课。"

---

[1] Raquel Meller（1888—1962），西班牙女歌唱家和电影演员，20世纪20年代的国际明星，1926年成为美国《时代周刊》的封面人物。

"好吧,我们总得有个开始。"女孩很宽容。

她闭着眼睛转了三四圈,交谈结束了。

"这边来。"她对新手没有兴趣,领亚拉巴马走进前厅。

化妆室里,沿墙悬挂着很多长腿和绷紧的光脚,黑色的紧身衣浸满汗水,让人想起普罗科菲耶夫[1]和谢尔盖[2],普朗[3]和法利亚[4]。一条毛巾下露着一件芭蕾舞裙,上面绣着鲜艳夺目的康乃馨。角落里,夫人那白色的套头衫和裙子挂在褪了色的灰色窗帘后面。房间里一股艰苦练功的汗臭。

一个波兰女孩,头发像是刷碗的钢丝球,一张紫色的侏儒一样的脸,趴在一个稻草编织的盒子上,在整理破旧的乐谱和穿旧了的套头衫。灯光下晃动着古怪的足尖鞋,翻动着破旧的贝多芬乐谱,那波兰女孩发现了一张泛黄的照片。

"我猜是夫人的母亲。"她对跳舞的女孩说。

女孩仔细研究了一下照片,这就是芭蕾舞教练本人。

"我认为,亲爱的施特拉,这是夫人年轻时的照片。我要留起来!"她摆出一副唯我独尊的权威笑了起来——她是这个舞蹈室的核心。

"不,阿列娜·让纳雷。我要这张。"

"我可以看看照片吗?"亚拉巴马问。

"这肯定就是夫人。"

阿列娜把照片递给亚拉巴马,不高兴地耸

[1] Sergei Sergeyevich Prokofiev(1891—1953),俄罗斯著名的作曲家、钢琴家和乐队指挥,曾创作过7部交响乐、9部芭蕾舞曲和12部歌剧。

[2] Henri Sauguet(1901—1989),法国作曲家,风格干净、简洁和内敛。

[3] Francis Jean Marcel Poulenc(1899—1963),法国作曲家和钢琴家,著名作品有芭蕾舞剧《牡鹿》(Les biches,1923)。

[4] Manuel de Falla(1876—1946),西班牙作曲家,是20世纪上半叶西班牙三大作曲家之一。1907年移居巴黎,与俄罗斯芭蕾舞大师佳吉列夫和斯特拉文斯基过从甚密,创作有芭蕾舞剧《魔法师之恋》(El amor brujo,1915)和《三角帽》(El sombrero de tres picos,1917),后者的舞台和服装均由毕加索设计。

耸肩。她的身子凝住不动，只是动作部位断断续续从一个传递到另一个，很不连贯。

照片上的眼睛很圆，很大，是俄国人特有的，好像对自己那白皙而引人注目的美丽有一股梦幻般的意识，这让照片上的脸平添了几分分量和意义，仿佛这脸上的一切都由一股精神力量在支撑。前额绑着一条宽宽的金属条，模仿罗马战车手的风格。双手放在肩上，摆出一个新颖的姿势。

"她很漂亮不是吗？"施特拉问。

"有点像美国人。"亚拉巴马回答。

这个女人让她模模糊糊想起了琼，姐姐脸上也有同样透明的眼神，像是俄罗斯冬天里让人目眩的反光。或者是相似的内在热情让琼有了那层薄薄的漂亮外壳。

女孩突然转过身，谛听着舞蹈室里响起的一阵疲惫、拖沓的脚步声。

"你从哪里找出来的照片？"夫人的声音敏感、低沉，好像含有一种歉意。夫人笑了。她并非没有幽默感，但是她那神秘白皙的脸上没有表情。

"在贝多芬乐谱里。"

"从前，"夫人淡淡地说，"我在公寓里关上灯弹贝多芬。客厅是黄色的，总是摆满了花。我那时就对自己说：'我太幸福了，不会长久的。'"她摆摆手示意不必再提了，抬眼看着亚拉巴马。

"我朋友说你想学跳舞？为什么？你已经有朋友，也有钱了。"黑色的眼睛像孩子般坦率地打量着亚拉巴马的身体，发现对方身体松弛，棱角分明，像是管弦乐队里那些白色三脚架——宽宽的肩胛骨，双腿修长，几乎看不见腿窝,所有这些都融汇和掌控在她那有力的脖颈下。亚拉巴马的身体像是一支羽毛管。

"我看过俄罗斯芭蕾舞表演,"亚拉巴马试着解释自己,"我觉得——哦,我不知道!好像我一直想要的东西总是在什么别的东西里。"

"你看过哪些?"

"《小母猫》,夫人,我有一天也要跳那个!"亚拉巴马冲口而出。

黑眼睛里闪过一丝微弱的兴趣,接着个性从那张脸上隐退了。凝视着她的眼睛就像是走进了一条长长的石头地道,地道另一头的灰色光线若隐若现,不断有阴冷的水滴胡乱滴在潮湿起伏的地面上。

"你年龄太大了。芭蕾舞很美。你为什么这么晚才来找我?"

"以前我不明白。我太忙着生活了。"

"现在你的生活已经忙好了?"

"已经饱了。"亚拉巴马大笑。

那女人安闲地在舞蹈用品中间转悠着。

"我们来看看吧,"她说,"你做好准备。"

亚拉巴马匆忙换好衣服。施特拉教她怎么把舞鞋丝带绑到脚踝后面,这样丝带结就会藏在踝窝处。

"至于《小母猫》——"俄国人说。

"嗯?"

"你跳不了那个。你不能对自己期望过高。"

那女人头顶上方的墙上有一条用法语、英语、意大利语和俄语写的告示:不要触摸镜子。夫人背对那面巨大的镜子,盯着房间远处的角落。她们开始训练,没有配乐。

"等你能控制你的肌肉了,就会有钢琴伴奏,"她解释说,"现在开始太晚了,唯一能做的就是坚持练习站位。你必须一直这样站着。"夫人将她那开了裂的缎面舞鞋水平摆开,"晚上你得这样站位五十次。"

亚拉巴马把修长的双腿费劲地搭在把杆上,脸都红了。那女人捋着她大腿上的肌肉,痛得她差点喊起来。看着夫人的眼睛和红嘴唇,亚拉巴马断定她的脸上有一种恶意,认定夫人是个冷酷的人,让人讨厌,不怀好意。

"你不能休息,"夫人说,"继续保持。"

亚拉巴马的四肢疼痛欲裂。那俄国人让她一个人在那里做练习。当她再次露面时,对着镜子旁若无人地喷香水。

"累吗?"她头也不回地问。

"累。"亚拉巴马说。

"不要停。"

过了一会儿,俄国人走到把杆旁。

"当我在俄国,还是个孩子时,"她无动于衷地说,"每晚做四百次。"

一股怒气从亚拉巴马身上升起,像一个透明的油罐里汽油咕咕作响。她希望那自负的女人能知道她有多么恨她。"我也会做四百个的。"

"好在美国人都很有运动天赋。她们比俄国人更有天赋,"夫人继续说,"可是她们被安逸、金钱和太多的丈夫给宠坏了。今天就到这儿。你要古龙香水吗?"

亚拉巴马用夫人的喷雾香水擦了一下身子。在一班吃惊的眼睛和赤裸的身体中换好了衣服,女孩子们大声说着俄语。夫人邀请她留一下看看她们的排练。

一个男人坐在破旧的铁椅子上画着构图；两个留着大胡子的剧院人员指着站在第一位的女孩，然后是另一个女孩子；一个男孩穿着黑色紧身服，头上包着花头巾，一脸神秘的海盗模样，在空中踢打着脚踝。

芭蕾舞就这样神奇地自己组织了起来。没有声音，只有黑色紧身衣一连串旁若无人充满魅惑力的小跳、冷漠无言的双人跳和恣肆的脚尖竖趾旋转，所有这些掀起了一阵无言的喧嚣，把一切激情都投入到了俄罗斯人的弹跳和旋转之中。没有人讲话，房间如龙卷风的风眼一般寂静。

亚拉巴马一阵尴尬，觉得脸在发烧。她第一次上课太累了，浑身痛得打战。第一次把舞蹈作为艺术，打开了一个全新的世界。"简直是亵渎神灵！"她觉得自己差点喊了出来，她羞愧地想起十年前自己还参加过《小芭蕾》演出呢。她猛然想起自己还是个孩子时，在人行道上旋转、在空中踢打脚踝的那种狂喜。那个已经忘记了的感觉现在又回来了，那就是一分钟也不能再待在地面上了。

"我喜欢这个表演。这是什么？"

女人转过身。"这是我排练的一出戏，讲一个业余爱好者想加入一个杂技团的故事。"她说。亚拉巴马很奇怪，为什么她曾经认为那两只蒙眬的琥珀色眼睛很温柔，它们分明在暗暗嘲笑她。夫人接着说："明天下午三点你再来上课。"

夜复一夜，亚拉巴马用伊丽莎白·雅顿护肤油擦腿。膝盖上方的内侧肌肉撕裂瘀青。她喉咙发干，认为自己发烧了，量了一下体温，失望地发现并没有。她穿着浴袍，伸直后背，靠在一张路易十四风格的沙发上。她总是觉得浑身僵硬，痛苦地揪住沙发上镀金的花瓣。睡觉时，她把脚塞进铁床的护栏里，有好几个星期的时间，脚指头都裹着胶布。她的舞蹈课上得很痛苦。

到了月底,亚拉巴马能够站直了,身体的重量可以全部落在前脚掌上了,她的脊椎骨绷得很直,像是赛马的缰绳,双肩也能压得很低,一直平贴在髋部。时间飞逝,像是学校的钟声。戴维很高兴她沉迷于舞蹈中。他们花在晚会上的时间越来越少了。亚拉巴马不练功时也肌肉酸痛,只好待在家里。戴维现在能自由工作了,她现在很忙,很少打扰他。

夜里,她坐在窗户旁太累了,动不了,想要成为一个舞蹈家的渴望让她筋疲力尽。在亚拉巴马看来,达到她的目标,她就能驾驭那些驾驭着她的恶魔——证明自己,她就能找到安宁,安宁就是一个人对自我的肯定——通过跳舞,她会有能力控制自己的情感,自由地支配爱情、怜悯或幸福,为它们提供一个流畅的通道。她无情地鞭策着自己。夏天到了。

七月的热浪拍打着舞蹈室的天光,夫人在空气中喷洒消毒水。亚拉巴马裙子上的浆粘到了手上,汗流进了眼里,她什么也看不见了。呛人的尘土在空中飞扬,强光将尘土变成了黑纱挡在眼前。学生的脚踝这么灼热,而夫人还得去扳着它们,这让人很不自在。人的身体真的非常顽强。亚拉巴马痛恨自己掌控不了自己的身体。学着控制自己的身体就像是和自己进行一场无望的竞赛。她对自己说,"我的身体和我",给自己一阵拍打:应该这样去做。有些演员练习时拿浴巾系在脖子上,在灼热的屋顶下工作需要有个东西来吸汗。有时候,亚拉巴马上课的时间太阳正好直射在镜子上方,镜子笼罩在一片红色的热浪中。没有音乐,亚拉巴马厌倦了无休止的踢腿动作。她开始怀疑自己为什么要来上课:戴维下午邀请她去游泳。因为没能和丈夫一起去凉快的地方,而对夫人有一股莫名的火气。虽然她自己也不相信能重复他们刚结婚时那段无忧无虑的幸福时光——即使他们曾经非常快乐，但是这快乐也已透支了——亚拉巴马看到幸福的最高点仍然留在他们共同的回忆中。

"你能集中一下精力吗？"夫人说，"你应该这样。"夫人在地板上划着慢板的节奏。

"我做不来。"亚拉巴马说。她满不在乎地跟着俄国人的步子。突然，她停下来。"哦，太美了！"她狂喜地说。

教练没有转身。"有很多很美的动作，"她简单地说，"但是你还做不了。"

课后，亚拉巴马把湿透的衣服放进小旅行袋里。阿列娜在地板上的汗水汪里拧着自己的练功服，亚拉巴马帮她拽着另一头。跳舞需要付出太多汗水。

"我要出门一个月，"一个礼拜六，夫人说，"你可以在这里继续跟着让纳雷小姐。我希望回来时你就能跟上音乐了。"

"我周一不能上课了吗？"她在舞蹈室付出了这么多时间，想到生活里没了它感到像是被推进了真空。

"和让纳雷小姐一起上。"

看着老师疲惫的身影消失在尘雾中，亚拉巴马莫名其妙地淌下了大颗的热泪。她本来应该为暂时休息而高兴。她本来应该高兴的。

"不要哭，"女孩亲切地对她说，"夫人得去治她的心脏病。"她微笑着对亚拉巴马说，"我们要让施特拉现在就给你弹钢琴。"她带着密谋的神气说。

她们在八月份的炎热中继续工作。圣－叙尔皮斯盆地中的树叶枯萎了；香榭丽舍在汽油的泡沫中沸腾。巴黎没人了，每个人都这么说。喷泉喷出的是热气；亚拉巴马每天两次去舞蹈室。邦妮在布列塔尼拜访保姆的朋友们。戴维在里茨饭店喝酒庆祝空城。

"为什么你老不和我一起出去？"他说。

"我要是去了，第二天就没法工作了。"

"你还认为你会在那个玩意上有什么成就吗？"

"我不认为，但是唯一的方法是试试看。"

"我们根本没有什么家庭生活了。"

"你反正天天不在家——我得做点什么来打发自己。"

"又是女人的抱怨——我有我的工作。"

"你说让我怎么样吧？"

"今天下午和我一起来好吗？"

他们去了勒布尔热，还租了一架飞机。戴维喝了太多白兰地，当他们飞过圣-德尼门时他又试图让飞行员带他们到马赛。回到巴黎后，他又敦促她一起去丁香园咖啡屋。"我们要找人一起吃晚饭。"他说。

"戴维。我实在去不了。我一喝酒就恶心。我一不舒服就得打吗啡，像上次那样。"

"你去哪里？"

"我要去工作室。"

"你就不能和我在一起！要老婆有什么用呢？若是娶老婆就为找一个一起睡觉的女人，到处都是——"

"要一个老公或什么的又有什么用呢？你会发现他们都一样，你说得对。"

出租车驶过康邦街。她很不开心地走上台阶。阿列娜在等她。

"一张多么悲伤的脸！"她说。

"生活就是一桩悲伤的营生，不是吗，可怜的亚拉巴马？"施特拉说。

把杆上常规的动作完成后，亚拉巴马和阿列娜来到地板中央。

"开始，施特拉。"

一曲轻俏的肖邦玛祖卡舞曲洒落在空中。亚拉巴马看着阿列娜在寻找着夫人的精神轨迹。她看上去又矮又邋遢。她是巴黎歌剧院里的首席演员，几乎是最好的。亚拉巴马开始无声地抽泣。

"生活和事业都这么难。"她抽泣着说。

"是啊，"阿列娜恼怒地冷笑说，"这里又不是女生寄宿学校！要是你不喜欢我跳的方式，你为什么不自己跳？"她两手叉在大腿上，强硬，毫不留情，亚拉巴马既然懂行就应该自己展示一下。很明显得有人来做主。阿列娜已经表明，就让阿列娜来做吧。

"你要明白，是为了你，我们才来工作的。"阿列娜严厉地说。

"我的脚很痛，"亚拉巴马发起了孩子脾气，"掉了一个脚指甲。"

"以后你会长出一个更结实的。你要开始吗？开始，施特拉！"

一英里又一英里的路程，她的脚趾点着地板好像母鸡在啄食，一万英里以后，你就可以不再晃动你的乳房了。阿列娜身上一股湿毛呢的味道。她一遍遍地尝试。她的心总是比脚的动作要快，脚踝一歪，就会失去平衡。她发明了一个花招：把精神灌注在身体前面的动作上，让你有一种尊严，也节省体力。

"你是个二流货，不可能做得到！"阿列娜尖叫着，"动作还没做好就先去想。"

亚拉巴马最终教会了自己如何移动上身，就像是移动装在轮子上的胸像。

当戴维询问她的舞蹈时,她摆出高人一等的姿态。她觉得给他解释他也不会懂。她曾经试过一次,不是说"你懂我的意思",就是"你怎么就弄不懂",戴维很生气,说她故弄玄虚。

"没有什么是说不明白的。"他生气地说。

"你就是笨。在我看来,一切都很清楚。"

戴维开始怀疑亚拉巴马是否真懂他的画。艺术不就是要去表达不能表达的东西吗?表达不出来的东西,虽然多种多样,但不都是一样的吗——像物理学上的 X 光?它可以呈现任何东西,但是同时,它永远都是 X 光。

夫人在九月份回来了。

"你的进步很大,"她说,"但是你必须丢掉你那美国人的慵懒。你睡得太多。四个小时足够了。"

"治疗效果好吗?"

"他们把我关进了储物柜,"她笑着说,"要不是有人拽着我的手不放,我才待不下去。疲倦的人在储物柜里是休息不好的。何况是艺术家。"

"这个夏天,这里也成了一个储物柜。"亚拉巴马粗鲁地说。

"你还想跳《小母猫》吗,可怜的?"

亚拉巴马笑了。"能告诉我,"她说,"什么时候可以买舞裙吗?"

夫人耸耸肩膀。"为什么不现在就买?"她说。

"我想先跳好。"

"你得用功。"

"我一天跳四个小时。"

"太多了。"

"那我怎么当一个舞蹈家呢？"

"我不知道人们是怎么做到的。"俄国人说。

"我要给圣约瑟夫[1]供奉一支蜡烛。"

"或许会有用，一个俄国的圣人会好得多。"

在最热的天气里，戴维和亚拉巴马搬到了左岸。公寓垂挂着黄色锦缎，外面就是圣－叙尔皮斯教堂的圆顶。老太太们都聚集在教堂的阴凉里，教堂不断敲响丧钟。广场上的鸽子在他们的窗框上梳理着羽毛。亚拉巴马坐在晚风中，托着腮帮，望着湿漉漉的天空，陷入了沉思。疲惫使她的脉搏减慢，回到了孩提时代。她想起，当她小的时候，跟在父亲左右——由于相距甚远，他的形象成了屹立不倒的智慧源泉和信心的温床——她信赖父亲，她讨厌戴维那不安分的天性，讨厌他和自己如此相似。他们的共同经历已经使他们陷入了一场彼此都不快乐的妥协。烦恼就在于：他们没有意识到他们的理解力拓宽了他们的视野，他们应该进行相应的调整，而他们不情愿地做出的那些调整，只是妥协而不是改变。他们认为自己很完美，敞开心胸拥抱自己的成长，却不想加以改变。

秋天的雾带来了一些潮气。他们这儿那儿地吃晚饭，穿梭在珠光宝气的女人们中间，犹如鱼缸中闪亮的金鱼。他们或步行或乘出租车去赶场。亚拉巴马对他们之间的关系越来越不安，她下决心专注于自己的工作。她把自己的骨架当作经线放在一架织布机上，摆出阿拉贝斯克芭蕾舞的动作，把她父亲的力量、她与戴维初次相爱时的年轻和美丽，还有她十几岁时的幸福以及她那温暖受人溺爱的童年作为纬线，一起织

[1] St. Joseph, 耶稣在人间的父亲，圣母马利亚的丈夫，从10世纪开始有些基督教国家将每年3月19日作为圣约瑟夫日，进行庆祝，西班牙、葡萄牙和意大利把3月19日圣约瑟夫日作为父亲节。

成一件魔法斗篷。她很孤独。

戴维是个群居动物,经常出去。他们的生活像是在催眠中受到了猛击,但是也称不上是谋杀。她认为他们不会杀掉任何人——那会招来政府人员;剩下的就只是同居而已,像和杰奎斯还有和加布丽埃勒一样。她不在乎——她真的不在乎孤独。很多年以后,当她想起一个人怎么可以能够像她当时那样疲惫,她都仍然觉得惊奇。

邦妮有了一个法语教师,经常用"不是吗,先生?"和"至少,我想"等法语来毒化他们的一日三餐。她张着嘴巴嚼饭,牙上沾满沙丁鱼碎屑,让亚拉巴马恶心。所以,吃饭时,她一直看着外面光秃秃的秋天,本来可以找另外一个家庭教师,但是现在情况紧张,说不定会发生什么事,她决定等等看。

邦妮长得很快,一肚子若赛特[1]和克劳汀[2]以及学校里女孩子们的典故。她订了一本儿童读物,不再看木偶戏了,也开始不会说英语了。她和父母的关系明显有所保留。她在讲英语的老保姆面前颐指气使,老保姆在法语教师不在时会带她出去玩:那些日子令人兴奋,公寓里弥漫着科蒂薄荷香水味,邦妮在拉姆菲梅耶尔店吃过司康饼后,脸上过敏出现了疹子。亚拉巴马从来都没法让保姆承认邦妮吃过那些饼,保姆坚持说疹子是血里带来的,最好让它发散出来,暗示说这是在驱除遗传下来的家族邪灵。

戴维给亚拉巴马买了一条小狗,起名为阿蒂奇。女仆称它为"先生",一拍它屁股,就会汪汪叫,所以没有人在家里训练它。他们把它关在客房里,当成家庭一员。

亚拉巴马为戴维难过。在她看来,他们现

---

[1] Josette,欧洲中世纪传说中的女吸血鬼。

[2] Claudine,可能指法国女作家Colette(1873—1954)自传小说中的女主人公"大克劳汀"和"小克劳汀"。

在就是两个破落户,在寒冷的冬天披着有钱时留下来的旧袍子。他们各自向对方重复着自己,她对他说着老一套,明知他早就厌倦了;他也机械地应付着她,像丈夫对妻子该有的那样。她为自己难过。她以前总是自豪自己是个出色的舞台导演。

十一月的早晨把日光过滤成了金色粉尘,浮在巴黎上空,时间定格了,整个白天都停留在早晨。她在灰蒙蒙、阴沉沉的舞蹈室里练习着,在没有暖气的地方艰苦工作让人有一种职业成就感。女孩子们在亚拉巴马给夫人买的煤油炉子前梳洗。化妆室里,满是裹着脚趾的胶布受热后散发的味道和过期的古龙香水味道,还有贫穷的味道。当夫人来得晚时,演员们跟着魏尔伦[1]的诗歌谱成的曲子做一百个高抬腿动作。窗户从来不开,因为南妮和梅等几个和帕弗洛娃[2]一起工作的俄国人说外面的气味让她们恶心。梅住在基督教女青年会,邀请亚拉巴马来喝茶。一天,她们一起走下台阶时,她对亚拉巴马说她不能再在这里跳舞了,太恶心了。

"夫人的耳朵太脏,亲爱的,"她说,"让我非常恶心。"

其实,是因为夫人让梅站在其他人后面跳舞。亚拉巴马嘲笑女孩子的虚伪。

有一位玛格丽特,来时穿着白色衣服,有一位法妮亚,来时穿着肮脏的胶皮内衣,阿纳兹和安娜与百万富翁们住一起,穿着天鹅绒的束腰外套,还有塞泽穿着灰色和红色的衣服——人们说她是犹太人——还有一个女孩穿着蓝色的薄纱,一个瘦小的女孩围着杏黄色的披肩像是堆在一起的皱皮,三个叫坦雅的女孩子像其他俄国人一样,一个穿白色衣服的女孩像是穿着泳衣的男孩子,穿黑色的女孩子都像已婚妇人,一

[1] Paul Verlaine(1844—1896),法国象征派诗歌的诗人之王,与马拉美、兰波并称象征派诗人的三驾马车。

[2] Pavlova(1881—1931),俄罗斯知名芭蕾舞女演员,是第一个举行世界巡回演出的演员。

个迷信的女孩一直穿着紫红色,还有一个女孩,妈妈给她穿水红色,转来转去,让人头晕目眩。玛尔特在喜剧歌剧院跳舞,一下课,她那楚楚可怜的身影就和她丈夫飘然远去。

阿列娜·让纳雷掌控着前厅。她对着墙壁打扮自己,为自己准备了很多擦身的东西,一次买了五十双舞鞋,一星期后全部穿坏了,送给了施特拉。夫人授课时她负责纪律。她双臀下垂,让亚拉巴马讨厌,但是她们是好朋友。课后,她和阿列娜坐在奥林匹亚大剧院下面的咖啡厅里,喝掺了水的科西嘉酒。阿列娜带她去歌剧院后台,在那里芭蕾舞演员很受尊重。她来找亚拉巴马吃午饭,戴维讨厌她的放肆,因为她竟然给他讲道德,对他的观点和酗酒进行点评。但是她没有小市民的习气;她是个淘气的女孩,有很多关于消防员和士兵的笑话,还会很多歌谣,嘲弄传教士和农民以及戴绿帽子的丈夫。她几乎就是个小精灵,但是她的袜子总是皱巴巴的,听布道时总是窃窃私语,不严肃。

她带亚拉巴马去看帕弗洛娃最后的演出。有两位像是比尔博姆卡通画[1]中的人物要送她们俩回家,阿列娜拒绝了。

"他们是谁?"亚拉巴马问。

"不知道——歌剧院的赞助商吧。"

"要是你从来没见过他们,为什么要和他们讲话?"

"一个女演员平常是见不到国家大剧院前三排座位上的赞助人的;座位是为男人们留的。"阿列娜说。她自己和哥哥住在森林附近。有时候她在化妆室里哭。

"赞贝利[2]还在跳《葛蓓莉娅》[3]!"她会说,"你不懂生活是多么不容易,亚拉巴马,

[1] Beerbohm(1872—1956),英国散文家、剧评家与漫画家。

[2] Zambelli(1875—1968),意大利芭蕾舞演员和舞蹈教师。

[3] Coppélia,现存的19世纪浪漫主义古典芭蕾舞剧中的珍品,喜剧芭蕾的典范。

你有丈夫和孩子。"她哭了，黑色的睫毛膏淌了下来，像大块湿漉漉的水彩。她的两只灰色大眼睛中间有一块灵性空间，纯洁得像是一片雏菊花田。

"哦，阿列娜！"夫人激动地说，"她是个舞蹈家！她可不会无缘无故地哭。"亚拉巴马因为疲惫，脸上毫无血色，眼睛深陷，像是秋天里的火苗。

阿列娜帮她掌握交叉击脚跳的动作。

"弹跳过后，你不能停下，"她说，"可又必须马上弹开，这样第一跳的冲劲才会带你继续下一个，像是一只球在弹跳。"

"嗒，"夫人说，"嗒！嗒！——不行。"总是不能让夫人满意。

她和戴维礼拜六睡得很晚，在福伊约饭店或他们家附近的什么地方吃晚饭。

"我们答应你妈妈要回家过圣诞节。"他隔着很多桌子说。

"是，但是我不知道怎么办才好。太费钱了，你又没有完成你的巴黎画册。"

"很高兴你不是太伤心，因为我决定等到下一个春天。"

"还有邦妮的学费。现在转学太丢人。"

"那么我们复活节时再回去。"

"好。"

亚拉巴马不想离开巴黎，他们一点都不快乐。家庭离她的灵魂越来越远。

施特拉给舞蹈室的人带了一个蛋糕，给夫人带了两只鸡，那是她在诺曼底的叔叔给她寄来的。叔叔写信说他没有多余的钱了：只有四十法郎。施特拉设法以抄乐谱为生，这毁了她的眼睛，也填不饱肚子。她住在阁楼里，受着穿堂风，但就是不肯放弃在舞蹈室里浪费岁月。

"一个波兰人在巴黎能做什么？"她对亚拉巴马说。任何人在巴黎能做什么？说到底，没有民族上的差别。

夫人为施特拉找了一份工作，为音乐会上的音乐家翻乐谱，亚拉巴马让她帮忙在鞋前打个补丁防止打滑，一双鞋给她十法郎的报酬。

夫人在她们所有人的脸上亲了一下算作圣诞礼物。她们吃了施特拉的蛋糕。这和在家里过圣诞节没什么区别，亚拉巴马毫不伤感——因为她对家里的圣诞节没有兴趣。

阿列娜送给邦妮一套昂贵的厨房用具作为礼物。亚拉巴马非常感动，她知道她的朋友是多么需要钱。谁都没有钱。

"我得放弃我的舞蹈课了，"阿列娜说，"歌剧院的那些猪一月只付我一千法郎，我没法活下去。"

亚拉巴马邀请夫人吃晚餐，然后去看芭蕾舞剧。夫人穿着浅绿色的晚礼服，看上去非常白，非常脆弱。她眼睛盯着舞台，她的一个学生在跳《天鹅湖》。亚拉巴马想知道，那双黄色的圣人孔子[1]一样的眼睛，在芭蕾舞的白色荡漾中究竟看到了什么。

"现在旋转的圈数太少了，"那女人说，"我当年跳舞时，规格完全不同。"

亚拉巴马不敢相信。"二十四个旋转[2]，"她说，"谁还能做更多呢？"看到舞蹈演员轻盈坚挺的身子在那些疯狂的旋转中鞭打着她们自己，亚拉巴马感到自己的身体上有一种

---

[1] Confucian Eyes，西方人眼中的孔子是理性和平和的化身，法国思想家伏尔泰称孔子为东方的智者，美国爱默生称孔子是哲学上的华盛顿。

[2] Twenty-four Fouettés，《天鹅湖》第三幕要求黑天鹅有一个轴转，需连续转 32 圈，名为挥鞭转，整个过程脚尖的移动范围不能超过一条皮带围成的圈，这一高难度动作是该剧的重头戏。

刺痛。

"我不知道她们做的是什么。我只知道我做的和这个不同,"艺术家说,"比这个做得好。"

表演完了,她没有去后台向女孩子们表示祝贺。她和亚拉巴马还有戴维去了一家俄国人餐厅。他们的邻座坐着埃尔南德罗,正在从最顶上的杯子给一个香槟金字塔倒香槟。戴维去帮他的忙,两个男人又唱又跳,在舞池里手舞足蹈。亚拉巴马很难为情,担心夫人会以之为忤。

然而,夫人和其他所有俄国人一样在俄国曾经是一个公主。

"他们像是小狗在跳舞,"她说,"别管他们。看着很可爱。"

"工作是唯一可爱的事,"亚拉巴马说,"——至少,我已经忘记还有其他了。"

"一个人要是能自娱自乐也好,"夫人陷入了回忆,"在西班牙,跳完芭蕾后,我爱喝红酒。在俄国,总是喝香槟。"

在蓝色灯光和红色灯笼下,夫人的白色皮肤像北极的太阳照在冰雪上一样闪亮。她没有喝多少,但是点了鱼子酱,抽了很多烟。她的衣服很廉价,亚拉巴马很悲哀——她是这个时代多么伟大的舞蹈家啊。战后,她想过放弃,但是她需要钱送儿子去索邦大学读书。她丈夫天天靠追忆俄国贵胄军官学校的光荣过日子,最后,所有的回忆都被榨干,除了贵族的幽灵一无所剩。俄国人!勇敢和慷慨哺育了他们,十月革命却给他们断了奶,现在来纠缠巴黎!什么人都来纠缠巴黎。巴黎梦魇。

保姆和戴维的一些朋友来帮忙装饰邦妮的圣诞树。亚拉巴马对美国的圣诞节没有多少怀念。在亚拉巴马州,他们不出售挂在圣诞树上的小房子。在巴黎,鲜花店里满是圣诞丁香,天下起了雨。亚拉巴马拿了一些花来到舞蹈室。

夫人非常高兴。

"我小时候，对花非常痴迷，"她说，"喜欢去田野里采花，采一大束，给每个到我父亲家里来的客人的纽扣上都插上花。"这个伟大的舞蹈家对过去那些小细节的渲染让亚拉巴马心酸。

到了春天，她的臀部变得有力了，像黑人的一样，凸起如木刻画中的小船，这让她感到骄傲。身体也能自由掌控了，她不再为它感到羞愧了。

女孩子们都把脏衣服拿走洗净了。卡普西那街又热闹起来了，奥林匹亚大剧院也有了另一帮巡回演出团。薄薄的阳光洒在舞蹈室的地板上，亚拉巴马开始练习贝多芬了。在舞蹈室里，亚拉巴马用工作麻醉自己，街上起风了，她和阿列娜一路开着玩笑。对于她，舞蹈室以外的生活仿佛是早上头脑中遗留下来的一场宿梦。

第二章

"五十一,五十二,五十三——我告诉你,先生,你得给我说是什么事。我是夫人的顾问——五十四,五十五——"

黑斯廷斯冷冷地打量着喘着粗气的姑娘。施特拉摆了一个引诱的姿势。她经常看到夫人这么做。她看了他一眼,好像她有一个秘密,等着他来请求解密。她的腿部练习已经做完了。她下午来得这么早纯粹是重复工作。

"我要见戴维·奈特夫人。"黑斯廷斯说。

"我们的亚拉巴马!她很快就来。亚拉巴马,她是我们的宝贝。"施特拉满怀柔情地说。

"他们家里没人,让我到这里来找。"黑斯廷斯用眼睛四处打量,好像确信自己来错了地方。

"哦,她!"施特拉说,"她一直都在这里。你就等等吧。请原谅,我——?"

五十七,五十八,五十九。等数到三百八十,黑斯廷斯站起来要走。施特拉汗流满面,像海豚在拍鳍,让人确信她不喜欢练把杆。她想让人相信她是一个漂亮的艺术女奴,黑斯廷斯或许愿意买下她。

"告诉她我来过了,好吗?"他说。

"当然,你要走了。很遗憾让先生感到无聊了。五点钟有堂课,先生是否愿意——"

"好了，告诉她我走了。"他厌恶地看了看四周，"反正，我猜她也没空参加晚会。"

施特拉在舞蹈室学习了这么久，像所有的学生一样对自己的工作非常有信心。要是观看的人们不感到着迷，那一定是他们没有审美能力。

夫人允许施特拉上课不用交学费；许多没有钱的学生都这样。她们有钱时就会交一点——俄国人的制度。

一阵手提箱磕碰着楼梯的声音，有个学员到了。

"一个朋友来看你了。"她煞有介事地说。对与世隔绝的施特拉来说，无缘无故看望一个人是不可思议的事。亚拉巴马也忘记了生活的老模式。在一阵猛烈的旋转和重重的单脚小跳中传来了尖厉刺耳的声音。

"他们想干什么？"

"我怎么知道？"

亚拉巴马心里充满了一种无端的恐惧——她必须让舞蹈室远离自己的生活——否则这个就会和别的一样让人失望，陷入漫无目的的随波逐流中。

"施特拉，"她说，"要是他们再来——任何人来找我，你要说不认识我——这儿没有我这个人。"

"为什么？你跳舞不是为了让你的朋友崇拜你吗？"

"不，不是！"亚拉巴马反驳说，"我不能同时做两件事——我不会在歌剧院大街上的交警前用巴代沙猫跳法走路，我也不想让我的朋友在我跳舞时坐在角落里打桥牌。"

施特拉喜欢听任何有关反对生活的观点，她自己的生活一片空白，被装进箱子关在阁楼里，整日受到房东的痛斥。"就是！为什么要让生活来干扰我们这些艺术家？"她欢欣鼓舞地赞同。

"上次我丈夫来，在舞蹈室里抽烟。"亚拉巴马试图为自己辩护。"哦，"施特拉很愤慨，"我知道了。要是我在这儿，我会告诉他，有人工作时不能在这里抽烟。"

施特拉穿着别人扔掉的破旧芭蕾舞裙和老佛爷百货的粉红色薄纱衬衫。她把衬衫的扣子放低，用安全夹把衬衫在裙带处夹紧以弄出巴斯克[1]的样式。她白天住在舞蹈室，给学生们买给夫人的花剪枝保养，擦镜子，修补乐器，钢琴师缺席时为学生弹钢琴。她把自己当成夫人的顾问，夫人却当她是个累赘。

施特拉对自己以打工代学费很敏感。要是有人为夫人做一丁点事情，她都会很恼火，甚至于哭起来。饥饿和紧张的时候，她那梦幻般的波兰人眼睛会变成一潭死水中的黄绿色浮渣。中午，女孩子们给她买羊角面包和牛奶咖啡，称她为"亲爱的"。亚拉巴马和阿列娜找种种借口给她钱。夫人给她旧衣服和蛋糕。作为回报，她分别告诉她们说夫人夸她们比别人进步快，她还在夫人的课程安排记录本上钻空子，使她们一天八小时的课程有时会变成九到十个一小时一节的课程。施特拉的生活就是一连串的小花招。

夫人对她很苛刻，批评她："你知道自己永远也跳不好，为什么不去找个工作？你会老的，我也会老——那时你怎么办？"

"哦，下周有个音乐会。我翻乐谱会挣二十个法郎。夫人，就让我待在这里吧。"

施特拉还没挣到二十法郎，就来找亚拉巴马。"要是你能付剩下的钱，"她请求道，"我们就为舞蹈室买一个药箱。上周有人就扭伤了脚踝——我们应该自己处

[1] Basque，一种西班牙风格的服装，呈倒三角形状，领口很低，腰部收紧，上衣前下摆呈尖角下垂。

理我们脚上的水泡。"施特拉不停地说药箱的事,直到有一天早上,亚拉巴马和她一起去买一个。金色的阳光把春天百货店的前门镀上了一层金色,她们站在那儿等待商店开门。花了一百法郎,要给夫人一个惊喜。

"你自己给她,施特拉,"亚拉巴马说,"我来付钱。你买不起这么贵的东西。"

"不,"施特拉哀叹着,"我没有一个丈夫能给我一百法郎。唉!"

"我放弃了其他所有的东西。"亚拉巴马很恼火。对这个丑陋阴郁的波兰人很无语。

夫人很不高兴。

"太可笑了,"她说,"化妆室里没地方放这么个大家伙。"看到施特拉痛苦失望的眼神,又补充说,"可是很方便。留着它吧。你一定不能再在我身上花钱了。"

她交给亚拉巴马一个任务,保证不让施特拉再给她买任何礼物。

夫人批评施特拉买来放在她桌子上的葡萄干和糖果,还有装在小包里的俄国面包、奶酪夹心面包、糖包、香菜面包、黑米面包和从烤箱里刚拿出来看上去天真无邪的热面包。施特拉有钱买东西时,全买给了夫人。

亚拉巴马没能阻止施特拉买东西,反而被这个女孩子漫无目的的浪费传染了。她没法穿新鞋子,她的脚太痛了。好像不应该让新衣服泡在古龙香水里,整天挂在舞蹈室的墙上。她认为让自己贫穷些会有好处。她好几次都放弃了享受戴新帽子的激动和穿新裙子的兴奋,而是把上百法郎都买了花。

她买的黄玫瑰,好像是中国的织锦缎,白色的丁香和粉红色的郁金香像是堆在面食店里的糖霜，深红色的玫瑰像维庸[1]的诗，幽暗、光滑，像昆虫的翅膀，冷冷的蓝色绣球花像是刚用白粉刷过的墙壁一样干净，山谷百合上有水晶一样的露珠，旱金莲的花盘像是拍扁了的铜管，海葵像是从水里冒出来的，鹦鹉郁金香好像要图谋不轨，长长的倒钩刺向空中，帕玛紫罗兰的卷须挑逗着人的情欲。她还买了柠檬黄康乃馨，散发着硬糖的味道，紫色的玫瑰花，像是树莓布丁，还有种种花匠所能种出的白花。她还从玛德琳花摊上给夫人买来像白手套一样的栀子花和勿忘我，还有尖利的剑兰和柔软的、皮草一样的黑色郁金香。她还买了一些看上去像沙拉的花，像水果的花，长寿花和水仙花，虞美人和仙翁花，还有那些像梵高画中要吃人的花。她从和平街附近花匠的挂满金属球的橱窗里和仙人掌花园里买，从住宅区里专卖植物和紫鸢尾的花摊那里买，也从左岸那些装饰考究的商店里买，也从露天市场买，那里的农民把玫瑰染成杏黄色，把染过的牡丹花用铁丝穿起来。

亚拉巴马投身工作，抛弃对物质的占有欲以前，花钱是她生活中最重要的事。

舞蹈室里，除了诺迪卡没有人有钱。她坐着劳斯莱斯和阿拉西亚一起上课，后者有着布林茅尔女子学院毕业生的气质，非常务实。阿拉西亚让诺迪卡相形见绌，但是诺迪卡有钱，有时她们也一起出去。诺迪卡很美，会挑动绅士的欲火，而阿拉西亚惹人怜爱。诺迪卡激动时容易战抖，虽然她极力克制——他们说跳芭蕾舞时诺迪卡一时兴奋把她所有的服装都给毁了。诺迪卡有一次战抖得太厉害，动不了了，她的朋友只好把她的脚按到地上才躲过车子。她们俩都威胁说要离开夫人的舞蹈室，因为施特拉在镜子后面藏

[1] Villon（1431—1462），法国中世纪抒情诗人，诗歌既描写热情也描写罪恶和诱惑。

了一袋虾片,虾慢慢变臭了。施特拉对女孩们说是脏衣服的味道。当她们发现真相时,她们对待施特拉毫不留情。施特拉喜欢课堂里有诺迪卡和她朋友,因为她们只是观众。

"波兰佬!"她们对施特拉说,"在家里吃虾就够糟了,还带到这里放臭弹。"

施特拉的家太小了,她的衣箱都不得不有一半露在阁楼窗子外面。一罐虾会让她在那个小地方窒息的。

"没关系,"亚拉巴马说,"我带你去吃虾。"

夫人说,亚拉巴马太傻了,竟带施特拉去普诺尼吃虾。夫人记得那些她和丈夫在泛着肉铺血沫的杜佛街一起吃鱼子酱的日子。从那以后,夫人把一切灾难的预兆都和那家牡蛎酒吧联系在一起——因为紧跟着那次出游,俄国革命就到来了,接着就是贫穷和艰难。夫人非常迷信,从来不借钉子,从来不穿紫色,她相信一切苦难都和她以前特别喜欢吃鱼有关。夫人害怕一切奢侈。

浓味鱼汤中的藏红花让亚拉巴马的眼角出汗了,巴尔萨克酒也相形无味了。吃饭期间,施特拉坐立不安,从桌子上把什么东西包进了餐巾纸。那女孩不像亚拉巴马那样认为普诺尼饭店了不起。

"巴斯卡是给苦行僧喝的。"亚拉巴马心不在焉地说。

施特拉偷偷拿出她从汤里找到的东西。她太专心致志了,几乎说不出话来,像一个人在全神贯注地搜寻尸体一样。

"你在干什么?"亚拉巴马很恼火,施特拉竟然一点不兴奋。她决心以后绝不再带穷朋友到富人才来的地方吃饭了。纯粹浪费。

"嘘——嘘——嘘!亚拉巴马小姐,我发现了珍珠——很大的,三个！要是侍者知道了就会来要的，我把它们包在餐巾纸里了。"

"真的吗？"亚拉巴马说，"我看看！"

"到街上以后再看。我向你保证。我们就要有钱了，你会有一个芭蕾舞剧团，我可以在里面跳舞了。"

她们屏住呼吸吃完了饭。施特拉太兴奋了，没有像平时一样不知好歹抢着付账。

来到街上，她们打开了餐巾纸。

"我们要给夫人买件礼物。"她咕噜着。

亚拉巴马研究了一下这个黄色的东西。

"它们不过是龙虾眼。"她宣布。

"我怎么知道？我以前从来没吃过龙虾。"施特拉脸色很难看。

想象一下，你一生唯一的希望就是在一份浓汤里意外地找到珍珠和财宝！像孩子低头在地上寻找别人丢掉的一便士硬币——只是孩子不会拿着在人行道上捡到的硬币去买面包和葡萄干还有药箱！

亚拉巴马的教训在工作室上课那天就开始了。

在寒冷简陋的工作室里，女仆洗涮着，咳嗽着。那女人在煤油炉子的火苗上搓着自己没有知觉的手指。"可怜的女人！"施特拉说，"她丈夫每天晚上都揍她——她给我看过那些地方——她丈夫参战后失去了下巴。或许，我们得给她点东西？"

"别跟我说这些，施特拉！我们不能人人都同情。"太晚了——亚拉巴马看见了那女人指甲下面干结的黑色血块,指甲劈裂。她给了她十法郎，讨厌那引起她同情的女人。很难在寒冷的烟雾中工作而对女仆无动于衷。

施特拉把刺从玫瑰枝上掰下来，把散落在地板上的花瓣收起来。她和亚拉巴马冻得浑身哆嗦,赶快开工取暖。

"快给我看看夫人给你单独授课时教你的动作。"施特拉催促说。

亚拉巴马一遍遍转着,屏气敛神,提升肌肉。你一个动作做上几年,三年后你就能把自己提高一英寸——当然,也可能你一英寸也提不了。

"你把身体提起来以后,必须让它在半空里落下来——像这样。"她将身体抬离地面,然后轻轻落下来,像是一只漏气的气球。

"哦,你会是个舞蹈家!"女孩子感激地叹息着,"但是我不明白为什么,你都有丈夫了。"

"难道你不明白我不是为了得到什么东西——至少,我认为自己不是——而是要去掉我自己身上的某些东西?"

"为什么?"

"这样子坐着,等着上课,感觉我要不来上课,那些属于我的时间就会一片空白,会一直等着我。"

"你丈夫不生气吗,你老是不在家?"

"生气。他太生气了,我不得不在外面待得更久来躲避他的火气。"

"他不喜欢跳舞吗?"

"没有人喜欢,只有舞蹈演员和悲观主义者。"

"听不懂!再教我一遍吧。"

"你做不了——你太胖了。"

"教给我,你上课时我好给你弹琴。"这时,慢板音乐不知怎么出了错,亚拉巴马压抑着怒火,用沉默来责备这个女孩子。

"你听到的声音好像很遥远。"夫人提醒说。

亚拉巴马没办法把听到的东西传达给她的身体。她感到用屁股去听很丢人。

"我听到的只有施特拉的走调，"她抢白说，"她跟不上拍子。"

学生们吵架时，夫人总是回避。

"一个舞者应该引领音乐，"她简单地说，"在芭蕾舞中没有乐曲。"

一天下午，戴维和几个老朋友来了。

亚拉巴马看到他在那儿，就对施特拉发脾气。

"我的舞蹈课不是杂技。你为什么让他们进来？"

"他是你丈夫！我又不是站在门口守门的火龙。"

"闪身，击足跳，击足跳，闪身，原地直腿跳，闪身，蹬地，原地跳，原地跳，原地跳，斜线前进，双塔形。"

"这不是《维也纳森林的故事》[1]吗？"迪基问，伸直身子。

"我不明白亚拉巴马为什么不从内德·韦伯恩[2]的故事中选一个？"优雅的道格拉斯小姐，头发像一座斑岩坟墓。

黄昏的太阳给窗子抹上了一层香草酱汁。

"闪身，击足跳。"亚拉巴马把舌头咬破了。

她急忙跑到窗口吐了一口血，被站在她身边的女人烦透了。血顺着下巴淌了下来。

"怎么了，亲爱的？"

"没什么。"

道格拉斯小姐气恼地说："那样子跳舞太可笑了。嘴边吐着血沫，怎么可能领会舞蹈的快乐！"

迪基说："太难看了！她连在客厅里跳都

[1] *Tales from the Vienna Woods*，1868 年由奥地利作曲家施特劳斯创作的芭蕾舞剧。
[2] Ned Wayburn（1874—1942），美国舞蹈编剧，重视五大技术元素：喜剧性、击足跳步法、杂技动作、足尖动作和舞台展示。

上不了台面,还来做这个!有什么用?"

亚拉巴马从来没有像现在这样目标明确。"击足跳,闪身。"——对于"为什么",俄国人明白,亚拉巴马也差不多明白。她觉得当她能用胳膊和脚来听,她就明白了。她的朋友们只用耳朵去听是理解不了的。这就是"为什么"。亚拉巴马体内充满了对工作的狂热。她为什么要去解释?

"我们在拐角的小酒馆等你。"戴维留了纸条。

"你会去找你的朋友吗?"亚拉巴马看纸条时,夫人随口问道。

"不去。"亚拉巴马斩钉截铁地说。

俄国人叹口气。"为什么不去?"

"生活太悲哀了,再说刚下课身上太脏了。"

"你一个人在家做什么?"

"六十个挥鞭转。"

"不要忘了练巴代布雷。"

"为什么我不能跳阿列娜的步子?"亚拉巴马大发脾气,"或者至少是诺迪卡的?施特拉说我跳得和她们差不多一样好。"

夫人领她跳了几个《阿尔米德的凉亭》[1]中的华尔兹动作,亚拉巴马明白自己的舞蹈不过是小孩子在跳橡皮筋。

"你看,"夫人说,"还不行,为古杰列夫[2]跳舞不容易。"

吉杰列夫在早上八点召集排练,而他的舞蹈演员们夜里一点左右才从舞台离开。她们往往直接来到舞蹈室。吉杰列夫坚持认为她们就应该保持这种紧张状态,对于她们,舞蹈就像毒品一样须臾不可离。她们一刻不停地工作。

有一天,他的剧团里有人结婚。亚拉巴马

[1] Pavillon d'Armide,1909年由俄罗斯芭蕾舞大师吉杰列夫在巴黎上演。

[2] Diaghilev(1872—1929),俄罗斯艺术批评家,"芭蕾舞之王"(Lord of Ballet)。

·万神殿和卢森堡公园（水粉，1944）

·灰蒙蒙的大山（水粉，1940年代）

惊奇地发现女孩子们聚集在舞蹈室里,穿着家常衣裳,有皮草和暗花花边。她们显得很老,但是,即使穿着廉价的服装,也明显看出她们的身材很美。要是她们体重超过了五十公斤,吉杰列夫就会尖叫:"你们必须减肥!我可没钱送演员去健身房健身。"他从来不把舞蹈演员当做女人,明星除外。她们将他奉若神明。正是这种忘我的为芭蕾献身的精神使她们有别于其他芭蕾舞剧团。所以他的创作中从来没有小伤感,也从没有衣衫褴褛的俄国流浪汉。她们为芭蕾舞而活,为她们的芭蕾舞大师而活。

"你的脸怎么了?"夫人会严厉训斥,"我们不是在拍电影。你要尽可能地面无表情。"

"一、二、三、一、二、三……"

"教教我,亚拉巴马。"施特拉绝望了。

"我怎么教你?我自己也不会。"她恼火地说。施特拉和自己一起上课让她生气。她以后再也不给施特拉钱了,得让她知道分寸。但是那个女孩眼泪汪汪地又来了,一股黄油味,送给她一个苹果或一袋虾片,结果亚拉巴马又给了她十法郎。

"要是没有你在这里,"施特拉说,"我该怎么活啊?我叔叔不给我寄钱了。"

"我要回了美国你怎么办?"

"还会有其他人来的——或许也从美国来。"施特拉笑着。虽然她总担忧将来的困难,但是,她对未来的考虑从来不超过一天。

玛丽娜来给施特拉钱,她想自己办一个舞蹈班。如果施特拉能从夫人的班上拉走足够多的学生,她就会得到一个弹钢琴的工作。始作俑者是玛丽娜的妈妈——她曾经也是个舞蹈家,虽然称不上大师。

玛丽娜的妈妈开熟食店，卖香肠为生，她本人也像香肠一样肿胀，看不清生活的反复无常。她用短而油腻的手指举着一副长柄眼镜，瞅着自己的女儿。"看，"她对施特拉说，"帕弗洛娃都做不了这个，谁都不如我女儿跳得好。你会让你的朋友去我的舞蹈室吧？"

玛丽娜是鸡胸，跳起舞来像是在挥舞鞭子执行鞭刑。

"玛丽娜像一朵花。"老太太说。玛丽娜出汗时，有一股洋葱味。玛丽娜假装爱着夫人，她是个老学生了——她母亲认为夫人应该给她在俄罗斯芭蕾舞团中找个工作。

上课前在地板上洒水时，施特拉手中的水罐漏水，浸湿了玛丽娜所站位置的地板条。她不敢抱怨，担心夫人怀疑她别有用心。

"闪身，击足跳，击足跳，闪身——"

玛丽娜滑到了，摔破了膝盖。

"我就知道我们的药箱很有用，"施特拉说，"你来帮我缠绷带，亚拉巴马。"

"一、二、三……"

"玫瑰花都死了。"施特拉提醒亚拉巴马。她想要那件玻璃纱的旧裙子，而它根本系不上她的后背，也盖不住她那肮脏的连裤袜。亚拉巴马把裙子在胯部加宽了四个褶边——花五个法郎在一家法国干洗店里熨了一下。像诺曼底人用红白两色来标注天气一样，亚拉巴马用黄绿色表示颓废的日子，粉红色表示上午有芭蕾课，天蓝色表示下午课。早上，她喜欢穿白色的裙子，和纯净无色的天光最相宜。

为了护腰，她买了纯棉自行车骑行服，然后在太阳下暴晒让它褪色，把橘黄色晒成粉色，绿色晒成黄绿色。把色彩重新组合是亚拉巴马爱玩的游戏。她穿着上街的裙子上印着无拘无束的大花图案。她用不同的颜色代表不同的心情。

戴维抱怨说，她的屋里全是古龙香水味，墙角里总有一堆从舞蹈室带回来的脏衣服，因为皱巴巴的裙子不能放进衣橱或抽屉。她把自己累成了一摊泥，根本无暇收拾房间。

一天，邦妮进来道早安。亚拉巴马起晚了，已经七点半了，她的裙子被夜里的湿气浸得软塌塌的。她对邦妮发起了无名火。"你今早没刷牙！"她带着火气说。

"哦，可是我刷过了。"小女孩反驳说，对母亲的说法很生气，"你告诉过我早上要先刷牙。""我是这样告诉你的，可你今天就没照着做。我看见你门牙上还有蛋糕屑。"亚拉巴马得理不饶人。

"我刷了。"

"不要撒谎，邦妮。"妈妈生气了。

"你才撒谎！"邦妮气坏了。

"你敢对我说这个！"亚拉巴马抓过她的小胳膊，啪一声扇在她屁股上。响声让她自己都吃了一惊，她用力太大了。她和女儿都涨红了脸，互相瞪着对方。

"对不起，"亚拉巴马带着疼爱说，"我没想打你。"

"那你为什么扇我？"孩子反驳说，满怀仇恨。

"我就是想让你知道，做错了事就该受罚。"她自己也觉得说不通，但是她得做出解释。

亚拉巴马匆匆离开了房间。经过邦妮门口时，她停了下来。

"小姐？"

"是的,夫人?"

"邦妮早上刷牙了吗?"

"那是当然。夫人要求起床后第一件事就是要干这个,虽然我个人认为这会破坏牙釉质——"

"该死,"亚拉巴马心想,"可是的确是有碎屑。我该怎么补偿邦妮的委屈呢?"

一天下午,法国教师出去了,保姆带着邦妮来到舞蹈室。演员们都很宠她,施特拉给她糖果吃,邦妮给卡住了,搓着手说不出话来,巧克力化了粘在嘴上。亚拉巴马曾严厉禁止她吃东西时不能弄出任何动静,孩子连咳嗽都不敢。施特拉把涨红了脸的小孩抱到前厅里,拍她的后背。

"你也要跳舞吗,"她说,"当你长大点?"

"不,"邦妮大声说,"像妈咪那样太吓人了。她以前更可爱。"

"夫人,"保姆说,"我真没想到你跳得这么好。你几乎和其他人跳得一样好了。我不知道自己是不是喜欢芭蕾——但对你来说肯定很好。"

"上帝啊。"亚拉巴马恼火地说。

"人确实得做点什么事,夫人又从来不打桥牌。"保姆继续说。

"我们得做点什么,一旦做了,我们就被吸引住了。"亚拉巴马很想说"闭嘴"!

"人们不都是这样吗?"

戴维提议再来舞蹈室时,亚拉巴马坚决反对。

"为什么不行?"他说,"我以为你想让我去看你练习呢。"

"你又不懂,"她高高在上地说,"你只会看到我在做我做不到的事,然后好打击我。"

演员们总是透支她们的体力。

"为什么还要踮起脚尖转？"夫人告诫说，"你已经做过了——做得可以了。"

"你太瘦了，"戴维怜惜地说，"累死你自己也没用。我希望你能明白，在艺术行业里最重要的区别就在于是专业还是业余。"

"你是指你和我——"她若有所思。

他把她展览给他的朋友们，好像她是他的一幅画。

"摸摸她的肌肉。"他说。她的身体几乎成了他们唯一的交集。

长期以来积聚的疲乏像文火一样烘烤着她消瘦的身材，让她的女性性征泛着一层红光。

戴维的成功是他自己的——他有权利挑剔——亚拉巴马觉得自己没有什么可以回馈给这个世界，没有办法兑换自己从这个世界所拿走的。

进入吉杰列夫芭蕾舞团的希望就像一座大教堂，是她唯一的庇佑。

"你又不是第一个尝试跳舞的人，"戴维说，"你不必这么煞有介事。"

亚拉巴马非常沮丧，只好用施特拉那廉价不可靠的奉承来满足自己的虚荣。

施特拉是工作室里的出气筒。当女孩子们相互嫉妒发脾气时，总是把火撒在这个笨拙高大的波兰人身上。她费尽心机地讨好她们，可总是碍人手脚——她巴结所有人。

"我找不到我的新连裤袜了——我花四百法郎买的，"阿列娜气疯了，"我不能把四百法郎打水漂。以前工作室里从来没有过小偷。"她扫了一眼演员们，盯着施特拉。

争执越来越严重，夫人被请来作裁决。是施特拉把连裤袜放进了诺迪卡的箱子。诺迪卡生气地说，她应该把她的箱子干洗一下；没必要，她说，阿列娜没有传染病。

是施特拉把基拉安排在阿列娜后面，好让她模仿着学得更快一点。基拉很漂亮，棕色的头发长长的，波浪起伏。她是个受人监护的女孩——不知什么人，反正不论到哪都受到监护。

"基拉！"阿列娜尖叫着，"她要毁了我的舞蹈！她在把杆上睡觉，在地板上也睡觉。这里都成疗养院了。"

基拉声音沙哑。"阿列娜，"她转着圈说，"你能教我空中击足跳吗？"

"没人教你空中打脚，"阿列娜爆发了，"或许，你可以去厨房打脚跳。我要让施特拉知道我受我自己的监护。"

当施特拉告诉基拉从把杆上挪后一点时，基拉哭着去找夫人。

"施特拉有什么资格管我站在哪里？"

"没资格，"夫人说，"但是既然她住在这里，你就不能把她当成一堵墙而毫不在意。"

夫人一向不苟言笑。但是好像也希望女孩子们吵闹一些。有时她也议论黄色、红色或门德尔松的好坏。对于亚拉巴马而言，那些俄国话像滚滚黑浪，最后总不免给冲进了马尔马拉海。

夫人的棕色眼睛像秋天里桦树林中的紫铜色小径，林中山丘浸满雾气，你踩过的沃土上冒起清澈的泉眼。课堂随着她胳膊的指向而摇摆，像是航标随着海浪摆动。几乎不用说那种东方语言，女孩子们都是音乐家，都明白当钢琴弹奏《克娄巴特拉》那充满感情的序曲时，说明夫人对她们的自作主张感到厌倦了；当弹奏勃拉姆斯时，课堂就会有意思而且会有难度。夫人看上去除了工作没有其他生活，只有艺术创作时，她才是存在的。

"夫人住在哪儿,施特拉?"亚拉巴马好奇地问。

"姑娘,工作室就是她的家呀,"施特拉说,"也是我们的家。"

有一天,亚拉巴马的课被一群手拿量杆的人打断了。他们丈量地板,进行估算。周末又来了一次。

"要干什么?"女孩子们问。

"我们得搬家了,姑娘们,"夫人悲伤地说,"他们要把我们这个地方变成一个电影制作室。"

亚拉巴马上最后一节课时,在镜子背后寻找那些单足旋转和千百个阿拉贝斯克动作的踪迹。

除了厚厚的灰尘,什么也没有,在悬挂大镜子的地方有几个发卡的印迹。

"我认为能找到点什么。"当她看到夫人好奇地盯着她时,不好意思地解释说。

"你看,这里什么也没有!"俄国人说,摊开自己的手,"但是在新工作室,你会有一件芭蕾舞裙,"她补充说,"你说过到时要我告诉你。或许在裙子的皱褶里,你能找到什么。"

要离开那些见证了她们工作的暗淡的四壁,她们都很难过。

亚拉巴马已经用汗水软化了那破旧的地板,冬天里为了取暖而拼命工作。蜡烛已经在圣-叙尔皮斯点起来了,她不愿意离开。

她和施特拉还有阿列娜帮助夫人收拾成堆的破裙子、旧鞋子和旧箱子。她们三个挑拣着,整理着这些东西,想起了为美而做的奋斗。亚拉巴马凝视着那俄国人。

"怎么了?"夫人问,"是啊,这的确很悲哀。"但她并不气馁。

第三章

俄罗斯音乐学院新工作室里灯光璀璨。

亚拉巴马独自站在一个没人的地方,只有她自己和触手可及的思想,像一个寡妇包围在过去的物品中。她修长的双腿击打着白色的舞裙,宛如一尊乘着月亮飞翔的小雕像。

"好。"芭蕾舞老师用俄语说,带着喉音的招呼像大草原传来的冰雹和雷霆之声。典型的俄国人的脸,苍白,棱角分明,像暗淡的阳光照在大块水晶上。她的前额青筋凸起,像心脏不好的人一样,但她除了显得过分抽象,并无疾病。她生活俭朴,用一个小包装着她的午餐:一块奶酪、一个苹果、水壶里装着凉茶。她坐在讲台上,在慢板的乐声中进入了另一个空间。

亚拉巴马走近这个陷入空想的人,走到她身后,紧绷着身子,像是手里拿着一柄长矛。她脸上露出一丝微笑——能在跳舞中获得快乐很不容易。她的脖子和胸脯,红晕灼热,肩膀强壮厚实,像一张沉重的轭压在她细瘦的胳膊上。她悄悄地盯着这位白俄老师。

"您在空中看到了什么?"

那俄国女士身上有一种无边的温柔和克制。

"形式,孩子,一些形状。"

"漂亮吗?"

"是的。"

"我要把它跳出来。"

"好,要注意设计。你的舞步很好,但是组合不行:没有组合,你就表达不出来。"

"您就等着看我能不能做到。"

"去吧,那就!姑娘,这是我的第一个角色。"

亚拉巴马把自己完全交给了缓慢的、忘我的、仪式般的尊贵中,交给了那个俄国人那性感迷人的旋转中。慢慢地,她随着《天鹅湖》的慢板跳了起来。

"等一下。"

她在镜子里看到了那张白色透明的脸。两个人的笑容刚一触随即荡开了。

"我就要跳,哪怕把我的腿跳断。"她说着,又开始跳了起来。

俄国人拉了拉肩上的围巾。她若有所思又模棱两可地说,"不值得这么用心——你跳不了。"

"对,"亚拉巴马说,"不值得这么用心。"

"好吧,孩子,"上了年纪的芭蕾舞蹈家说,"你来跳吧——就这样。"

"我们试试看。"

新的工作室变化很大。夫人没有多余的地方;她免费上课的时候越来越少。化妆室里没有地方做交换脚练习。舞裙因为没有地方晾晒而更干净了。来了很多英国女孩,她们仍然相信可以一边生活一边跳舞,在门厅里闲扯塞纳河上的航行和蒙巴纳斯的聚会。

下午上课很糟糕。车站上飘来的黑雾遮住了舞蹈室的自然光照,而且课上有很多男士。把杆上有一位来自女神游乐场的黑人古典舞演员，他体形很棒，但是女孩子们都取笑他。她们也嘲笑亚历山大，他的脸膛和眼睛像个学者——他在军中服役时曾在莫斯科的芭蕾舞剧院有自己的包厢。她们也笑话鲍里斯，他上课前到隔壁咖啡店里喝十滴缬草汁[1]；她们还笑席勒，因为他年龄大了，由于常年化妆而面皮浮肿，像个酒吧招待或是小丑。她们还笑丹顿，因为他用脚趾跳舞，还极力装作了不起的样子。除了洛伦佐，她们谁都嘲笑——谁也不能笑洛伦佐。他的脸像一尊十八世纪的神，肌肉结实，完美。看洛伦佐用黑色的身体演绎肖邦的圆舞曲会让你觉得，这就是对生活的注解。他很害羞，很温柔。虽然是世界顶尖的舞蹈家，课后有时候他会和女孩子们坐一会儿，从玻璃杯里喝咖啡，吃俄罗斯蛋卷，上面洒满芝麻粒。他理解莫扎特对理智的优雅婉拒，也体会到那种疯狂，那是人类在早年为了对抗现实而接种的疫苗。贝多芬的交响曲对洛伦佐很容易，他用不着依赖现代音乐家所做的改写。他说他跳不了舒曼，总是不知不觉就快了或慢了。亚拉巴马认为他很完美。

也没有人嘲笑阿列娜，因为她的毒舌和完美的技巧。

"好大的风！"有人喊起来。

"是阿列娜在转圈。"回答说。她最喜欢的是李斯特[2]。她用身体打着拍子，像是一架萨克斯管，她是夫人的得意弟子。夫人数到十时，只有她能跟得上步子。她那绷紧的脚背和脚尖划过空中，像雕刻家的刻刀，但是她的胳膊很笨拙，不能伸到无限长，因为肌肉太多，重力太大。她总是说要让医生给她的背部肌肉动动手

---

[1] Valerian，缬草为多年生草本植物，根茎可药用，可镇痉、治跌打损伤和消除焦虑等。

[2] Liszt（1811—1866），匈牙利钢琴家、作曲家和指挥家，伟大的浪漫主义音乐家，首创了背谱演奏法，因在钢琴演奏上的巨大贡献而获得钢琴之王的美称。

术，让她变得灵活点。

"你进步很大。"女孩子们挤在教室前面对亚拉巴马说。

"你们得为亚拉巴马留个位置。"夫人补充说。

她每晚做四百个腿部交叉动作。

阿列娜和亚拉巴马每天合租一辆出租车到协和广场。阿列娜坚持邀请亚拉巴马到她的公寓吃午餐。

"我们一起走了这么久，"她说，"我不喜欢欠人情。"

相互嫉妒让她们走到了一起。她们两人身上都潜藏着对纪律的蔑视，这让她们结成了一种同志般的联盟。

"你得看看我的两只狗狗，"阿列娜说，"一个是诗人，另一个很世故。"

小桌子上养着水杉，在阳光下闪着银光，还有很多照片。

"我有一张夫人的照片。"

"我们可以从摄影师那里买一张她去年跳芭蕾舞的海报。"阿列娜怂恿道。

当她们把海报搬到工作室，夫人既高兴又生气。

"我会给你们一张更好看的。"她说。

她给了亚拉巴马一张在嘉年华会上穿着宽大的圆点裙子的照片，照片上，她的手指像蝴蝶翅膀一样张开着。夫人的手一直让亚拉巴马吃惊：它们不修长也不纤细，而是很笨拙。阿列娜一直没得到照片，因为亚拉巴马得到了照片，就更嫉妒她了。

夫人要给新舞蹈室温居。她们喝了很多俄国人提供的甜香槟，吃了油腻腻的俄罗斯蛋糕。亚拉巴马也带来了两瓶波尔罗杰香槟，但是那位王子，也就是在巴黎上过学的丈夫，把它拿回家自己享受去了。

亚拉巴马吃了油腻的点心感到不舒服——王子负责用出租车送她回家。

"我到处都闻到一股百合味。"她说。因为天热，也因为喝酒，她的头脑发晕，她抓住车沿极力不让自己甩出去。

"你太用功了。"王子说。

他的脸在闪烁的街灯下显得憔悴。人们传言他从夫人那儿要钱养了一个情人。钢琴师养着她丈夫，因为他有病——几乎每个人都养着其他什么人。亚拉巴马不记得这是否让她生气——为了生活嘛。

戴维说过会帮她成为一个舞蹈家的，但是他不相信她能成功。他在巴黎有很多朋友。只要从画室回来，他总要带上某个人一起回家。他们外出吃饭时，若是她试图劝说戴维早些回家，他就会生气。

"你有什么权利抱怨？为了你那该死的芭蕾，你已经和自己的朋友绝交了。"

他们和她的朋友在玫瑰色的灯下喝查特酒，夜色像是羽毛扇笼罩在街上。

亚拉巴马现在觉得越来越累。她的腿像是倒挂的香肠；快速旋转的时候她觉得自己的乳房像是英国老牧羊犬的乳，从镜子里几乎看不到。她什么也不是，只是一坨肉。对成功的渴望变成了梦魇。她一直跳，直到觉得自己成了斗牛场上用来引逗牛的老马，遍体鳞伤，内脏拖在地上。

家里乱成一团，没人打理。早上离家前，亚拉巴马留下条子交代午餐吃什么，但是厨子从来不费心照办——那女人把黄油放在煤箱里，每天给他们炖兔子肉，给他们吃什么完全按她自己的心意。另换他人也没用；反正公寓生活就是这样。家庭生活纯粹是权宜之计，根本没有什么长久的共同打算。

邦妮把父母看作是圣诞老人,令人愉快,但是不能指望,对她的生活没有什么实质性影响,完全处在她和她的法语家庭教师之外。

教师带邦妮去卢森堡公园散步,邦妮戴着白色手套,在鱼尾草和天竺葵花床中间滚铁环,很像一个法国孩子。她长得很快;亚拉巴马想让她开始学芭蕾——夫人答应有空时教教她。邦妮说不想学跳舞,不知为何,她对亚拉巴马非常反感。邦妮汇报说教师和一位厨子在杜伊勒里花园一起散步,教师说她不屑于解释。厨子说汤里的头发是女仆玛格丽特身上的。小狗阿蒂奇在一件丝绸衣服上吃光了一个三明治。戴维说公寓成了宠物店。楼上有人在早上九点钟弹《小丑》,打断了他的睡眠。亚拉巴马更多的时间都待在舞蹈室。

夫人最终收邦妮为徒。看到那小胳膊小腿认真地跟着演员们的动作在动,妈妈着实激动。新的家庭教师曾为一位英国公爵工作过;她抱怨舞蹈室的氛围对小孩子不好。因为她不会讲俄语,认为舞蹈室里的姑娘们叽叽喳喳,口音怪异,在镜子前搔首弄姿,毫不知耻,都是一些地狱恶魔。新来的家庭教师有些神经质。夫人说邦妮好像没有什么天赋,不过现在下结论还为时太早。

一天早晨,亚拉巴马提前去往工作室。九点钟以前的巴黎像是一幅水墨画。为了避免巴蒂尼奥勒大道交通拥挤,亚拉巴马乘坐地铁。里头有股煎土豆的味道,她在楼梯处的痰迹上滑了一跤。她很怕在人群中被踩到脚。施特拉在门厅里流着泪等她。

"你得站在我的立场上,"她说,"阿列娜总是羞辱我,我给她补鞋子,给她抄乐谱,夫人让我在她上课时弹钢琴挣学费,可她不让。"

阿列娜在角落里弯着腰，在给她的柳条箱打包。

"我再也不跳舞了，"她说，"夫人有时间教孩子，教业余人员，教任何人，但是阿列娜工作时却没有一个像样的钢琴师。"

"我会尽力的。你只要告诉我。"施特拉哭着。

"我告诉你。你是个好女孩，但是你弹起钢琴来就像一头猪！"

"你得说清你想要什么。"施特拉恳求说。看到一个侏儒一样的脸上涨得通红，而且满脸恐惧和泪水，真是可怕。

"我现在就说给你。我是一个艺术家，不是钢琴老师。阿列娜要走了，夫人可以继续开幼儿园了。"她也气得哭了起来。

"要是有人得走，阿列娜，"亚拉巴马说，"也应该是我。这样你就可以有自己的时间了。"

阿列娜哭着转向她。

"我向夫人解释了，说我不能晚上排练完了再上课。我的课是花钱的；我付不起。我只要在这里，我就得有进步。我付的钱和你一样多。"阿列娜哭着。

她挑衅似的对着亚拉巴马。

"我靠工作养活自己。"她挑衅地说。

"孩子也得有个开始，"亚拉巴马说，"是你说一个人总得开始——我第一次遇见你的时候。"

"当然。让她们像其他人一样开始，不必要有这么好的老师。"

"邦妮可以在我的时间段上课，"亚拉巴马最后说，"你必须留下。"

"你非常可爱，"阿列娜突然笑了。"夫人心太软——总是招新人，"她说，"我会留下，不过，暂时的。"

忽然，她在亚拉巴马的鼻子上亲了一下。

邦妮抗议给她排课。她每周跟夫人上三小时的课。夫人被孩子迷住了。她个人喜好的也只能在工作的间隙见缝插针，因为工作没完没了。她给邦妮水果和巧克力，费力给她摆正脚的位置。邦妮成了她女性柔情的寄托；而跳舞是一种更严格、更无关个人感情的事情。小女孩在公寓里不停地练习跳跃和滑步。

"我的上帝，"戴维说，"家里有一个就够了。我受不了了。"

戴维和亚拉巴马在充满霉味的走道里匆匆擦身而过，吃饭时隔得很远，火药味很浓，随时准备爆发。

"你再哼下去，亚拉巴马，我就要疯了。"他抱怨说。

她猜这和整天在她头脑里响着的音乐一样烦人。头脑里天天就只是这个。夫人告诉过她，说她没有音乐家的耳朵。亚拉巴马用视觉听音乐，像欣赏建筑一样——有时它会把她变成神话中的弗恩，待在除了她自己谁也进不去的地方。有时又把她变成一座孤独的被遗忘的雕像，在一个荒凉的海滩被海浪冲刷着——普罗米修斯的雕像。

舞蹈室越来越景气了。阿列娜第一个通过了歌剧院的考试。她的成功洋溢在舞蹈室里。她给舞蹈室带来了一小群法国人，宛如德加油画中的舞女，巧笑倩兮，穿着长过膝盖不露腰身的芭蕾舞裙。她们浑身洒满香水，说俄国人的体味让她们恶心。俄国人向夫人抱怨，说她们的鼻子里塞满了法国人的气味，没法呼吸了。夫人在地上喷洒柠檬水来平息双方。

"我要在法国总统面前跳舞了，"有一天，阿列娜满面春风地说，"终于，亚拉巴马，他们终于开始欣赏了。"

亚拉巴马忍不住一阵嫉妒。她为阿列娜高兴；阿列娜工作刻苦，除了舞蹈一无所有。然而，她还是希望那要是她自己该多好。

"我得放弃我的小蛋糕和科西嘉酒了，像圣徒一样斋戒三个礼拜。在我开始训练前，我想办一个晚会，可是夫人来不了。她要和你一起去吃饭——她从没和阿列娜出去吃过饭。我问她为什么——她说，这不一样——你没钱。我有一天一定会有钱的。"

她看着亚拉巴马，像是在等她提出抗议。但是亚拉巴马对此不置可否。

距阿列娜演出还有一周，歌剧院排练时间正好和她与夫人上课的时间冲突。

"我在亚拉巴马上课的时间来。"她提议。

"要是她愿意和你调换，"夫人说，"就一周。"

亚拉巴马没法在下午六点上课。那意味着戴维要一个人吃饭，而且她晚上八点前回不了家。她得整天待在舞蹈室里。

"那我们就不能调换了。"夫人说。

阿列娜大发脾气。她生活在高度的紧张中，除了歌剧院就是舞蹈室。

"这次我真的要走了。我要去一个能让我成为伟大的芭蕾舞演员的地方。"她威胁说。

夫人虎着脸。

亚拉巴马也不欠她的；两个女孩子本来就是一种又喜欢又厌恨的关系。

职场上的友谊是经不起考验的——每个人都在为自己争取最大利益，而且什么事都得符合自己个人的欲望——亚拉巴马这样想着。

阿列娜很犟。除了练她自己的曲子以外,她拒绝做任何课堂练习。她坐在讲台的台阶上,泪水滚滚而下,直勾勾地对着镜子。舞蹈演员都像原始人一样敏感,她让整个舞蹈室意志消沉。

课堂里挤满了学跳舞的人,但不是平常那些学生。鲁本斯坦芭蕾舞团在排练,演员们有足够的薪水让她们再次跟随夫人学习。赴南美洲巡回演出的姑娘们,从帕弗洛娃舞蹈团遣散后也陆续回到了镇上——舞步不再从力量和技巧上来迎合阿列娜了。现在的舞步和着舒曼和格林卡[1]的次中音把身体一寸一寸托起来,这是阿列娜最讨厌的——她只喜欢沉醉在李斯特的隆隆声和莱翁卡瓦洛[2]的夸张中。

"我要离开这里了,"她对亚拉巴马说,"下一周。"阿列娜紧绷着嘴唇,"夫人是个傻瓜。她把我的前途看得一钱不值,来教其他人。"

"阿列娜,不要处处争强好胜,"夫人说,"你需要休息。"

"我在这里没什么可学的了,我最好走人。"阿列娜说。

早课前,女孩子们除了饼干没什么可吃的——工作室距家太远,她们没法按时吃早饭。她们脾气都很暴躁。冬天的太阳敷衍着,穿过晨雾射了进来,共和国广场四周的灰色建筑好似一座冰冷的营房。

夫人让亚拉巴马单独在众人面前和阿列娜一起展示舞步中最难的部分。阿列娜已经出徒。亚拉巴马明白,与这个法国女孩的精准舞步相比自己的差距有多大。她们一起跳舞时,舞步大多都是为阿列娜设计的,很少是亚拉巴马所擅长的抒情型,然而阿列娜还是大叫步子不是为她设计的。她向其他人抱怨说亚拉巴马是个半吊子。

亚拉巴马给夫人买了很多花放在工作室

---

[1] Glinka(1804—1857),俄国作曲家,与普希金交往密切,是俄国民族音乐的先驱。

[2] Leoncavallo(1857—1919),意大利歌剧作曲家。

里，花儿在灼热的蒸汽中枯萎凋谢了。但是这地方越来越舒服了，越来越多的人来到舞蹈室观看。帝国芭蕾舞团的一位评论员来看亚拉巴马上课。昔日的优雅和传统给他留下了深刻印象，最后在大批俄国人拥进来的时候他离开了。

"他说什么了？"当只有她们两个人时，亚拉巴马问道，"我跳得很不好——他可能会误认为是您教得不好。"她看到夫人不怎么高兴感到愧疚，那人是欧洲第一评论员。

夫人做梦一样凝视着她，说了一句："他知道我是什么样的老师。"

几天后送来了一张便条：

"先生建议我写信给您，向您推荐那不勒斯圣卡罗歌剧院《浮士德》歌剧独舞演员职位。角色很小，但是随后会有其他安排。那不勒斯提供薪金，每周三十里拉，生活会很舒服。"

亚拉巴马知道有戴维、邦妮和法语家庭教师，不可能靠一周三十里拉的薪水生活下去。戴维根本不可能在那不勒斯待下去——他称那是一个明信片城市。在那里也不会有法国学校给邦妮去上。那里除了珊瑚项链、热病和肮脏的公寓还有芭蕾，不可能还有别的。

"我不能太激动，"她对自己说，"我还得用功。"

"你要去吗？"夫人满怀期待。

"不。我要留下来，我要跟您学《小母猫》。"

夫人不置可否。注视那女人深不见底的眼睛，就像是走在八月份里没有树木、没有阴凉的长长的鹅卵石小道上，亚拉巴马想寻找一个指示。

"初次登台很难得，"她说，"你不应该拒绝。"

戴维好像对这个便条不以为然，认为不过是凑巧罢了。

"你不能去,"他说,"这个春天我们要回家。父母年龄大了,我们去年就说好了。"

"我的年龄也大了。"

"我们有自己的责任。"他坚持己见。

亚拉巴马不在乎。她觉得比较起来,还是戴维心肠更好,更不愿让家人伤心。

"我不想回美国。"她说。

阿列娜和亚拉巴马相互取笑,毫不留情。她们比其他人工作得更辛苦,更坚持。课后,当她们累得连衣服也不想穿时,就坐在地板上歇斯底里地大笑,用浸透了古龙香水或是柠檬水的毛巾相互捶打。

"我想——"亚拉巴马会说。

"喊!"阿列娜说,"有人会想了。哈!我的女儿,这是不对的——你怎么能思想呢。为什么不回家给你丈夫补袜子去?"

"淘气鬼,"亚拉巴马回答说,"我要教训教训你,让你对长辈说三道四。"一块湿毛巾啪的一声飞过去,打在阿列娜结实的屁股上。

"闪开场子。跟这个小荡妇挤得这么近,我都没法穿衣服了。"阿列娜回骂。她虎着脸转向亚拉巴马,质问她。"这是事实——自从化妆室里挤满了你花里胡哨的裙子,我就没地方了。没地方挂我的破毛衣了。"

"给你一件新裙子!我送给你的礼物!"

"我才不穿绿色。在法国这会带来霉运。"阿列娜感到受了侮辱。

"要是我也有个丈夫替我付账,我也会给自己买一大堆。"她挑衅地追了一句。

"谁付钱关你什么事?或者这就是你的前三排赞助商对你说的?"

阿列娜把亚拉巴马推到一群光着身子的女孩子们身上，有人又把她推回到阿列娜的身上。古龙香水喷到了地上，她们透不过气来。一块毛巾扔到了亚拉巴马的眼上，她摸索着撞到了阿列娜灼热光滑的身子上。

"看，"阿列娜尖叫着，"看看你做了什么！我马上去警察局找警察。"她放开嗓门大哭，像个阿帕切人[1]一样高声诅咒起来，"不是今天就是明天。我会得癌症的。你不怀好意打了我的胸。我要找警察，癌症病发时，你要赔我钱，即使走到天涯海角，你也得赔。"整个舞蹈室都在听。夫人没法继续上课了，动静太大了。那些俄国女孩子有的站在法国人一面，有的支持美国人。

"两个骚货。"她们不分青红皂白尖叫着。

"谁也不能相信美国人。"

"谁也不能相信法国人。"

"她们都是神经病，美国人和法国人。"

她们笑着，高人一等的俄国人的笑，好像很久以前她们已经忘记了怎么笑，好像这笑容是她们战胜环境的标志。吵闹声震天响，但又有点鬼鬼祟祟。夫人出面干涉了——她对两个女孩子很生气。

亚拉巴马飞快地穿上衣服。出来呼吸着新鲜空气，在等出租车时，她的双膝打着哆嗦。她担心帽子底下湿漉漉的头发会让她感冒。

她嘴唇冰凉，一股汗水的辛辣味。她把别人的袜子穿来了。这究竟是怎么了，她自言自语——像两个厨娘在打架，对自己的身体都把握不了，她们两个？

"上帝啊！"她想，"多么卑贱！多么赤裸裸的、不可救药的卑贱！"

---

[1] Apache，美洲土著人，居于美国新墨西哥州和亚利桑那州一带，经常劫掠农庄，富有攻击性。

她想去一个凉爽的、热情奔放的地方，在凉爽的青苔铺成的床上睡一觉。

她下午没有去上课。公寓里空无一人。她能听见阿蒂奇用爪子抓门想出去。房间里一片空旷，却铮铮有声。在邦妮的房间里，她发现了一枝红色康乃馨，是他们在饭店里丢掉的，养在瓶子里已经褪色了。

"为什么不给她买束花呢？"她心想。

孩子的床上有一件做工拙劣的洋娃娃芭蕾舞短裙；门口的鞋子脚趾处磨破了。亚拉巴马从桌子上拿起一本翻开的图画本，邦妮在里面画了一个笨拙的斗士的形象，黄色的头发像是抹布。下面写着："我妈妈是世界上最美丽的女士。"另一面，两个形象手拉手，后面是一只小狗的模样，用英语和法语写着："这是我的爸爸妈妈在散步。"

"哦，天啊！"亚拉巴马想，她几乎忘掉了邦妮的心智在成长。邦妮以他们为骄傲，就像小时候自己为父母感到骄傲一样，想想她多么相信他们的完美无缺。邦妮一定非常想拥有什么美丽的和独特的生活以便她自己加以仿效。其他孩子的父母除了是时尚人士，也扮演着孩子生活中的重要角色，亚拉巴马狠狠地责备着自己。

她整整睡了一下午。她的潜意识里有一种孩子气的、被打败了的感觉，她的骨头在睡梦中一直痛，喉咙灼热像是起了水泡。她醒来后觉得自己好像在梦里哭了好几个小时。

她在卧室里看到星星在闪烁。她在床上躺了好几个小时，一直听着街上传来的声音。

亚拉巴马只在自己的上课时间去舞蹈室，以免遇见阿列娜。她跳舞时，能听到那女孩子在前厅里对着那些捧场来上课的人饶舌。女孩子们都很好奇地看着她。夫人说她不必介意阿列娜。

亚拉巴马匆匆换好衣服,透过灰迹斑斑的窗帘看着那些跳舞的人。施特拉的笨拙,阿列娜的举止,药水的气味,这一切都在透过屋顶照进来的暗淡日光中蠕动着,简直就像透过一个玻璃缸看里面的虫子在挣扎。

"一群虫子!"亚拉巴马轻蔑地说。

她希望自己要么天生就跳芭蕾,要么就与芭蕾毫无瓜葛。

她一想到放弃舞蹈就觉得恶心,马上觉得人到中年了。过去的一英里一英里都是注定要通向某个地方的。

吉杰列夫死了[1]。伟大的俄罗斯芭蕾舞剧团的天才就这样躺在某个墓地里烂掉了——他从来都没挣到钱。

他手下的演员,夏天在利多游泳池边为那些喝醉了的美国人跳舞,有些人为音乐厅跳芭蕾,那些英国人也回到英国去了。《小母猫》那透明的赛璐珞的招牌曾经在巴黎、蒙特卡洛、伦敦和柏林,用银色的闪光灯像利剑一样刺穿了观众的心,现在却躺在塞纳河旁一个阴暗潮湿、满是老鼠的仓库里,锁在一个石头地道里,偶尔有塞纳河上的幽光射进来,照在黝黑滴水、凹凸不平的地面上。

"有什么用?"亚拉巴马说。

"你不能白花那么些时间、精力还有钱,"戴维说,"我们回美国继续学习。"

戴维很仁慈,但是她明白,在美国她是不可能跳舞的。

她的最后一节课,太阳时隐时现,最后完全消失了。

"你不会忘了你的慢板吧?"夫人说,"你

---

[1] Diaghilev,1929 年因糖尿病在威尼斯去世,葬于附近的圣米歇尔岛公墓,该公墓葬有另一位俄裔音乐大师斯特拉文斯基及美国作家庞德等多位知名艺术家。

回美国后会给我介绍几个学生来吧？"

"夫人，"亚拉巴马突然问，"我还能去那不勒斯吗？您能马上去见那个人，告诉他我会立刻动身吗？"

看进那女人的眼睛就好像在看那些黑白的金字塔，经常有六个面或七个面。看进她的眼睛就像在体验一个看得见的幻觉。

"这样啊！"她说，"我敢肯定位置还留着。你明天能走吗？没时间了。"

"好，"亚拉巴马说，"我就走。"

第四部

Save

Me

The Waltz

第一章

车站花摊上的大丽花插在绿色罐头盒里,像用爆米花包装纸折成的扇子;排放在报摊边的橘子宛如米尼子弹[1];火车站自助餐厅的橱窗里摆放着三串美国葡萄,好似美食店里的糖球。水汽笼罩着车窗,巴黎像是给盖上了一层厚厚的毯子。

戴维和亚拉巴马在二等车厢里抽烟,整个车厢烟雾缭绕。他拉铃再加一个枕头。

"你如果需要什么,我就在旁边。"他说。

亚拉巴马哭了,吞下了一匙黄色的镇静剂。

"你肯定会觉得讨厌,向别人解释我是怎么回事——"

"一退掉公寓我就去瑞士——你安顿下来后,我就把邦妮送回你身边。"

一股佩里耶半干葡萄酒味嗞嗞地钻进了窗子。戴维闻到这种冷冰冰未发酵的葡萄酒味道透不过气来。

"真不该坐二等车厢。让他们给你换成一等吧?"他说。

"我但愿一开始就坐得起一等。"

他们心情沉重,就像有道水坝把他们分隔开来。在潜意识里他们又对分开感到宽慰,一种淡淡的忧伤——无数个自然而然的联想让

---

[1] Minie Balls,1847 年由一位名为米尼的法国步兵上尉发明,1849年又发明了配套使用的米尼来复枪,射程达 500 米,成为克里米亚战争和美国内战中的制胜武器。

他们的离别沉浸在柏拉图式的绝望里。

"我会给你寄钱去。我得下车了。"

"再见——哦,戴维!"当车猛地开动时她喊道,"一定记着,给邦妮买内衣时,要让家庭教师从老英格兰——"

"我会告诉她的——再见,亲爱的!"

亚拉巴马把头伸到车厢里昏暗的白炽灯下,像是走进了灵媒的降神会。她映在镜子里的脸像石头一样僵硬。她的衣着不合二等车厢;伊冯·戴维森[1]是从停战日游行[2]找到灵感的——天蓝色头盔样式的线条和宽大的斗篷对于吱嘎作响的硬座来说太奢侈了。像母亲安慰失望的孩子一样,亚拉巴马怜悯着自己。直到她到站后的第二天她才能见到芭蕾舞老师。家庭教师送她一束龙舌兰真是太好了,可惜把它忘在家里的壁炉上了。洗衣房里还有几件脏衣服,搬家时家庭教师会用亚麻布包好的。她希望戴维会把布包通过美国运通公司来托运。打包不难,东西很少:一套打破的茶具,是从圣-拉斐尔到瓦朗斯朝圣的纪念品,几张照片——很遗憾没有带一张戴维在康涅狄格的照片——一些书,还有戴维那些装了框的画作。

闪烁在巴黎上空的电子标志远看像是陶瓷窑厂的火光。她的双手在红色粗毯下出汗了。车厢里闻上去像是某个小男孩口袋里的味道。她的心跟着车轮的咔嗒声喃喃说着法语:

"美丽的左手呀笨拙又小巧,

谁来夸它好看又漂亮。

高高在上没有人把情歌唱,

伤心的鸟儿拍拍翅膀飞走了。"

[1] Yvonne Davidson,1925 年的巴黎女装流行样式。

[2] Armistice Parade,1918 年 11 月 11 日是第一次世界大战停战日,1922 年法国政府正式将 11 月 11 日定为国家节日。

亚拉巴马起身去拿铅笔。"

"燕雀千只声惆怅",她又加了一句。又在想她是否把信函给丢了——没丢,还在她的化妆盒里。

她早就应该睡觉了——可在火车上入睡很难。走廊上的脚步声惊醒了她,可能是服务生。她拉了一下铃,半天没人应。最后,来了一个像驯兽师一样穿绿色制服的人。

"有水吗?"亚拉巴马小心地用英语问了一句。

那人扫了一眼车厢,毫无反应,一副迷迷糊糊的表情。

"水,水,水。"亚拉巴马又用拉丁语和法语说一遍。

"小姐,你按铃了。"那人说。

"听着。"亚拉巴马说着,抬起胳膊做了一个澳大利亚人匍匐在沙漠中的动作,然后又做了一个夸张的吞咽和喝水的咕嘟声,满怀期望地看着那个乘警。

"不,不,不要!"他害怕地用英语喊了起来,从车厢里跑了出去。

亚拉巴马拿出意大利语手册,再次按了铃。

"请问——我——在哪里——能——买到苯。"书上说。那人很滑稽地笑了一笑,她肯定什么地方出错了。

"算了吧。"亚拉巴马不情愿地用英语对他说,然后又去作她的诗去了。头脑中的旋律已经被赶跑了。现在应该到瑞士了。她不确定是否是拜伦竟然在越过阿尔卑斯山时拉下了窗帘。她试着向窗外看——只看到一些牛奶罐子在夜色中闪过。她应该让裁缝把邦妮的内衣缝缝好。家庭教师应该能办好。她坐了起来,伸手抓住了摇晃的车厢门。

穿制服的人不以为然地说二等车厢的门是打不开的,而且她也不能在车厢里用餐。

第二天晚饭时,从餐车窗子望出去,外面非常平坦,像是海水退潮后的海滩,鸡毛掸子一样的小树为晴朗的天空挠着痒痒。小朵的云彩漫无目的地在飘荡,像是啤酒的泡沫;圆圆的山丘上一座城堡像是歪斜的王冠,没有人唱"我的太阳"。

早餐有蜂蜜,面包像小石头。没有戴维陪着,她对在罗马换乘心存恐惧。罗马车站长满了棕榈,喷泉在阳光下飞溅,冲刷着车站对面的卡拉卡拉大浴池。意大利人的开明友好让她心情好转。

"一个巴罗内单腿跳,跳两圈。"她自言自语。新火车很脏。地板上没有地毯,一股法西斯的味道,有枪。标牌都是拉丁语,阿斯蒂的皮埃蒙特,拉尔玛的姬丝汀,斯普莫尼,托尔托尼。她不知道是否丢了什么——反正信还在。亚拉巴马很小心,就像一个小男孩在花园里走路,紧紧攥着手心。

"还有五分钟吃饭。"乘务员说。

"好的,"她说,数着手指,"一、二、三——没问题。"她安慰他。

火车从这边摇晃到那边,躲避那不勒斯的混乱。出租车忘了不该走铁轨,街道中间的行人睡眼蒙眬忘记了要走哪条道。孩子们张着大嘴,揉着眼睛忘了哭。整座城市遍布白色的尘灰,熟食店里出售各种难闻的气味,正方形、三角形还有最难闻的圆形气味。那不勒斯在广场的路灯底下缩了水,围在黑色的石头墙面中,被极大的约束挤压着。

"二十里拉。"马车夫提议。

"信上说,"亚拉巴马傲慢地说,"三十里拉够在那不勒斯一周的生活了。"

"二十里拉，二十里拉，二十里拉。"意大利人头也不回反复说。

"不会用意语交流，将来会很麻烦。"亚拉巴马想。

她把芭蕾舞团团长来信的地址给了那人。车夫连挥几鞭，催促马蹄在无边的夜色中嘚嘚嘚地甩起来。当她付给他钱时，他用棕色的眼睛一直盯着她，像是杯子扣在树上要接树胶一样。她想他会这样一直看下去。

"小姐会喜欢那不勒斯的，"他突然用英语说，"这城市很安静，和人一样喜欢孤独。"

马车在红的绿的灯光中咣啷咣啷走远了，路灯镶嵌在海湾四周，像文艺复兴时期毒酒杯上的宝石。苍蝇云集的南国在风中滴着糖浆，那风把半透明的海蓝色吹得越来越稀薄。

入口处的灯光像圆点子落在亚拉巴马的手指甲上。空气凝滞，她走进住处，身后一片寂静，没有留下一点痕迹。

"好了，我就要住在这地方了，"亚拉巴马说，"入乡随俗吧。"

房东说房间有阳台——是的，但是没有通向阳台的门；铁栏杆就贴在墙皮斑驳的粉红色外墙上。然而，有一个洗脸盆，上面撑着一把大遮阳伞，下面是防水油布。窗外的防波堤伸出胳膊环抱着蓝色的夜晚；港口飘来沥青的味道。

亚拉巴马的三十里拉买了一张白色铁床，很明显原先是绿色的，一个枫木橱柜，上面斜嵌一面镜子，在意大利的阳光下就像一颗猫眼石，还有一把布鲁塞尔地毯做成的摇椅。一天三餐大白菜，一杯阿玛尔菲葡萄酒，礼拜天吃意大利面团，晚上面包师在阳台下合唱《多娜》。房间很大，看不出什么形状，到处是拐角，感觉像是住在一个大公寓里。好像那不勒斯的一切都镀上了一层金。虽然亚拉巴马还找不到迹象，但她感觉天花板好像就是金叶包成的。楼下人行道上飞来一个足球。夜色降临；人们的影子飘进了视线，一种虚幻的幸福；仙人掌刺穿着夏天；下面船上鱼的后背闪烁如云母片。

谢歌娃夫人在歌剧社的舞台上上课。她不断抱怨灯光的花费太高，钢琴听上去不够专业，像维多利亚时代的旧货。舞台上方悬挂的三盏吊灯和随之而下的阴影把舞台分成一些小的格间。夫人幽灵一样穿行在薄纱、舞鞋和女孩子们的喘息中。

"不要说话，不要太大声。"她重复着。贫穷紧紧包裹着她，像是一块皮子被浸泡在硫酸里，苍白、褪色、枯萎。头发染成了黑色，像枕芯一样粗糙，发际处泛着黄色。她穿着泡泡袖的衬衣和皱巴巴的裙子，下课后罩上一件外套继续穿着上街。

转了一圈又一圈，像是在做书法练习，亚拉巴马踩着灯光落点组成的线。

"你和夫人很像，"谢歌娃夫人说，"在俄国的时候我们都在帝国芭蕾舞学校待过。我教过她，虽然她总是做不好。四分之一拍有四下，请——注——意！"

亚拉巴马一点一点地把自己放进芭蕾中，像把音乐敲进钢琴里。

那里的女孩子和俄国人不一样。她们的脖子很脏，用纸袋把油腻的三明治带到剧院里来吃。她们还吃大蒜，比俄罗斯女孩子胖，腿也短；跳舞时膝盖伸不直，意大利式丝绸连裤袜在膝盖处凸了出来。

"上帝啊，魔鬼啊，"谢歌娃尖叫着，"摩伊拉总是跟不上步子，三个礼拜后就要上演了。"

"哦，教练！"摩伊拉抗议说，"是美人莫尔托！"

"哦,"夫人喘着气,转向亚拉巴马,"看见了?我用铁鞋撑起了她们的懒脚丫,一转身她们就放下了——费这么大力气我只拿一千六百里拉而已。谢天谢地,我终于有了一个从俄罗斯学院来的人。"教师像一个搅拌机的活塞一样不停地说了又说。她坐在一间以前用作歌剧表演的寒碜的小房间里,捂着手帕咳嗽,肩上搭着一件海狸皮披肩,像她的头发一样褪了色又染过。

"圣母马利亚!"女孩子们惊叹着,"圣洁的马利亚!"她们吓得缩作一堆,对亚拉巴马心生敬畏,因为她穿着时髦。她把东西都扔到寒酸的化妆室里那帆布椅背上:黑色的"告别贞洁"[1]牌纱裙,价值二百美元,一片氤氲中飘浮着卡拉百合像是草莓冰淇淋里的种子,昂贵的草莓冰淇淋——一百美元,二百美元;一件古怪的黄色流苏,一件黄绿色的带帽斗篷,一堆白色的鞋子和蓝色的鞋子,鲍比·夏弗托[2]用过的带扣,银带扣,钢带扣,帽子,还有红色的拖鞋,印有她名字"泽"的鞋子,柔软的天鹅绒披肩,插有雉鸡翎的帽子——她在巴黎没注意到有这么多衣服。她不得不把它们一一穿破,因为她现在一个月只有六百里拉。她很高兴戴维给她买了这么多衣服。课后,她在这堆好东西中打扮自己,好像一个孩子在检阅自己的玩具。

"圣母啊!"女孩子们羞怯地惊呼着,用手指抚摸着她的内衣。她们这样做让亚拉巴马很恼火。她不想让她们把火腿味抹到她的雪纺内衣上。

她给戴维一周写两封信——他们的公寓离她很远了,无所谓了。排练开始了——与此相比,任何生活都失去了意义。邦妮的回信写在一小张带有法语儿歌抬头的信纸上。

[1] Adieu Sagesse,原为让·巴度 1925 年出品的一款女士花香型香水。

[2] Bobby Shafto,18 世纪英国民谣中的人物。

·牵牛花（水粉）

·三只小猪（水粉，1946）

最亲爱的妈咪——

爸爸招待过一位女士和一位先生,我是女主人。我做得很好。老师和房间侍应生说你寄给我的那盒颜料是她们见过的最漂亮的。我拿到颜料盒都跳起来啦,画了一片大海,海边有人在玩槌球游戏,周围还有鲜花。礼拜天我们去巴黎时,我得去参加教义问答,学习耶稣基督所受的可怕的罪。

爱你的女儿,

邦妮·奈特

亚拉巴马晚上靠吞服黄色镇静剂来让自己不去想邦妮的来信。她与一个肤色很深跳起舞来像一股热带风的俄国姑娘交上了朋友。她们一起去美术馆。石板护栏处,脚步声像雨点一样飞溅,她们坐在那儿喝啤酒。女孩子不相信亚拉巴马结婚了,她一直想要结识这个给她朋友带来财富的男人,然后把他抢走。一群一群的男人手拉手走过她们身边,对她们鄙夷不屑,好像是在表明——他们不会和夜里单身来这种地方的女人谈情说爱。亚拉巴马给她朋友看邦妮的照片。

"你真幸福,"女孩子说,"女人不结婚更幸福。"她的眼睛是深褐色的,等她喝了一点酒兴奋起来后,眼睛变得像松香一样清澈,发着红光。在特殊的场合,她会佩戴一对黑色网编打着紫色蝴蝶结的泰迪熊,这是她在吉杰列夫死前在罗斯芭蕾剧团工作时买的。

排练安排在一个空荡荡的大剧院里,剧团一遍遍排练《浮士德》芭蕾舞。乐队指挥把亚拉巴马三分钟的独舞演奏得像闪电一样快。谢歌娃夫人不敢向指挥提意见。最后她眼泪汪汪地下令停止表演。

"您要把我们的女孩子累死了,"她哭了,"太不人道了!"

那人把指挥棒扔到钢琴上,头发直竖,像是土块上刚发出的小草。

"白痴!"他叫道,"乐谱上就是这样写的!"

他旁若无人地走出了歌剧院,她们不用音乐伴奏结束了排练。第二天下午,指挥像是下了决心,音乐比以前更快。他看过原稿,他从来没有出过错。舞台上小提琴手弯曲的胳膊像是一排蚱蜢的腿。乐队指挥把脊椎弯得像是一根橡胶弓弦,他用快得不可思议的节奏指挥着小提琴手拉起了快和弦。

亚拉巴马对有坡度的舞台不习惯。为了让自己适应,她在早课后午饭前的时间里,独自在那里转啊转。坡度让她不能保持旋转的平衡。她练得太苦了,后来坐在地板上换衣服的时候,感觉自己就像遥远的北欧火堆旁的一个老太太。跟跟跄跄走在回家的路上,那不勒斯湾的湛蓝和明亮让她眼前发黑。亚拉巴马倒在床上,脚在流血。

最后,第一次演出结束后,她来到歌剧院绿色的大门外,坐在米洛的维纳斯雕像基座上,帕拉斯·雅典娜雕像隔着大厅盯着她。她的脉搏跳得太剧烈了,以至于眼睛抽动起来,头发散乱,像胶泥粘在头上;"好极了"和"太好了"的喝彩声不断在她耳边回响,像是烦人的小虫子。"好了,结束了。"她说。

她不敢看化妆室的女孩子们,长时间以来她一直极力赋予她们一种魅力。她知道她的眼睛会看到像八月的葫芦一样下垂的乳房,在胖嘟嘟的胯部上方摇来摇去,像乔治娅·奥·基弗[1]

[1] Georgia O'Keefe(1887—1986),被称为美国的女毕加索,她的画构图极简,但张力十足,色彩艳丽,充满运转的旋律及沸腾的效果。她认为人们总是太忙碌来不及观察周围,所以她用纤毫毕现且尺寸巨大的花果油画让人们能看她所看。

画上纤毫毕现的水果一样。

戴维随电报送来了一篮卡拉百合花。卡片上应该是"你的两个甜心送",可是通过那不勒斯花店的拼写变成了"汗心"[1]。她没有笑。三个礼拜没有给戴维写信了。她用凉奶油敷脸,买柠檬汁喝。她的俄国朋友拥抱着她。芭蕾舞团的女孩子们仿佛在等待着发生什么事;没有人在歌剧院门口等候。女孩子们大多很丑,有的年龄很大。她们脸上肌肉松弛,刻满了疲惫,仿佛多年来的大口喘气使她们的肌肉一松气就会散落下来。她们若瘦,脖颈就扭曲如肮脏的线头;若胖,则肌肉下垂像是纸袋里鼓出的点心。她们的头发很黑,好像已经无力再取悦疲惫的感官了。

"上帝啊,"她们惊叹不已,"百合花!得花多少钱?可以摆在大教堂里了。"谢歌娃夫人感激地吻了一下亚拉巴马。

"你做得很好。我们今年还要排芭蕾舞节目,你还是主角——那些女孩子都太丑了。我对她们无能为力。以前芭蕾舞不挣钱——现在我们要看看了!不要着急。我会写信给夫人。你送的花很漂亮。"她语气很温柔。

亚拉巴马坐在窗边听着每晚的《多娜》合唱。

"好了,"她心不在焉地叹了口气,"取得成功了,得再找点事做。"

她把衣橱整理了一下,回想起了巴黎的朋友们。星期天,朋友们和穿着绸缎大衣的夫人们在外国海滨的太阳下用无可挑剔的发音祝酒,吵吵嚷嚷的朋友们边喝葡萄酒边跳爵士乐,把肖邦都给淹没了。高雅的朋友们围着戴维,像是一群亲戚在看一个头生子。他们本来会带她到什么地方去玩。卡拉百合花,在巴黎可不会用白色的蝴蝶结绑着。

她给戴维寄去了报纸上的剪报。他们都说此次芭蕾舞演出非常成功,谢歌娃夫人新近接收的演员非常有能力。她得

---

[1] Sweethearts,甜心,被电报局误拼为 sweathearts,汗心。

到了承诺，会担任更大的角色，报纸说。意大利人喜欢金发女郎。他们说亚拉巴马像天使，因为她比其他女孩子瘦弱。

谢歌娃夫人对这些报道非常自豪。对于亚拉巴马，更重要的是能从米兰买一双新的像空气一样轻软的足尖鞋。亚拉巴马订购了一百双——戴维给她寄了钱。他和邦妮住在瑞士。她希望他已经帮邦妮买了羊毛宽松裤——十岁以上的女孩应该开始保护她们的小腹了。圣诞节时，他写信说给邦妮买了一件蓝色的滑雪服，给她寄来一张在雪地照的柯达照片，照片里他们父女两个正一起从山上滚下来。

圣诞节的钟声响彻那不勒斯，平淡的金属声像是生锈的铁皮屋顶。公共场合的台阶上放满了长寿花，玫瑰染成橘黄色，滴着红色的汁。礼拜仪式结束后还有一个赐福仪式，亚拉巴马去观看蜡像。处处都有卡拉百合和细蜡烛，还有那些疲惫的、面无表情的脸庞对着这样一个节日露出吃惊的微笑。摇曳的烛光映射出金色，赞美诗抑扬顿挫，好像在人类出生之前就潮起潮落拍打着海岸，透过那些包裹在花边面纱下的女人们的脸，亚拉巴马感觉到了一种兴奋，好像她正迈着正义的步伐加入到一个精神组织。那不勒斯的传教士穿着亚麻法衣，教堂里摆满鲜花和石榴。在布道期间，亚拉巴马想起了波旁王子和血友病，教廷伯爵[1]和玛拉斯金樱桃。祭坛上的金色很温暖，很有代表意义。她的思绪紧紧围绕着她的反省，像是动物园里关在笼子里的猎豹。她的身体由于持续工作已经麻木了，无法和她自己进行对话。她自言自语，人类没有权利失败。她不知道什么叫失败。她想起了邦妮的圣诞树，家庭教师会像她自己所能做的那样尽可能给她准备好的。

她不由自主笑起来，敲打自己的精神就像

---

[1] Papal Counts，神圣罗马帝国时期，主教有权按照世俗等级授予神职人员以公、侯、伯、子、男等名誉爵位。

是在给一架钢琴调音。

"宗教很有意思,"她对俄国朋友说,"但是它的含义太广。"

俄国人给亚拉巴马讲了一个她认识的传教士的故事,那传教士在告解时听到的故事让他很激动,以至于在领圣餐礼时喝醉了。他醉得很厉害,以至于下个礼拜天的弥撒都没法做。他整个礼拜都在喝酒,需要有人把他扶起来。女孩子说,他的教堂被认为是藏污纳垢之地,像犹太人一样让基督流了血,从而失去了很多信徒,包括她自己。

"我,"女孩子继续说,"曾经非常虔诚。在俄国的时候,当我发现给我的马车拉车的竟是一匹白马[1],我就跳下马车,冒雪走着去了剧院,结果得了肺炎。从那以后,我对上帝不那么关心了——置身于这样的传教士和白马中。"

整个冬天,歌剧院上演了三场《浮士德》,亚拉巴马的玫瑰色薄纱一开始飘起来像是结了冰的喷泉一样挺直,现在也穿破了,起皱了。她喜欢早上表演结束以后来上课——像是一个开花的果园在初次开花的激动过后,充满花的宁静,她脸色苍白,眼妆被汗水冲出道道印迹。

"苦路啊!"女孩子们呻吟着,"我的腿好疼,我太困了!昨天晚上我妈妈因为我回家晚打了我。我父亲不给我吃贝尔佩斯奶酪——我不能靠吃羊奶酪跳舞。"

"哈,"臃肿的母亲们自我泄气地说,"小美人,我的女儿——她应该当芭蕾舞演员,但是美国人把一切都占了。墨索里尼会给他们一个洗礼!"

四旬节[2]结束时,歌剧院上演了一整套

[1] 俄罗斯人多信奉东正教,特别尊崇白马,《圣经·新约·启示录》中记载了审判日来临时,基督骑着白马从天国来到人间,按照公义进行审判和作战。

[2] Lent,也称大斋节,封斋期一般是从圣灰星期三到复活节前的四十天,基督徒将其视为禁食忏悔和为复活节作准备的时期,以纪念耶稣曾在旷野中四十天未吃东西抵制魔鬼诱惑的故事。

芭蕾舞节目；亚拉巴马终于要跳《天鹅湖》了。

正要进入排练阶段，这时，戴维写信问她是否可以让邦妮来待两个礼拜。亚拉巴马请了一上午假去车站接邦妮。一位全身披挂的军官帮助邦妮和家庭教师从火车里下来，陷入五花八门的那不勒斯方言中。

"妈咪！"孩子兴奋地喊着，"妈咪！"她紧紧抱住亚拉巴马的膝盖，一阵轻风把她的刘海吹成了一绺绺。她的圆脸蛋像刚出生时一样红润和透明。她的鼻子开始成形，手也在长大。她的手指会像戴维的一样，指肚很宽，像西班牙原住民。她长得很像爸爸。

"她是车上最乖的乘客。"家庭教师捋了一下自己的头发。

邦妮紧抱着妈妈，露出讨厌家庭教师的神气。她七岁了，刚刚开始发现自己在这个世界上的位置，伴随着初步的社会判断，会有很多孩子气的想法。

"你的车子停在外面吗？"她滔滔不绝。

"我没有车，亲爱的。有一辆满是跳蚤的马车，它会更快地把我们拉到我住的地方。"

邦妮毫不掩饰失望的情绪。

"爸爸就有车。"她批评说。

"嗯，在这里我们坐马车旅游。"亚拉巴马把她放在车厢里皱巴巴的尼龙坐垫上。

"你和爸爸都很时髦，"邦妮继续评论。"你得有辆车——"

"小姐，是你告诉她的吗？"

"当然了，夫人。我赞成邦妮小姐说的。"教师强调说。

"我猜以后我会很有钱。"邦妮说。

"我的上帝,不!你不能有这种想法。你得靠工作去获得你想要的东西——这就是为什么我要你学跳舞。听说你已经放弃了,我很难过。"

"我不喜欢跳舞,虽然可以得到礼物。最后,夫人给了我一个小小的银色晚妆包。里面有镜子、梳子,还有真正的脂粉——我喜欢这个。你想看看吗?"

她从一个小箱子里拿出了一副不全的扑克牌,几个纸娃娃,一个空的火柴盒,一个小瓶子,两把扇子和一个笔记本。

"我以前教过你,要把自己的东西弄整齐,"亚拉巴马说,盯着那一堆东西。邦妮笑了。"现在我怎么做都行,"她说,"这就是那个包包。"

拿着那个银色的小包,亚拉巴马突然如鲠在喉。一股隐约的古龙香水让她回想起了阳光如何闪烁在夫人的水晶帘子上;流淌的音乐把整个下午刻在了唱片机的光碟上;等在晚饭桌旁的戴维和邦妮,所有这些都涌进了她的头脑,像轻柔的雪花飘落在一个纸一样轻的玻璃杯里。

"很漂亮。"她说。

"你怎么哭了?什么时候我把它让给你,让你带着它。"

"是什么难闻的味道刺激了我的眼睛。你的箱子里什么东西这么难闻?"

"可是,夫人,"家庭教师抗议说,"这种香水和威尔士亲王的一样。成分有柠檬油、古龙香水、蔻蒂茉莉花,还有——"

亚拉巴马笑了。"——你们摇一摇,喷两下,猫咪都会给熏得半死了。"

邦妮的眼睛睁大了,有些不相信。

"坐火车手上有土的时候,"她抗议说,"或者你头晕的时候,都可以用的。"

"我懂了——发动机没油了的时候也可以用。我们到了。"

马车在粉红色的寄宿店前摇晃着停了下来。邦妮不相信,眼睛扫了一下那剥落的墙皮和空空如也的门口。门口潮湿,一股臊味,石头台阶因为年深日久中间有些凹陷。

"夫人开玩笑吧?"教师不高兴地说。

"没有,"亚拉巴马高高兴兴地说,"你和邦妮都有自己的房间。你不喜欢那不勒斯吗?"

"我不喜欢意大利,"邦妮说,"我喜欢法国。"

"你怎么知道?你刚来这里。"

"意大利人很脏,不是吗?"教师不情愿地收起她那脸上的表情。

"哈,"房东说着把邦妮搂在怀里,"圣母马利亚,这孩子真漂亮。"她的乳房像两个沙袋在孩子头上晃荡。

"上帝啊!"教师叹口气,"这些意大利人真虔诚。"

复活节的餐桌上,装饰着用干的蒲葵叶做成的可怜的十字架。晚饭有意式面团和卡碧酒,墙上一张紫色的卡片,上面有些小爱神粘在中间一块像是政府奖章的金牌上。下午,他们沿着白色的公路走到一个很陡的胡同,里面晾晒着破旧的衣服。邦妮在她妈妈的房间里等着。亚拉巴马在准备排练,孩子在摇椅上画画,自娱自乐。

"我画得不像,"她说,"我就改画漫画了。这是爸爸年轻时的样子。"

"你爸爸才三十二岁。"亚拉巴马说。

"嗯,已经很老了,你不觉得吗?"

"他和七岁时差不多,亲爱的。"

"哦，当然了——要是你倒着数的话。"邦妮同意。

"如果你从中间开始算，我们是非常年轻的家庭。"

"我想从二十岁时开始，我要有六个孩子。"

"几个丈夫？"

"哦，没有丈夫。他们那时候可能都不在家。"邦妮含含糊糊地说，"我在电影里看过。"

"电影好看吗？"

"是关于跳舞的，爸爸带我去的。俄国芭蕾舞团里有一个女士。她没有孩子，有一个丈夫，他们两个经常哭。"

"肯定很有意思。"

"是的。是加布丽埃勒·吉布斯演的。你喜欢她吗，妈咪？"

"我见过她本人，但没见过她表演，所以不好说。"

"她是我最喜欢的演员。她非常漂亮。"

"我一定要看看这个电影。"

"要是在巴黎就能去看了。我还能穿上我的银色晚礼服。"

每天排练期间，邦妮和教师都坐在冰冷的剧院里，遮挡在暗淡的玫瑰色和金色的宛如雪茄卷烟条的流苏下，被剧院的严肃、空旷还有谢歌娃夫人吓得够呛。亚拉巴马一遍一遍地跳着慢板。

"蓝色恶魔，"教练喘着气，"没有人能那样子转两次。亲爱的亚拉巴马——你得跟乐队说，这样子不行。"

她们在回家的路上遇见一个人在吃青蛙。青蛙的腿用绳子绑着，他又把它们从肚子里拽出来，一次四只。邦妮感到又恶心又兴奋。看起来很恶心，很不可思议。

寄宿店里甜腻腻的食物让邦妮起了皮疹。

"这是不卫生引起的癣,"教师说,"要是我们再待下去,非得丹毒不可,"她威胁说,"而且,夫人,我们的洗澡水太脏了。"

"像是菜汤,羊汤,"邦妮也不满意,"就差没有豆子了。"

"我打算给邦妮举行一个欢迎晚会的。"亚拉巴马说。

"夫人能告诉我哪里可以买一个热水瓶吗?"教师不耐烦地打断说。

纳吉亚,那俄国人,为邦妮的晚会找来了一个小男孩。谢歌娃夫人仔细打扮了一下这个孩子。虽然整个那不勒斯盛开着鲜花,房东却坚持用有毒的红黄纸花来装饰他们的餐桌。她还给晚会带来了两个孩子,一个鼻子底下化了脓,一个刚刚剃过头。孩子们穿着灯芯绒裤子,屁股上磨得像罪犯头上剃的秃顶。餐桌上满是石头一样硬的蛋糕、蜂蜜和热乎乎的粉红色柠檬。

那个俄国孩子带来了一只猴子,在桌子上跳上跳下,品尝所有的果酱,把调羹扔得到处都是。亚拉巴马站在她房间里低矮的窗框处看着他们。法国家庭女教师站在孩子们的外围。

"喂,邦妮,你看你,哦,可怜的宝贝。"她不停地喊。

简直像巫婆的咒语,这个女人在过去的岁月里煮了什么样的魔汤来喝?亚拉巴马飘浮进了梦乡。邦妮一声尖叫把她惊回到了现实。

"哦,你个大坏蛋!"

"好了,快过来,亲爱的。我们来抹点碘酒。"亚拉巴马从窗口喊道。

"赛格抓着猴子,"邦妮结结巴巴地说,"他把——它——扔——到我身上,他太可怕了,我不喜欢那不勒斯的孩子。"

亚拉巴马把孩子抱到膝盖上。她的身体很小,无助地趴在妈妈身上。

218

"猴子也要吃东西。"亚拉巴马逗着她。

"你很幸运,他没有咬掉你的鼻子。"赛格说。两个意大利男孩子只关心动物,抚摸着猴子,安慰着猴子,给它唱意大利语祈祷词,听上去像一首情歌。

"嘘——嘘——嘘。"长嘴小鹦鹉也啾啾着。

"过来,"亚拉巴马说,"我给你们讲个故事。"

听见她的话,小孩子们睁大了眼睛,像是雨滴滑落在栅栏的栏杆上;他们的小脸转向她,像是月亮下面苍白的云朵。

"我才不会来呢,"赛格声称,"要是我早知道这里没有基安蒂酒。"

"我也不会来,圣母马利亚。"意大利孩子附和道。

"你们不想听希腊神庙的故事吗,它们都是红色和蓝色的。"亚拉巴马坚持说。

"好的,夫人。"

"好吧——它们现在是白色的,因为年久褪色了——"

"妈咪,我可以吃水果吗?"

"你想不想听神庙的故事?"亚拉巴马有点恼火。饭桌上一片死寂。

"我就知道这么多了。"最后,她屈服了。

"那我可以吃了吗?"邦妮把紫色的果汁滴到了她最漂亮的裙子上。

"夫人不觉得我们一下午已经够了吗?"教师很不高兴。

"我觉得有点恶心。"邦妮坦白说,她脸色惨白。

医生说是气候的原因。亚拉巴马忘记去药店拿医生开的药了,邦妮在床上躺了一个礼拜,妈妈在排练,她就只喝一点矿泉水和羊汤。亚拉巴马心烦意乱,谢歌娃夫人说得对——除非乐队放慢速度,否则她做不了两周转。乐队指挥很顽固。

"当了妈妈的女人,"女孩子们在黑暗的角落里悄声议论,"她会累断自己的脊梁骨。"

最后,总算等到邦妮恢复到能坐火车了。她给她们买了一盏酒精灯路上用。

"我们拿这个做什么,夫人?"教师不明白。

"英国人总是备有一盏酒精灯,"亚拉巴马解释道,"孩子们哮喘时用得着。我们什么也没有,所以就得去医院。小孩子们的情况往往都一样,只不过后来有些人喜欢用酒精灯,有些人选择去医院。"

"邦妮没有哮喘,夫人,"教师很不高兴,"她之所以生病完全是因为到这里来。"她想要乘火车,让她自己和邦妮摆脱那不勒斯的麻烦。亚拉巴马也想脱出身来。

"我们应该坐特快列车,"邦妮说,"我想快点回巴黎。"

"这就是特快列车,势利鬼。"

邦妮十分不信任地盯着妈妈。

"世界上有很多事情你都不懂,妈咪。"

"可能吧。"

"哈,"教师赞许地笑了,"再见了,夫人,再见了,祝你好运。"

"再见,妈咪。跳舞不要太辛苦。"邦妮喊道,火车开了。

车站前的梧桐树冠叮当作响,像是装满银币的口袋,火车呜呜呜着拐了弯。

"五里拉,"亚拉巴马对衣衫褴褛的马车司机说,"到歌剧院。"

那晚,她独自枯坐,邦妮走了。邦妮在这儿时,她没有意识到生活是多么完满。她很愧疚，邦妮生病在床时她没有多陪陪她，或许应该少排练几次。她希望孩子能看到她的芭蕾舞演出。再排练一个礼拜，就能看到她作为芭蕾舞演员的处女作了。

亚拉巴马把撕坏的扇子和邦妮留下的一盒明信片扔到了垃圾箱里。不值得寄回巴黎去。她坐下来缝补紧身衣连裤袜。意大利舞鞋很好，但是连裤袜太厚——大腿处勒得太紧。

第二章

"你在那儿过得好吗?"

戴维在一棵盛开着粉红色花朵的苹果树下见到了邦妮,日内瓦湖在波浪起伏的山下张开了一张网。

沃韦火车站对面一座铅笔画一样的桥愉快地横跨在河流之上。湖水外缘是一圈山脉,点缀着多萝西·帕金斯[1]风格的紫色铁线莲的枝枝蔓蔓。大自然用鲜花填满了每一个缝隙和山谷;水仙花像天上的银河环绕着山脉。吃草的奶牛和天竺葵花盆把一座座房子连了起来。穿着花边裙子的女士们打着阳伞,穿着亚麻裤子的女士脚着白鞋,抿着红唇微笑的女士关注着车站广场上的一切。日内瓦湖被许多个残酷明亮的夏天围堵着,躺在那里对着高高的天空挥舞着拳头,发誓要好好保卫瑞士共和国。

"很好。"邦妮简单地说。

"妈咪好吗?"戴维追问。

戴维穿着夏天的服装,连邦妮也注意到他衣服有点花哨,透着刻意。他穿着珍珠灰的衬衫和法兰绒的裤子,穿戴非常精心,一点也没有把它们弄皱,完美地保持了它们的装饰性。要不是他长得帅气,可能就会有纨绔子弟之嫌。邦妮很为她父亲自豪。

"妈妈在跳舞。"邦妮说。

沃韦街道上洒满了浓浓的阴凉,像是夏天

---

[1] Dorothy Perkins,创立于1909年的英国服装品牌,销售对象为25—35岁之间的成熟女性,图案常有大朵花朵与蕾丝花边。

里懒懒散散喝醉了酒的人；天空上饱含水汽的云彩，像是水汪里漂着的百合花。他们上了酒店专用车。

"节日期间，王子，"一个满脸愁容、老于世故的酒店人员说，"一间房一天八美元。"

侍者把他们的行李运到一个镀着金银两色的套间。

"哦，好漂亮的客厅！"邦妮欢呼，"还有电话，这么高级。"她打开落地灯，"我还有自己的房间，自己的浴室，"她哼起了歌，"你太好了，爸爸，还放了家庭教师的假。"

"皇家客人喜欢她的浴室吗？"戴维说。

"嗯，比在那不勒斯干净多了。"

"在那不勒斯水很脏吗？"

"妈咪说不脏——"邦妮犹豫不决，"但是老师说脏。每个人对我说的话都不一样。"她坦白承认。

"亚拉巴马应该要保证你的洗澡水。"戴维说。

他听见浴室里传来法语儿歌，"会种卷心菜吗——"没听见泼水声。

"你在洗膝盖吗？"

"我还没洗到那儿呢——'得用我们家乡的方法，得用我们家乡的方法'——"

"邦妮，你得快点。"

"我今晚能到十点再睡觉吗？'种菜要用鼻子'——"

邦妮咯咯笑着，在房间乱跑。

太阳照在金色的花边上，窗帘被看不见的风温柔地吹拂着，台灯幽幽地亮着，像是日光下被丢弃的篝火。房间里的鲜花很可爱，还有一座钟。

孩子心满意足，转了一圈又一圈。外面的树冠闪着蓝色。

"妈咪没说过什么吗？"戴维说。

"哦，说过，"邦妮说，"她为我举行了一个晚会。"

"很好啊，给我讲讲。"

"好吧，"邦妮说，"有一只猴子，我吐了，老师对着吐在我裙子上的东西大喊大叫。"

"我知道了——嗯，妈咪怎么说？"

"妈咪说要不是因为乐队，她能转两圈。"

"一定很有意思吧？"戴维说。

"哦，是的，"邦妮承认，"很有意思，爸爸——"

"嗯，亲爱的？"

"我爱你，爸爸。"

戴维顿了一下，笑了，像在梭织。

"嗯，你最好这样。"

"我也这么想。今晚我能睡在你的床上吗？"

"当然不能。"

"肯定很舒服。"

"你的床也很舒服。"

孩子的语气突然变得很实际。"和你一起更安全。怪不得妈妈要睡在你床上。"

"傻瓜！"

"我要是结了婚，全家一起睡大床。我会对他们很好，他们就不会怕黑了，"孩子继续说，"你有妈咪以前，也喜欢和你父母一起睡，对不对？"

"我们是和父母在一起——接着我们有了你。现在的这一代找不到人去依偎。"

"为什么？"

"因为安慰，邦妮，就是怀旧和期待。你得抓紧时间打扮，我们的朋友就要到了。"

"有小孩子吗？"

"有，我请了朋友的一家来和你玩。我们要去蒙特勒看跳舞。可是，"戴维说，"天阴起来了。像是要下雨。"

"爸爸，希望不要下。"

"我也不希望。不管是猴子或者是下雨，都会把晚会搞砸的。我们的朋友来了。"

家庭教师后面站着三个金发儿童。

"你好。"邦妮说，学着贵妇人的样子慵懒地伸出小手。她不习惯地拍了拍那小姑娘。"哇，你穿得像是漫游奇境里的爱丽丝[1]。"她尖叫着。

那孩子比邦妮要大好几岁。

"上帝保佑你，"她故作端庄地说，"你的裙子也很漂亮。"

"你好，小姐！"两个男孩子要小一点。他们用僵硬的瑞士学校男学生的军礼向邦妮致敬。

孩子们在梧桐树下，像是漂亮的点缀。绿色的小山像油画中的海洋，伸展开去。酒店门口垂挂着赏心悦目的高山植物。高耸入云的阿尔卑斯山围拢起来，使这个地方与世隔绝，孩

---

[1] *Alice in Wonderland*，是1865年英国作家兼数学家查尔斯·道奇森（1832—1898）以笔名路易斯·卡罗尔出版的儿童故事。故事出版以来，已经被翻译成至少125种语言，其流传之广仅次于《圣经》和莎士比亚的作品。

子气的声音透过洁净的山中空气，听上去十分亲密。

"这是什么？我在报纸上看过？"八岁孩子的声音。

"别傻了，这是让你增加性魅力的。"十岁孩子的声音。

"只有电影里的美人才有这个。"邦妮说。

"但是，不是有时候男人也能用吗？"年龄小一点的孩子有点失望。

"爸爸说每个人都能用。"年龄大一点的女孩子说。

"嗯，妈妈说过只有少数人用。你父母怎么说，邦妮？"

"自从我能认字以来，他们什么也不说。"

"当你长大了，"金妮芙拉说，"你就会用的——要是还有这个的话。"

"我看过我爸爸洗澡。"最小的孩子满怀期待地说。

"这没什么大不了的。"邦妮不屑一顾。

"为什么没什么大不了？"那个声音追问。

"为什么要大不了？"邦妮说。

"我还和他一起光着身子游过泳。"

"孩子们——孩子们！"戴维告诫他们。

黑色的阴影笼罩在水面上，一阵莫名的回音从山上滚落下来，湖上沸腾了。雨下起来了。一场瑞士的暴雨冲刷着大地。酒店窗户四周垂挂的藤蔓成了小水渠，大丽花的花头低垂在暴雨中。

"他们在雨中怎么表演？"孩子们闷闷不乐。

"或许芭蕾舞演员们和我们一样穿着橡胶雨衣。"邦妮说。

"我但愿他们有海豹表演。"小男孩满怀期待。

雨在阳光中闪亮着，缓缓地落了下来。木制的舞台湿漉漉的，染上了蛇纹石的绿颜色，还黏糊糊地沾满了彩带屑。湿润的灯光在红色、橘色和蘑菇一样的雨伞中闪烁,像是在开灯具展览,有一个时髦的听众穿着明亮耀眼的玻璃纸雨衣。

"要是雨水淋进了他的小号里怎么办?"邦妮说,这时乐队出现在雨水洗过的一堆乐器中。

"那很好玩啊,"男孩子抗议说,"有时候我洗澡的时候就沉到水底,在水里吹出的声音最好听。"

"我弟弟吹的,"金妮芙拉宣布,"让人陶醉。"

潮湿的空气像是海绵把音乐压平了;女孩子们把帽子上的雨水擦掉;黑色的帆布后面在抖动,露出了很薄很不安全的木板。

"要表演普罗米修斯,"戴维说,读着节目单,"一会我给你们讲讲这个故事。"

随着一阵旋风式的跳跃,洛伦佐积聚着全身的力气,朝空中挥舞拳头,向山上神秘的太空挑战。他那被雨淋湿的赤裸裸的身体用不可理喻的姿势折磨着自己,伸直,然后和一片飘摇的纸一起跌落到地板上。

"看,邦妮,"戴维喊道,"这里有你的一个老朋友。"

阿列娜,熟练地转了几个迷宫一样无人能解的圈子,傲慢地扭了几下,装扮成一个粉红色的丘比特。虽然天气潮湿,剧情也难以令人信服,但她还是固执地抓着角色的超人之处。下面的工人费劲地理解着她所表达的含义。

戴维突然对那些卖力的女孩子感到一阵同情,而其他看客则只关心他们给淋得多么湿多么不舒服。演员们也担心着雨,在最后音乐拔高的时候战抖了起来。

"我最喜欢那些穿黑衣服的,他们在为自己战斗。"邦妮说。

"对,"男孩子说,"他们互相打斗的时候最好看了。"

"我们最好在蒙特勒用晚餐——开车回去雨太大了。"戴维提议。

酒店大厅里坐着许多人,带着习惯了的等待神情;咖啡和法国甜点的味道弥漫在半阴半明中,雨衣在大厅里滴滴答答。

"你好,"邦妮突然喊起来,"你跳得真好,比在巴黎时还好。"

打扮入时的阿列娜走进门来。她像时装模特一样转过身来,展示着自己。她眼睛中间那灰色的诚实地带笼上了一层小小的尴尬。

"很抱歉,我这么邋遢,"她假惺惺地摇摆着自己的大衣,"穿着巴度这样的破东西。可是你长这么大了。"她深情款款地摸着邦妮,"你妈妈怎么样?"

"她也在跳舞。"邦妮说。

"我知道。"

阿列娜以最快的速度解放了自己。她表演的戏剧非常成功——巴度是专为芭蕾明星挑选的舞服,选用最好的绸缎。"巴度。"阿列娜说,非常强调,"我得赶去我的房间,我的同事在等我。再见,亲爱的戴维!再见,可爱的邦妮!"

孩子们很漂亮地围桌而坐,毕竟这种战前就有音乐的夜店还是很时髦。桌子上围了一圈葡萄酒和过滤网,啤酒在银杯里嘶嘶作响,孩子们兴高采烈地咯咯笑着,像是沸水顶着壶盖子。

"我想要八对拼盘。"邦妮说。

"什么,女儿?晚上吃了不消化的。"

"我也想吃。"男孩子也要。

"大孩子应该带好头,"戴维说,"我来给你们讲普罗米修斯的故事,这样你们就不会想着没吃到的东西了。普罗米修斯被绑在一块巨石上面——"

"我能吃杏仁酱吗？"金妮芙拉打断说。

"你想不想听普罗米修斯？"邦妮父亲不耐烦地问。

"想，先生。哦，是的，当然。"

"那么，"戴维接着讲，"他被绑在那里好多好多年——"

"这是我的神话。"邦妮很骄傲。

"接下来呢？"小男孩说，"他被绑起来以后。"

"然后是吧？好——"戴维高兴得脸上放光，因为终于引起孩子的注意了，他把自己向孩子们敞开，就像将昂贵的衬衫向一个仰慕他的跟班炫耀，"你记得到底是怎么回事吗？"他问邦妮。

"不，很久以前我就忘记了。"

"要是这样，我们可以吃蜜饯了吗？"金妮芙拉礼貌地追问。

夜里灯光稀疏，爸爸开车回家，路上穿过星星点点的乡村和农舍，花园里高大的向日葵花盘挡住了他们的路。孩子们包裹在邦妮父亲那闪亮的车里，靠在开司米椅背上打盹。他们的车闪亮、安全：是随时都可停的车，神秘的车，酋长的车，死神的车，冠军的车，突突突向夏夜喷吐着金钱的威力，像一个君主在进行慷慨封赏。有湖水的地方，在夜空的反射下，他们像是从一个流动的水银碗里冒出的气泡。路上乌云密布，像是炼金术士实验室里冒出的泡沫，他们沿着山顶上的一线白光疾驰而过。

"我不想当艺术家，"小一点的孩子迷迷糊糊地说，"除非要我当一只会表演的海豹，否则我可不想。"他的理由充分。

"我愿意当,"邦妮说,"我们睡觉了以后,他们还会吃晚饭。"

"可是,"金妮芙拉反对说,"我们已经吃过晚饭了。"

"对,"邦妮同意,"但是晚饭总是很好的。"

"你吃饱了就不觉得好了。"金妮芙拉说。

"好吧,你吃饱了就不在乎是不是好吃了。"邦妮说。

"为什么你总喜欢抬杠?"金妮芙拉向后靠在冰冷的窗户上。

"因为我说什么东西很好时,你总打断我。"

"我们直接送你们回酒店吧,"戴维提议,"孩子们好像累了。"

"父亲说冲突能锻炼性格。"大点的男孩子说。

"我认为这会搞砸一个晚会。"戴维说。

"妈咪说这会毁了一个人的性情。"金妮芙拉也说。

和爸爸一起单独待在酒店房间里了,邦妮走到爸爸身边。

"我是不是应该表现得更好一点?"

"对,你应该明白有时客人比吃饭更重要。"

"他们应该让我感到更舒服才对,不是这样吗?他们是来陪我的。"

"孩子们都需要陪伴,"戴维说,"人就像挂历,邦妮——你在上面找你需要的东西时可能永远都找不到,但是不经意的阅读总是值得的。"

"这些房间真好,"邦妮回味着,"浴室里那个像水嘴一样往外喷水的东西是什么?"

"我告诉你一千遍了,不要碰那东西。那是灭火器。"

"他们认为浴室里会着火吗?"

"不常有。"

"当然,"邦妮说,"着火对人们太危险了,可是看火烧一定很有趣。"

"你要睡觉了吗?我想让你给妈妈写封信。"

"好的,爸爸。"

邦妮坐在安静的走廊里构思着,巨大的窗子对着广场。

"最亲爱的妈咪:正如你所想象的,我们回到了瑞士——"房间宽大安静。

"——瑞士一切都很有趣。酒店的人称爸爸王子。"

窗帘在微风中轻轻招手,然后静止不动了。

"——您想想,妈妈,那样我就成了公主了。想想他们什么事情都这么傻气——"

房间里的灯足够多了,即使对这么大一个房间来说。

"——阿列娜小姐穿了一件裙子。她为你的成功感到高兴——"

他们还想在她父亲的酒店里放好多花,让房间更漂亮。

"——要是我是个公主,我就想怎么做就怎么做。我要让你到瑞士来——"

开司米很硬,但是有金色的流苏垂到椅子腿上很漂亮。

"——我喜欢有你在家里——"

阴影在动。只有小孩子才害怕影子或是夜里移动的东西。

"——我经历的不多。我把自己给宠坏了——"

不会有什么东西藏在阴影里的。它们就是那样晃动而已。门给打开了吗?

"呜——呜——哦。"邦妮吓得尖叫。

"嘘——嘘——嘘——"戴维安慰着孩子,抱着女儿温暖着她,安慰着她。

"是我吓着你了吗?"

"没什么——是一些影子。我有时自己一个人会犯傻。"

"我知道,"他安慰说,"大人也经常会这样。"

酒店里的灯光昏昏沉沉地照在对面的公园里,街上的气氛像是一面升起的旗子等待着风来把它吹开。

"爸爸,我想开着灯睡觉。"

"怎么这么想!没什么好怕的——你有我和妈妈。"

"妈咪在那不勒斯,"邦妮说,"我一睡着你也会出去的。"

"好吧,真荒谬!"

几个小时后,戴维踮着脚尖进来,发现邦妮的房间一片漆黑。她眼睛闭得太紧反而睡不着了,她留了一道门缝通向客厅。

"你怎么还没睡?"他说。

"我在想,"邦妮喃喃着,"在这里比在意大利和妈妈一起成功要好。"

"可是我也很成功,"戴维说,"只不过我的成功是在你还没出生时就取得了,所以你觉得很自然。"

寂静的房子旁边有小虫子在唧唧鸣叫。

"那不勒斯很糟糕吗?"他追问。

"嗯,"邦妮犹豫不决,"我不知道妈妈觉得怎么样,当然——"

"她没说过我什么吗?"

"她说过——让我想想——我不知道妈妈说什么。爸爸,她只对我说过一条建议,就是在人生中不要当一个坐在后座的驾驶员。"

"你明白吗?"

"哦,我不懂。"邦妮谢天谢地叹口气。

夏天从洛桑烧到了日内瓦，热浪中，日内瓦湖像是一圈晶莹的瓷盘；田野给烤黄了；窗外的山头，即使在最晴朗的天气里也看不见有什么花草树木了。

邦妮像个女巫西比尔[1]一样观察着侏罗山在湖岸灌木间投下的黑色阴影。白色的鸟儿由外向内盘旋着，更让人觉得无限的世界被圈住了，失去了光彩。

"小家伙睡得好吗？"在花园里画画的那人问道，他们装作刚从一场大病中恢复过来。

"是的，"邦妮彬彬有礼，"但是你不能捣乱——我是放哨的，看看敌人从哪里来。"

"那我就是这个城堡的国王？"戴维从窗子里说，"要是你犯了错误就要砍下你的头？"

"你，"邦妮说，"是一个囚犯，我要把你的舌头割下来，你就不能说话了——但是我对你很好不会那样做的，"她又温存起来，"所以你不要觉得伤心。爸爸——除非你想伤心。当然了，你最好装作伤心。"

"好吧，"戴维说，"我是世界上最最伤心的人。干洗店把我的粉红色衬衫洗褪了色，我却被邀请参加一个婚礼。"

"我不让你去参加。"邦妮很严肃。

"好吧，那我的不幸就减掉一半了。"

"要是你再这样，我就不让你玩了。你得假装难过，想念你的妻子。"

"看！我融化在眼泪里了！"戴维趴在窗台上像是一只小狗趴在湿漉漉的浴巾上。

[1] 希腊神话中的女预言家西比尔，传说太阳神阿波罗爱上了西比尔，赋予她预言的能力，而且只要她手中有尘土，她就能活着，然而却忘了给她永恒的青春，所以西比尔同凡人一样日渐憔悴，最后几乎缩成了空壳，却依然活着。

侍者来送电报，吃惊地发现美国王子竟然这种姿势。戴维撕开了信封。

"父亲病危。"他读道，"吉凶未卜。马上回家。勿让亚拉巴马受惊。米莉·贝格斯。"

戴维神情恍惚地盯着树下一只白色的蝴蝶在拍翅膀，盘曲的树枝拐到地面上。他看到自己的心情从眼前一下滑走了，像是一封信落到一个玻璃的斜槽上；电报切断了他们的生活，好像是断头台上落下的铡刀。抓起一支铅笔，他开始给亚拉巴马写电报，想起歌剧院下午不上班，就决定打电话。他拨叫了膳宿公寓的电话。

"怎么了，爸爸，你不玩了吗？"

"不玩了，亲爱的，你最好进来，邦妮，我有个不好的消息要告诉你。"

"出什么事了？"

"你外公要死了，我们得回美国。我要给你的家庭教师送口信让你暂时和她待在一起。妈妈可能会直接来巴黎和我们会合——如果不是要我也从意大利坐船走的话。"

"我不愿意，"邦妮说，"我一定要从法国走。"

他们心不在焉地等待着那不勒斯的消息。

从亚拉巴马那里得到的回复像是一颗流星，一块从天上落下来的冰冷的铅块。从那个歇斯底里的意大利人那里，戴维最终弄清了口信。

"夫人两天前生病住院了。你快来救救她。这里没有人能照料她，她不告诉我们你的地址，希望自己好起来。很严重。我们唯有指望你和上帝。"

"邦妮，"戴维哀叹，"你老师到底住在哪里啊？"

234

"我不知道,爸爸。"

"那么你得自己收拾行李——要快。"

"哦,爸爸,"邦妮哭了,"我刚从那不勒斯回来。我不想再去。"

"妈妈需要我们。"戴维只能这么说。他们赶上了半夜的快车。

意大利的医院有点像是宗教裁判所——他们和亚拉巴马的房东还有谢吉娃夫人在门外等候,直到两点钟上班才开门。

"这么有前途,"夫人叹息着,"她本来能成为一个伟大的舞蹈家——"

"就像天使,这么年轻!"那意大利老太太喃喃着。

"当然,机会也不多了,"夫人补充道,"她年龄太大了。"

"而且一直一个人住,上帝保佑,先生。"那意大利女人满怀敬意地叹息着。

街上种着很小的草坪,像是一个个几何图形——块石板上写着几位名医的个人简历。

戴维不在乎乙醚的味道。两位医生在房间里谈论高尔夫球。他们穿的制服让人疑心走进了宗教裁判所,还有药用肥皂的味道。

戴维替邦妮难过。

戴维不相信那个英国住院医生曾经一杆进洞。

医生们告诉他,是由于舞蹈鞋鞋尖处俗称盒子的地方,里面的胶水感染了伤口——胶水渗进了水泡里。他们好几次提到"开刀"这个词,就像是在说"万福马利亚"。

"早晚会这样的。"他们重复着,一个接一个。

"要是没感染就好了,"夫人说,"你进去吧,我来看着邦妮。"

在房间的尽头,戴维呆呆地盯着天花板。

"我的脚没事，"亚拉巴马尖叫着，"是我的胃，疼死我了！"

为什么医生待在远离她的另一个世界上？为什么他听不到她在说什么，为什么受不了听她谈冰袋？

"我们会观察一下的。"医生说，无动于衷地望着窗外。

"我要喝水！请——给我水！"

护士继续按部就班地摆弄带轮餐桌上的罩单。

"没有水。"她低声说。

她根本用不着这么私密。

医院的墙裂开又合上。她的病房像地狱一样难闻。她的脚搭在床下一种黄色液体里，液体很快又变白了。她的背疼得要命。好像有人拿沉重的房梁打中了她。

"我想喝橙汁。"她认为自己这么说了。不，是邦妮这么说过。戴维会给我拿巧克力冰淇淋来，可是我要吐了；一股冰柜的臭味，恶心。脚踝上套了一个玻璃罐子，像是安装了假肢，又像是中国皇后的头饰——他们正在给她的脚上烫一头永不变形的波浪式卷发，她思忖着。

病房的墙无声无息地倒了下去，一面叠向另一面，像一本厚重的相册。它们全都是灰色的影子，升起又落下，悄无声息。

进来了两个医生，在说话。医生要在她的背上干什么？

"我要个枕头，"她低声下气地说，"我的脖子要硌断了。"

医生站在床的那头，无动于衷。窗户打开了，像是耀眼的白色洞窟，通向白色烟囱，那些烟囱就罩在床的上方，像帐篷一样。在围拢起来的光中呼吸太轻松了——她感觉不到自己的身体了，空气是这么轻。

"今天下午，三点吧。"其中一人说，接着离开了。另一个人继续自

·三个火枪手(水粉)

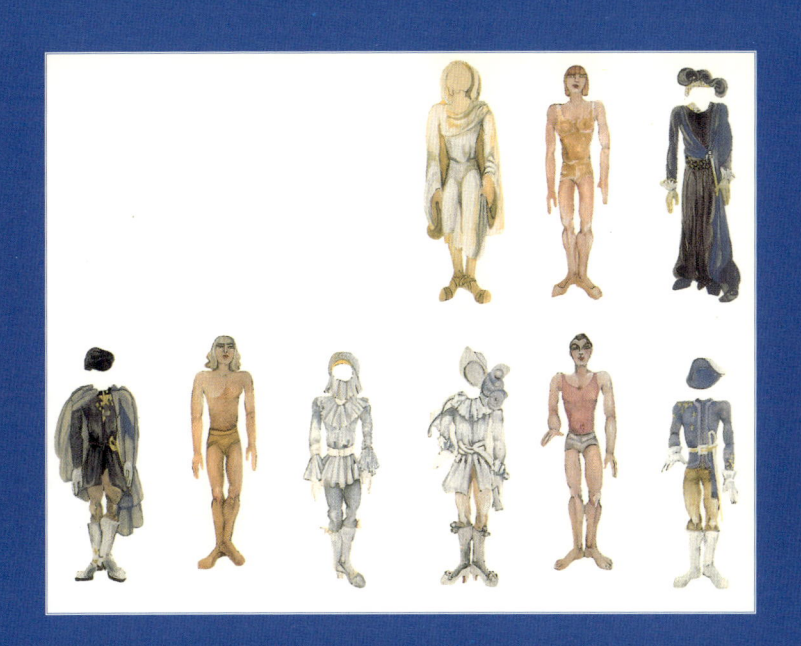

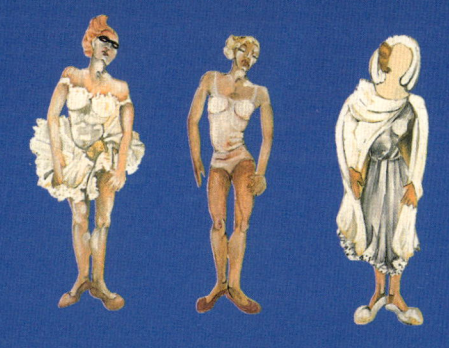

·熊妈妈和熊宝宝（水粉）

说自话。

"我不动手术,"她认为自己在说,"因为今天我得站在这儿数白蝴蝶。"

"这么说,这个女孩是被一支卡拉百合花侵犯了,"他说,"——或者,不对,我猜是一阵淋浴干的好事!"他扬扬得意地说。

他像恶魔一样大笑起来。他怎么能像电影《普尔钦内拉》[1]里的人一样笑?他瘦得像根火柴棍,高得像埃菲尔铁塔!两个护士都笑了。

"不是普尔钦内拉,"亚拉巴马认为自己在对护士说,"是芭蕾舞《众神领袖阿波罗》。[2]"

"你们不会知道的。我怎么能指望你们理解这个呢?"她愤怒地尖叫起来。

护士们意味深长地笑了,然后离开了房间。墙又开始移动了。她决定就躺在那儿,一定给墙一个教训,如果墙认为能把她夹住,像把婚礼上的花朵夹在书页中一样的话。亚拉巴马就这样躺了好几个星期。喝下去的药烧坏了她的口腔黏膜,吐出的痰里带着血丝。

在那些难熬的日子里,戴维走在街上会哭,夜里也哭,生活已失去意义,已经完了。他绝望了,满脑子杀人的念头,最后他崩溃了。

他一天两次来医院,听医生谈论血液中毒的事。

最后,他们允许他去探视。他把头埋在被单里,用胳膊搂住她破碎的身体,哭得像个孩子。她的双腿给吊了起来,搁在一个倾斜的滑轮上像是牙医的支架。全身的重量压在脖子和

[1] *Pulcinella*,斯特拉文斯基的作品,1920年巴黎首演,毕加索设计了布景和服装。
[2] *Apollon Musagète*,1928年首演,脚本和音乐均由斯特拉文斯基完成,取材于希腊神话,歌颂众神创造了艺术。

背上,像躺在中世纪的酷刑架上。

戴维紧紧地抱着她,哭啊哭。亚拉巴马觉得他是另一个世界的人;他的节拍跟医院里的凝滞和衰弱格格不入。他像是一个火热的劳工,浑身是劲且长满老茧。她觉得自己几乎不了解他了。

他的眼睛紧紧盯着她的脸,几乎不敢看床上。

"亲爱的,没什么,"他极力装作温柔地说,"你很快就会好的。"但是她不怎么相信。他好像在回避什么。她母亲的信里没有提到她的脚,邦妮也没到医院来看她。

"我肯定很憔悴。"她想。床板硌着脊梁骨,手像鸟爪,蜷曲着,像要抓住什么结实的东西来停歇。她的手又长又瘦,关节发青,像一只脱了毛的小鸟。

有时,她的脚疼得厉害,一闭上眼就在下午的波光里漂走了。她总是会飘到同一个疯狂的地方。有一个湖,很清澈,分不清哪是湖面哪是湖底;一个尖尖的小岛沉重地漂浮在水面上,像一道被遗忘的雷电。白杨树像阴茎,天竺葵怒放着粉红色的花朵,有一片树干为白色的树林,树叶飘到了天边外。星云一样的水草在水中摇曳:紫色的梗连着肥白的动物一样的叶子,有的梗没有叶子,长长的像触角一样,碘盐结晶体和其他一些死水中的沉淀物嗖嗖闪过。乌鸦在深深的迷雾中互相应和。"疾病"这个词把自己隐藏在有毒的空气中,在小岛的尖角中一瘸一拐地抖动,在岛中央一条白色的大道上停了下来。"疾病"转过身来,在丝带一样窄窄的大路上,像烤肉叉上的乳猪一样挣扎着,那些字母的尖叉戳向她的眼球,亚拉巴马醒了。

有时她闭上眼,妈妈给她拿来冰镇的柠檬汁,但是这只是在疼痛不

238

那么剧烈的时候。

一有什么事情，戴维就赶来了，像一个家长照看着学走路的孩子。

"嗯——你早晚会明白的,亚拉巴马。"他最后说道。她的心沉了下去,一切的一切都一起沉了下去。

"我早就知道了。"她故作平静地说。

"亲爱的——你还有脚呢。没关系的,"他满怀深情地说,"只是你今后不能再跳舞了。你很在乎吗?"

"我需要拄拐杖吗?"她问。

"不用——根本不用。把肌腱切除了一点,他们又通过血管把它连了起来,你走路时可能会有点跛。别在意。"

"哦,我的身体,"她说,"一点用处也没有!"

"可怜的,亲爱的——可是我们又在一起了。你还有我呢,亲爱的。"

"是啊——除此以外还有什么呢。"她哭了起来。

她躺在那儿,想着她总是在生活中想要什么就能得到什么。可是——她不想要这个。这是一块煮不烂的石头,再多的盐和胡椒都没用。

她母亲也不想让她的长子死的,她猜,她父亲也不知有多少次不愿意让她们蹒跚在他的腿边将他的心灵淹没。

她父亲!希望到家时他还活着。没了父亲,就失去了这世界上最后的依靠。

"可是,"她在悲伤和震惊中想起来了,"父亲死了,我自己就是那最后的依靠。"

第三章

戴维·奈特一家走出古老的砖砌车站。南方小镇沉睡在宽阔、安静、调色盘一样的棉花田间。浓重的静谧好像捂住了亚拉巴马的耳朵,她好像走进了真空。黑人们,懒洋洋地,一动不动,伸腿伸脚坐在停车场的台阶上,好像是某个筋疲力尽的造物主捏出来的雕像。宽阔的广场,笼罩着天鹅绒般的阴影,沉浸在南方的睡眠中,像一张吸墨纸在人类和人类的遗产中伸展着。

"我们要在这里找座漂亮房子住下来吗?"邦妮问。

"这是什么?""这么多黑人!有传教士教他们吗?"

"教他们什么?"亚拉巴马问。

"当然是——信仰。"

"他们的信仰好得很,他们经常唱赞美诗。"

"那很好。他们很有共鸣。"

"他们会不会骚扰我?"邦妮问。

"当然不会。你在这儿比在哪儿都安全。这里是妈妈从小长大的地方。"

"有一个七月四号,早上五点我曾参加过一个黑人洗礼仪式,就在那条河上。他们都穿着白色的长袍,火红的太阳斜照在浑浊的水边,我很兴奋,想加入他们的教会。"

"我倒想看看。"

"会有机会的。"

琼在一辆褐色的小福特车里等他们。

亚拉巴马多年后再见到姐姐,觉得自己又成了小女孩。父亲工作了大半生的老镇在她面前伸展着,保护着她。当你想进取、想征服时,你最好到一个陌生的地方,但是当你想把你的地平线搭成一个庇护所时,最好是有你所爱的人已经用手帮你进行了编织——好像这样一来线头会更牢固。

"很高兴你来了。"琼悲伤地说。

"外公病得厉害吗?"邦妮说。

"是的,亲爱的。邦妮真是好孩子。"

"你的孩子都好吧,琼?"琼变化不大,很传统,像她们的妈妈。

"还好。我不能带他们来。这些事对孩子来说太难过了。"

"是。我们最好把邦妮留在旅馆。让她早上再来。"

"就让她打个招呼。妈妈很喜欢她。"她转向戴维,"她老人家一直都最疼爱亚拉巴马。"

"废话!我是最小的。"

车子驶过熟悉的街道。柔和怪诞的夜晚,静静蒸腾的地气,草间蟋蟀的鸣唱,烫人的人行道上密密交织的阴郁树影,亚拉巴马的恐惧慢慢变成了一种萎靡。

"我们能做点什么?"她说。

"我们尽力了。岁月催人老。"

"妈妈怎么样?"

"还是那么坚强——你能来我真是很高兴。"

车子停在安静的房子前。有多少个夜晚,跳舞回来后为了不让刹车的声音惊醒父亲,她总是滑行到那条人行道上?睡梦中的花园散发着甜甜的香味。山胡桃树在海湾上吹来的轻风吹拂下,悲伤地前后摇摆着。什么都没变。亲切的窗户里映衬着父亲的公正和慈祥,大门里透露着他的意志和尊严。三十年了,他住在这里,看着一丛丛长寿花开,看牵牛花在朝阳中眨眼,嗅着玫瑰的芳香,赞叹米莉小姐的蕨菜。

"它们很美吧?"他总是说。不露声色,不加强调,他谨慎的措辞透出了他的贵族气质。

有一次,他在月光下抓到了一只红色飞蛾,把它钉在壁炉上方的日历上。"这里适合它。"他说着,把那轻薄的翅膀伸展开,铺在一张南方铁路图上。法官的幽默。

永不犯错的人!孩子们是多么幸灾乐祸!当法官用小折刀和米莉的缝衣针给小鸡爪子做手术而没有成功时,当星期天晚饭桌上装满冰镇的茶水杯子倒了的时候,当感恩节洁白的餐桌布上溅上了火鸡调料时——所有这些才使这个机器般诚实的人变得有血有肉,可以触摸。

一种莫名的恐惧突然攫住了亚拉巴马,一种沉重的失落感。她和戴维走上台阶。当她还是小女孩时,一级一级跳上那些摆放着蕨菜的石板时,觉得它们是多么高啊——在那里她听说了圣诞老人的事,说没有圣诞老人只有圣诞节,她憎恨那个告诉她这些事情的人,也憎恨父母,她喊着:"我就是相信——"也是在那里,火热的砖缝里枯干的百慕大草挠着她赤裸的大腿,那里还有一棵树,她父亲严禁她攀爬。真是难以置信,那么细的枝条竟能承担她的重量。"你不能暴殄天物。"她父亲告诫她。

"伤不着树。"

"我看伤着了。如果你想要什么，你就得学会照看它们。"

他想要的多么少啊！一座他父亲的雕像和一幅米莉的画像，一次田纳西旅行带回来的三片七叶树叶，一副金袖扣，一份保险，他最上层的抽屉里亚拉巴马还记得有几双夏天的袜子。

"你好，亲爱的，"她妈妈颤巍巍地亲吻着她，"还有你亲爱的！让我亲亲你的额头。"邦妮搂着她的外婆。

"我们能看看外公吗，外婆？"

"你会难过的，亲爱的。"

老太太脸色苍白，默默无语。在一个旧摇椅里慢慢摇着，静静抚慰着自己的悲伤。

"哦——呃——呃——呃——，米莉。"法官声音微弱。

医生筋疲力尽，来到走廊上。

"米莉表妹，要是孩子们想见她们的父亲的话，他现在醒了。"他慈祥地对亚拉巴马说，"很高兴你赶来了。"

她战抖着，寻求着他的保护，跟着瘦削的他进了房间。她的父亲！她的父亲！多么虚弱，多么苍白。她面对生命的衰颓却无能为力，她差点哭了出来。

静静地坐在床边。她那漂亮的父亲！

"你好，孩子。"他的视线恍惚扫过她的脸，"你在家里要待一阵子吗？"

"是啊，还是家里好。"

"我一直都这么说的。"

倦怠的眼光游移到门口。邦妮在厅里等着，非常害怕。

"我想见见孩子。"法官脸上闪着一丝甜蜜宽容的微笑。邦妮胆怯地走到床边。

"你好，过来，小家伙。你像只小鸟，"他笑着，"你比两只小鸟加起来还漂亮。"

"你什么时候好起来，外公？"

"很快的。我累了。明天再来吧。"他摆手让她走开。

单独和父亲在一起了，亚拉巴马的心沉了下去。他现在这么瘦，这么小，病得这么重，一辈子经历了这么多，含辛茹苦抚养他们一大家。一个生命就要在她面前庄严地萎缩了，完结了，这让她对自己做了许多承诺。

"哦，父亲，我有很多事情想问你。"

"孩子。"老人拍拍她的手。他的手腕细如鸟爪。他是怎么抚养了他们一家人的？

"您所知道的那些到现在我都还没弄懂。"

她抚摸着那灰色的头发，南部联军的颜色。

"我要睡了，孩子。"

"睡吧，"她说，"睡吧。"

她在那儿坐了很久。她讨厌护士在房间里走来走去，好像把她父亲当成一个孩子。她父亲什么都明白。她的心抽泣着，抽泣着。

老人睁开了眼睛，很骄傲，像平时一样。

"你说，你想问我什么事？"

"您能不能告诉我，神赋予我们一副肉体是否是来帮我们的灵魂应

244

对刺激的。也许您知道，为什么我们精神饱受折磨，需要身体来搭救的时候，它们却垮了，停止运转了；而当我们的身体饱受折磨，需要保护时，我们的灵魂又抛弃了我们？"

老人躺在那里不说话。

"为什么，我们花了很多年用身体用经验去滋养我们的心灵，到头来却发现，我们的心灵却在向我们疲惫的身体寻求慰藉？为什么，爸爸？"

"问我简单一点的问题。"老人的回答十分微弱、遥远。

"法官得睡觉了。"护士说。

"我这就走。"

亚拉巴马站在客厅里。灯还亮着，以前父亲睡觉前总要先关掉它；帽架上还挂着他的帽子。

人一旦不能监护自己的物品和思想，就什么也不是了，她想。什么也不是！躺在床上的已经什么也不是了——可是，他是她的父亲，她爱他。没有他的欲望，我不可能出生，她想。或许我们都只不过是一次自由意志的试验品而已。我自己不可能只是我父亲生活的目的——很可能我生命的目的就是我能从他的自由精神中获得一些什么。

她去看母亲。

"贝格斯法官昨天说，"米莉对着影子说，"他想开小车去看看那些坐在前廊上的人们。整个夏天，他都在学车，但是他太老了。'米莉，'他说，'让那些白发天使给我打扮一下。我想出去。'他称呼护士是他的白发天使。他一直很幽默。他爱他的小车。"

像个好妈妈一样，她说啊说啊——好像她通过一遍遍的排练正在教奥斯丁重新生活。像一个妈妈在谈论一个年幼的孩子，她向亚拉巴马谈论着生病的法官，她的父亲。

"他说他想从费城订购一些新衬衫。他说早餐想吃火腿。"

"他给了妈妈一张一千美元的支票来付棺材钱。"琼补充道。

"是啊，"米莉小姐笑了，好像在笑一个孩子的恶作剧，"接着他说：'要是我没死，我还得要回来。'"

"哦，可怜的妈妈，"亚拉巴马想，"他早晚会死的。妈妈知道，可是不敢承认。我也不敢承认。"

米莉一直在照顾他，不论生病还是健康，不论当他还是法律事务所里的年轻人，还是被其他同龄人称作"贝格斯先生"时，还是当他人到中年备受贫穷和煎熬时，抑或是当他年老体衰变得温情脉脉时。

"可怜的妈妈，"亚拉巴马说，"你把一生都给了父亲。"

"我的父亲说我们可以结婚，"妈妈说，"他老人家发现你父亲的叔叔在美国参议院三十二年了，而他父亲的一个兄弟还是南部联军的将军。他来到我父亲的事务所求婚。我父亲在参议院和南部联军国会里任职也有十八年了。"

她明白，母亲和她一样都属于男权传统的一部分。米莉好像并没意识到，她的生活在丈夫死后将会一无所有。他是她孩子们的父亲，都是女孩子，她们已经离开她成了其他家庭的一员。

"我的父亲很骄傲，"米莉骄傲地说，"我小时候非常爱他。家里二十个孩子，只有两个女孩。"

"你的兄弟们都在哪里？"戴维好奇地问。

"很久以前就死了或走了。"

"他们都是同父异母兄弟。"琼说。

"春天时到这来过的是我的亲兄弟。他走时说会写信来。但是从来没写过。"

"妈妈的弟弟很好,"琼说,"他在芝加哥开了一个杂货店。"

"你父亲对他很好,还开车带他去兜风。"

"你为什么不给他写信,妈妈?"

"我没有他的地址。我来你父亲家以后,要做的事情太多了,没时间维持我自己的亲戚。"

邦妮在走廊的硬凳子上睡着了。亚拉巴马小时候也那样睡觉,父亲总是把她抱到楼上,放到床上。戴维抱起了孩子。

"我们该走了。"他说。

"爸爸,"邦妮喃喃着,在他的大衣底下嗅着,"我的爸爸。"

"你们明天还过来吗?"

"一早就来。"亚拉巴马说。她母亲的白发绕头盘成一个冠冕状,像佛罗伦萨圣女。她拥抱着母亲。哦,她记得在母亲身边的感觉是多么好!

亚拉巴马每天都去老房子,里面干净又明亮。她给父亲带一些特别的小吃和鲜花。他喜欢黄色的花。

"我们年轻时,经常去树林里采黄色紫罗兰。"母亲说。

医生们都来了,摇着头,很多朋友也来了,带着蛋糕和鲜花,没有人有这么多的朋友,老仆人也来问候法官,送牛奶的人自己出钱,留下了额外的牛奶表示他的关心,法官的同僚也来了,脸上悲伤而高贵,像邮票和浮雕上的面孔。法官躺在床上,焦虑着钱的问题。

"我们生不起病,"他反复说,"我得起来。太花钱了。"

孩子们商量好了，由她们分摊花销。法官若是知道自己好不了，他是不会让她们接受政府发给他的薪水的。她们都能帮上忙。

亚拉巴马和戴维租了一处距父母很近的房子。比她父亲的房子大，有玫瑰花园和女贞树篱笆，菖蒲草把喷泉都塞住了，窗下有灌木和冬青。亚拉巴马劝母亲坐车来看看，她已经好几个月没出过门了。

"我不能去，"米莉说，"我不在家不行，你父亲可能需要我。"她一直等待着法官最后会说几句清醒的话，认为在他抛下她一个人之前，他一定会给她说点什么。

"我们就待半小时吧。"米莉最后同意了。

亚拉巴马开车带着母亲路过国会大厦，她父亲在这里花费了大半生。职员们从他办公室窗户下的玫瑰花坛里采来一些玫瑰送给她们。亚拉巴马想他的书上是否落满了灰尘。或许在他某个抽屉里还准备着一篇最后的讲话。

"您是怎么碰巧嫁给爸爸的？"

"他想娶我。我当时有很多男朋友。"

老太太看着女儿，好像预料她女儿会反驳。她比孩子们都漂亮。一脸诚实。肯定有很多男友。

"其中有个人想送我一只猴子。他告诉妈妈说猴子都有肺结核。我祖母看着他说：'但是你看上去很健康。'她是法国人，非常漂亮。一个年轻人从他的农场里送给我一头小猪，还有一个人从新墨西哥给我寄来一只郊狼，还有一个人酗酒，还有一个人娶了李表姐。"

"他们现在都在哪里？"

"多年前就死了或走了。就是再见到他们也不认识了。这些树都好漂亮啊?"

她们路过父母第一次相见的地方——"在一个新年舞会上,"母亲告诉她,"他是那里最帅的,当时我正在玛丽表姐家做客。"

玛丽表姐很老,带着老花镜的红眼睛老是流泪。她没留下什么东西,但是她曾经举办过新年舞会。

亚拉巴马从来没想过父亲会跳舞。

最终,他躺在了棺材里,脸那么年轻,好看,幽默,亚拉巴马马上想起了多年前的那个新年舞会。

"死亡是唯一真正的优雅。"她自言自语说。她以前一直不敢看那张饱受折磨、毫无生气的脸,担心会看到什么。现在没什么可害怕的了,只有装殓后的美丽和静止。

"这肯定是他挣的第一笔钱。"

"他妈妈给他,让他打扫前院的。"他们说。

他的衣服和书本里什么也没藏。"他肯定忘了留言。"亚拉巴马说。

当地政府给丧礼送来了一个花圈,法庭也送了一个。亚拉巴马为父亲感到自豪。

可怜的米莉小姐!她在去年买的黑色草帽上钉上了黑面纱。她和法官一起去山里时,就戴着这顶帽子。

因为黑纱的事,琼哭了。"我买不起。"她说。

因此她们都没穿黑纱。

她们也没有奏乐。除了给孩子们唱跑调的《老格瑞玛斯》[1],法官从来不喜欢音乐。在葬礼上,她们念了《光仁慈引导》[2]的经文。

[1] *Old Grimes*,出自英国18世纪民间童谣集《鹅妈妈》。

[2] *Lead Kindly Light*,英国红衣主教约翰·纽曼(John Newman,1801—1890)于1833年的一次疾病中所写,是一首向上帝求助的赞美诗,此后广为流传。

法官睡在山坡上的胡桃树和橡树下。国会大厦的圆顶将落日挡在他的坟墓之外。鲜花枯萎了，孩子们栽了茉莉花和风信子。古老的墓地非常宁静。野花盛开，玫瑰丛年深日久，花朵都有些褪色。紫薇花和黎巴嫩柏伸展在石碑上方；生锈的南部联军十字架深埋在铁线莲和烧过的草丛中。凌乱的水仙和白花散布在涨过水的河岸上，常春藤爬过断砖残垣。法官的墓碑上写着：

奥斯丁·贝格斯
1857年4月—1931年11月

父亲曾经说过什么？亚拉巴马独自徜徉在山坡上，注视着远处的地平线，努力捕捉那模模糊糊的字斟句酌的声音。她记不起来他说过什么。他最后说的是：

"这东西太费钱了，"神志不清时说过，"好了，儿子，我也挣不来钱。"他还告诉邦妮她像两只小鸟，她小时候他对她说过什么吗？她不记得了。青黑色的天上什么也没有，只有冰冷的阵雨。

他曾经说过，"只有女神，才能选择。"这是当她想要按照自己的意志行事时，他说过的。离开了奥林匹斯山，做女神谈何容易。

几滴阵雨洒落，亚拉巴马跑了起来。

"我们肯定能解释清楚，为什么其他人身上和我们身上都有一些共同的秘密。我父亲给我留下了很多疑问。"她说。

她喘息着加大油门，沿着已经湿滑的红土路滑行了下来。夜里她为父亲感到孤独。

"每个人都让你相信他们会答应你的要求,"她对戴维说,"结果很少有人能让你相信他们胜过相信你自己——他们只是不让你失望,仅此而已。很难找到一个人,给你的东西会比承诺的更多。"

"所以被爱容易——爱人难。"戴维回答。

一个月后,迪克西才回来。

"不论谁想跟我住一起,现在都有足够的房间了。"米莉悲哀地说。

女孩子们大多时候都和母亲在一起,极力分散她的悲伤。

"亚拉巴马,把这盆红色天竺葵端去你家吧,"妈妈坚持说,"这里已经用不着了。"

琼搬走了老写字台,已经装箱运走了。

"你一定不要修补那个角,那是北方佬的炮弹落到我父亲的屋顶上造成的——修补就破坏了它的价值。"

迪克西要走了那个银制潘趣酒的大酒杯,用快递送到她纽约的家里了。

"别用牙啃它,"米莉说,"这是用银币手工制作的,银币是奴隶们积攒起来,解放后交给你外公的——你们随便拿吧。"

亚拉巴马想要那些画像,迪克西把那张旧床要走了,在那上面诞生了妈妈、迪克西和迪克西的儿子。

米莉小姐在过去里寻安慰。

"我父亲家的房子是正方形,两个对接的客厅,"她总是说,"双面窗子下有水仙花,苹果园一直延伸到河边。我父亲死时,我把你们都领到苹果园里让你们远离悲伤。我母亲非常温柔,但是,从那以后就不同了。"

"我喜欢那个旧的银版相片,妈妈,"亚拉巴马说,"那是谁?"

"我妈妈和我小妹妹。她战时死在一座联邦监狱里。我父亲被当成叛徒。肯塔基州没有退出。他们想吊死他,因为他不支持联邦。"

米莉最后同意搬到一座小一点的房子里。奥斯丁可能永远都受不了这么小的房子。孩子们都劝说她。她们把所有的纪念品都放在壁炉架上,像是一个展览,然后关上了奥斯丁家的百叶窗,把他自己留在了那里。这是为了米莉好——那些记忆对于一个生活没有寄托的人来说有些太过强烈。

她们的房子都比奥斯丁的大,也比他留给米莉的房子大,但是她们去米莉那儿是为了吸取母亲的精神和对父亲的记忆,像是举行某个转教仪式。

法官曾说:"当你老了病了,你就会希望自己有点积蓄。"

她们有一天不得不接受这个日益紧缩的世界——到某个地方去描绘自己的地平线。

亚拉巴马晚上夜不能寐,想着:该来的总是要来的,来了时人们发现自己已准备好了。当一个婴儿明白自己的出生只是一个偶然时,它就原谅了父母。

"我们必须从头开始,"她对戴维说,"建立新的联系、新的期望,这些新的东西与我们经历的总和相比就好像是股票中的一些优惠券。"

"中年人的道德!"

"是啊,我们是中年人了,不是吗?"

"上帝啊!我还没想到!你看我的画也到中年了吗?"

"它们还是很漂亮。"

"我得工作了,亚拉巴马。为什么我们要浪费掉生命中最好的年华?"

"这样到最后,我们手里就没什么可浪费的了。"

"你是个无可救药的诡辩家。"

"每个人都是——只是有些人表现在私生活中,有些人表现在他们的哲学里。"

"那么……?"

"那么,游戏的目标就是调理好一切,当邦妮长到和我们一样大,要考察我们的生活时,她就会发现壁炉的炉底石上有两个美丽和谐的马赛克神像。看到这些,她会觉得没有受到欺骗,在她人生的某个阶段,她被迫牺牲了自己的欲望去保护我们留给她的珍宝。这会让她明白她的焦虑一定会过去的。"

邦妮的声音在福音会的午后聚会中飘了过来。

"再见,约翰森小姐。我爸爸妈妈会很高兴的,你那么亲切,那么愉快,让我度过了一个愉快的下午。"

她心满意足地上楼来。亚拉巴马听到她来到客厅。

"你一定玩得很开心——"

"我一点不喜欢她那愚蠢的老晚会!"

"可刚刚为什么要那么说呢?"

"你说,"邦妮轻蔑地看着父母,"上次我不喜欢那位女士是不礼貌的。所以我想你该对我这次的表现感到高兴。"

"哦,相当满意!"

人们不能去了解他们的亲属!一旦了解就完了。"理解,"亚拉巴马自言自语,"我猜,就是背叛。"她让邦妮别再想那位女士了。

孩子经常在她外婆的房子里玩。她们玩过家家。邦妮是家长,外婆是听话的小孩。

"我小的时候,孩子们的教育不这么严格。"她说。她为邦妮感到难过,生活还没开始,小孩子就要学这么多东西。亚拉巴马和戴维坚持认为就应该这样。

"你妈妈小时候,在拐角的商店里赊了那么多糖果,我费尽周折才瞒过她父亲。"

"我也要和妈妈一样。"邦妮说。

"你想要多少都行,"外婆笑着说,"世道变了。我小时候,是女仆和车夫讨论礼拜日我该不该把玻璃瓶带到教堂去。纪律那时是一种形式而不是个人责任。"

邦妮认真地盯着外婆。

"外婆,讲讲您小时候的故事。"

"好吧,我在肯塔基时很快乐。"

"继续讲。"

"我不记得了。我那时就和你一样。"

"我不一样。妈妈说,要是我愿意我可以当演员,去欧洲上学。"

"我去费城上过学。那时是很远的地方。"

"我要当了不起的女士,穿漂亮衣服。"

"我妈妈的丝绸衣服是从新奥尔良运来的。"

"您不记得其他的什么了吗?"

"我记得我爸爸。他从路易斯维尔给我买玩具,他认为女孩子应该早结婚。"

"是的,外婆。"

"我不想早结婚。我过得非常好。"

"您结婚后过得不好吗?"

"哦,好,亲爱的,但是不一样。"

"我猜总是会有点变化。"

"是的。"

老太太笑了,她很为外孙女自豪。她们很聪明,是好孩子。看着她和邦妮一起玩很有趣,两人都装作很有智慧,两人一生都是伪装高手。

"我们很快要走了。"小女孩叹着气说。

"是啊。"外婆也叹息。

"后天我们就走。"戴维说。

奈特家餐室的窗子下,树木刚刚发芽,像刚长出羽毛的小鸡。天空明亮温情,风拂过窗框,吹起窗帘像片片风帆。

"你们在哪都待不住,"小女孩带着被诱拐的神情说,"不过我不怪你们。"

"我们以前相信,"亚拉巴马说,"一个地方有的东西另一地方可能没有。"

"妹妹去年去巴黎。她说那儿——好嘛,洗手间沿街都是——我想去瞧瞧!"

餐桌上众声喧哗,宛如普罗科菲耶夫[1]的谐虐曲。亚拉巴马把这些流动的音乐凑成她知道的唯一的一种形式:嗒,嗒,嘀,嗒,这些单词在她脑中跳跃。她想下半辈子就要做这个了:把一个与另一个搭

---

[1] Prokofiev(1891—1953),俄罗斯著名作曲家和钢琴家,1947年获俄罗斯联邦人民艺术家称号,是著名芭蕾舞剧《丑角》和歌剧《赌徒》的作者。

配，然后每一个都要符合规则。

"你在想什么，亚拉巴马？"

"结构，还有形式，"她回答。问话击中了她的思绪，像是马蹄敲击在人行道上。

"——他们说他踢中了她的胸部。"

"邻居们不得不关上门防止流弹。"

"一张床上四个。想想！"

"乔伊从气窗里跳了出来，现在房子都租不出去了。"

"这事不怨他妻子，即使他的确保证在走廊上睡觉。"

"她说最好的流产手术师在伯明翰，可是他们却去了纽约。"

"所以，事情发生时，詹姆斯太太在得克萨斯，不知詹姆斯是怎么把记录抹掉的。"

"警察队长把她塞进巡逻车带走了。"

"他们是在她丈夫的墓地里遇见的。好像他让妻子把他埋在隔壁是有目的的，反正事情就是这么开始的。"

"简直就是一场希腊悲剧！"

"但是，亲爱的，人的行为是有限度的！"

"但是人的冲动是无限的。"

"庞贝！"

"没有人想要尝尝自酿酒吗？我用一条旧内裤过滤的，但是还有点沉淀。"她觉得在圣-拉斐尔，酒更美味，更温暖。酒像糖浆粘住了上颚，粘住了整个世界，抵挡着热浪的压迫和海浪的摇晃。

"你的展览怎么样了?"他们说,"我们看到了一些翻版。"

"我们喜欢上次的画,"他们说,"没有人能把芭蕾表现得那样有活力,自从——"

"我认为,"戴维说,"节奏,就是纯粹的眼球运动,通过图画的安排来引导你的眼球,画上的华尔兹舞能同样给你的脚以动感。"

"哦,奈特先生,"女士们说,"多么奇怪的想法!"

自从大萧条以来,人们一直在说"好小子"[1],还有"快离开23号"[2]。

他们的脸组成了一条小路,灯光在他们的眼里熄灭了,像孩子们的船帆倒映在池塘里。踢进水里的石子激起了涟漪,越来越宽,消失不见了,眼睛深沉而宁静。

"哦,"客人们悲叹,"世界真可怕,一场悲剧,我们无法逃避我们想要的。"

"我们无法——这就是为什么地球的碎片落到我们肩膀上了。"

"我能问问是什么吗?"他们说。

"哦,男人和女人生活的秘密——梦想着我们比现在要好多少,如果我们是别的什么人或是我们自己,感觉到我们的财产还没有被完全剥削殆尽。我已经达到了这一点,能画出不可画的,能食而不甘其味,嗅着过去的气息,读着统计学的书籍,用不舒服的姿势睡觉。"

"要是我去画寓意画,"戴维继续,"我画的基督将会斜视那些愚蠢的对他的痛苦无动于衷的人,你们可以从他的脸上看出,他想要一点他们的三明治,要是有人把他手上的钉子

[1] Attaboy,是"that's the boy!"或"that's a [good] boy!"的省略,最早见于莎士比亚的戏剧,20世纪20年代流行于美国。

[2] 23 skidoo,是美国纽约第23大街和俚语"快点离开"的合拼,流行于美国20世纪20年代。据说是因为第23大街是个风口,女士们穿过此处马路时裙子经常会被吹起来,而男士们也总会等在此处观看,以致阻塞交通,所以警察会赶来警告人群赶快离开。

松动一下的话——"

"我们会到纽约去看的。"他们说。

"前景中的罗马士兵也想要一点三明治,但是他们处在那个位置上,碍于脸面不能去要。"

"什么时间能展出?"

"哦,多年、多年以后吧——当我画完世上所有的一切以后。"

鸡尾酒碟子里,堆成小山的食物并不仅仅是食物,它们还代表着其他东西:烤面包像金鱼,鱼子酱是球状,黄油上印着脸,磨砂玻璃杯上因为盛了太多吃饭之前要喝的开胃酒而汗水津津。

"你们两个很幸运。"他们说。

"你是说我们两个比其他人更容易分开——当然我们以前就是不完整的。"亚拉巴马说。

"你们过得很轻松。"他们说。

"我们训练自己从经验中找逻辑,"亚拉巴马说,"等岁月的积累足够让一个人去确定他的方向时,骰子早就掷了出来,未来也早已经决定了。我们的梦想都是建立在美国广告的无限承诺中。到现在我还相信可以通过邮购学钢琴,某种泥巴能让你肤色更完美。"

"与其他人相比,你们是幸福的。"

"我坐下来静静地向世界抛了个媚眼,对自己说:'哦,幸运的人们还在用不可抗拒这个词。'"

"脚下无根,我们就不能走到无限。"戴维补充道。

"平衡,"他们说,"我们都必须保持平衡。你们在欧洲找到平衡了吗?"

"你最好再来一杯——你来这里就是喝酒的,不是吗?"

麦金蒂夫人白发很短,脸像一个萨提尔[1],琼的头发像一个石头窝,范妮的头发像是樱桃木家具上落满的灰尘,维罗妮卡的头发沿中间染了一条黑色的小道,玛丽和马蒂尔德的头发都像个村姑,马尔蒂的头发像长着翅膀的胜利女神[2],飞扬着。

"他们说他换了一个铂金的胃,亲爱的,他吃饭时食物直接掉进一个小口袋。他就那样子活了好多年。"

"他头顶上有个洞,假装是战争中受的伤。"

"因此她模仿一个画家又一个画家剪短自己的头发,直到最后她遇见了立体派画家[3],直接在头皮上作画。"

"我告诉玛丽不要碰大麻,但是她说,她得弄点什么东西来消除她的幻灭,最后,她却永远活在虚幻中了。"

他们站起来离开这个愉快的地方。

"我们谈得太多了,要把你们烦死了。"

"你们打行李就够受了。"

"真该死,待到这么晚,吃的东西都快消化完了。"

"我快活死了,亲爱的。晚会非常成功!"

"再会,有空一定来看我们。"

"我们会经常回来的。"

亚拉巴马总是想,我们应该从某个角度看看我们自己,寻找一下我们之间的联系和所有那些比我们自身更有永恒价值的东西,这些都

[1] Satyr,希腊神话中半人半马的森林之神,后与罗马神话中的农牧神弗恩形象结合变为半羊半人的神,扁平的鼻子,尖尖的大耳,长长的胡子和卷发,手持长笛,爱酒好色。

[2] Winged Victory,一尊公元前200—前190年间的希腊胜利女神像,神像高大,两只翅膀迎风伸展,衣袂飘飘,正欲降落于船头宣布胜利,女神头部和两只手臂已遗失,该神像现存法国卢浮宫。

[3] Cubist,立体主义之名首次出现于1908年巴黎秋季沙龙画展,毕加索的《亚维农的少女》是第一件立体主义作品,正面的脸上却画着侧面的鼻子,而侧面的脸上倒画着正面的眼睛,运用同时性视像,将物体多个角度的不同视像结合在画中同一形象之上。

是我们在父辈们生活过的地方所感受到的。

"我们会回来的。"

车子驶离了水泥车道。

"再会！"

"再会！"

"我要给房间通通风，"亚拉巴马说，"但愿人们不要把湿杯子放在租来的家具上。"

"亚拉巴马，"戴维说，"要是你能在客人们走出家门后，再开始倒烟灰缸就好了。"

"这就是我。我只是把所有的一切堆成一堆，贴上'过去'的标签，把从前的自己倒空，时刻准备好继续前行。"

他们愉快地坐在傍晚的忧郁中，透过狼藉的杯盘互相对视着；银制酒杯、银制托盘，还有各种香水的余味；他们一起注视着夕阳的余晖从安静的起居室里滑过，像鳟鱼溪清澈冰冷的水，缓缓地流淌着。

附录

2013年12月24日《今日美国》(USA Today)杂志登载了一篇题为"泽尔达·菲茨杰拉德早年习作今出版"的报道,美国各大报纸杂志纷纷予以转载。新挖掘出的短篇小说名为《冰山》(The Iceberg),是泽尔达·塞耶尔1918年遇见菲茨杰拉德之前,发表在西德尼·拉尼尔高中文学期刊(Sidney Lanier High School Literary Journal)上的获奖习作。

冰 山

泽尔达·塞耶尔

科妮莉亚看着窗外,叹了口气,不是她不快乐,是她让父母丢了脸,让朋友伤了心。她的两个妹妹早已成家立业了;可她三十好几了,就像一只晚熟的苹果或者一枚褪色的纽扣,被人遗忘或者是不值得去捡了。父亲倒没有责备她,反倒宽慰说,或许妮莉能有一个更好的未来,让家里人不要逼她。弟弟说:"科妮是个好女孩,长得也不错,就是缺少魅力,让男孩子觉得像个冰山。"对此,家里的小猫不以为然,觉得她够敏感的了,而且小猎狗也相当崇拜她,当花园里的蓝鸟对她躲在那个老式的南方花园里提出友好的抗议时,它从不吱声附和。妈妈说:"科妮莉亚没心没肺。看人像是隔着几千里远,哪个男人能受得了她的审视。没有女人味,漂亮衣服和音乐天赋有什么用?没救了!没救了!科妮莉亚一辈子也嫁不出去了,科妮莉亚让我绝望。"

现在科妮莉亚厌倦了家人的批评，讨厌这些论调。"妈妈，"她会说，"人生的目的就只是结婚吗？奈绨妹妹嫁给了一个传教士，成天就是看孩子和精打细算过日子，看上去比我还老。布兰奇妹妹也没从疲于工作的丈夫那里得到什么安慰，所以才去关心国外传教和选举权。既然我有经济头脑，我就要去工作。"

因此，她没有张扬，悄悄选修了商学院的课程，让她那弹奏肖邦和沙米纳德的灵巧手指在打字机上飞舞。她的眼睛在盯着那些难懂的速记法象形文字时，显得更大更明亮了。

"那位豪顿小姐很神奇，"学院的主管说，"是的，她不擅社交，但绝对是位工作能手。"一个曾和她交往过的年轻人表示同意。恰在这时，电话响了。"马上，您说！等一下，我看看。"轻轻地走到她桌旁，主管说，"豪顿小姐，我一直认为你是一个很能干的学生。你能来接听一个紧急电话吗？吉姆贝尔&布朗公司现在急需一名速记员。你认为这个职位如何？"

"我认为如何？嗨，正中我心意。让我拿上我的帽子，我这就去。"

"好，"主管说，"我就喜欢能明白自己想要什么的女孩。"要是妈妈能听到这句话该多好！或许，毕竟，科妮莉亚一直知道她自己想要什么——只是一直没找到。或许，毕竟，一个穿裤子的另一半并不是科妮莉亚一直想要的。或许，毕竟，科妮莉亚一直在寻找自我价值的实现。不管怎样，她不失时机，很快找到了吉姆贝尔&布朗公司，而且不无震惊地发现，需要她的竟是赫赫有名的千万富翁吉姆贝尔。

"豪顿小姐，你是？科妮莉亚·豪顿，我老朋友丹·豪顿的女儿？你可真行，快请坐！太突然了！你什么时候进了商界的，请问？"

科妮莉亚可不觉得尴尬，用她一贯的直白和热情说："是的，我是科妮莉亚·豪顿，我要工作。即使有水牛和大熊，我也决心一搏。我能为您做什么呢，吉姆贝尔先生？"

他眼睛闪了一下，古怪地笑了一笑，把一沓白纸推到她面前开始口述起来。北部，南部，东部，西部，口信川流不息，科妮莉亚的手指上下翻飞。雪白，纤细，优雅，她的手指把打字机变成了高雅的钢琴。午餐时间到了，她两颊绯红，一缕棕色的发卷因为薄汗贴在额头上。首次征服打字机的科妮莉亚非常漂亮。

当她起身要走时，脸红了，结结巴巴地说，"吉姆贝尔先生，要是您能对我父母保密，我将非常感激。他们不知道我在工作，否则会吓坏他们的。您知道，我现在所做的事不是什么女孩子该做的正事。我已经够不争气了。"她微笑着走了，虽然她举止稳重，不喜欢跳舞，但是她的优雅却挥之不去。

"哇，天啊！"吉姆贝尔先生感叹道，"天啊！"他重复着，"谁能想到一个豪顿家的女人会进入商界！嗨，那女孩的母亲可是本城有史以来最了不起的名媛。嗯，她可能还没结婚，可能。"他也没结婚。接着他想起了多年前去世的小妻子，想起了那随之而来的空虚，他想用钱去填补的空虚。

几个月过去了，当科妮莉亚宣布自己在商业上的成功和回归正常生活轨道时，豪顿一家感到非常震惊。猫咪说："我告诉过你！我知道她身上有成功的因子！"狗儿吠叫着："她这个淘气包！我就知道我不会向一个无名氏摇尾巴的。"蓝鸟叽叽喳喳地说："哦，快来花园，让我们结束争论。我能垒窝你也能结巢，要是你愿意，你也能孵出一窝小鸟。哦，快来！"但是，当科妮莉亚·豪顿和詹姆斯·吉姆贝尔静静地携手走进神圣的大教堂结为夫妇时，所有这些议论与社交界所盛传的相比就微不足道了：百万富翁联姻名门贵胄，金钱还需艺术和审美相配。

当豪顿夫人打开早报，看到和战争新闻并排，而且同样醒目的大标题时，晕倒在咖啡杯上了。豪顿先生笑了，把一壶水泼在她那名贵的晨服上。"我就说科妮莉亚有她的撒手锏。""嗯，老姑娘最后终于热起来了。"弟弟补充说。

前门开了，两个衣冠不整的妹妹走进来，尖叫着，"妈妈，妈妈，科妮莉亚，那个老姑娘——她比我们嫁得都好！"

译后记

2014年元宵节前的一天，按照网上公布的人民文学出版社联系电话，本书译者拨通了外国文学编辑室的号码，很快，回答我的是一位声音温和轻柔的老师，听完我对泽尔达所做的不很连贯的辩护和我几年来对其小说的翻译和研究以后，那位老师让我选一部分译稿寄他看一下，然后根据情况推荐给相关编辑，因为他主要研究德语文学而不是英语文学。接电话的就是仝保民老师，人民文学出版社的资深编审、外国文学编辑室原主任。后来仝老师把小说译稿推荐给了编辑陈黎，因为她刚编辑出版了一本菲茨杰拉德的书，而且她也是美国南方女作家麦卡勒斯《心是孤独的猎手》和《金色眼睛的映像》两书的译者，所以由她来责编这本书，再合适不过。

于是我开始仔细修改译稿，增补了五百余处注释，后来又删减至两百处，并请我的同事、日本外教东田尚子老师（Naoko Finnerup）从日本买得青山南翻译的日文版《泽尔达·菲茨杰拉德全集》，请刚从日本留学归来兼通日语与英语的日语系主任郭玲玲博士为译者讲解了日文版序言和《给我留下华尔兹》的某些章节作为参照。一年后，为了更准确理解泽尔达独特的表达方式，译者又请山东农业大学日语系王上同学将小说日文版全文翻译为中文，作为参照对译稿进行了进一步修订。在此，也对王上同学扎实的专业知识和严谨的治学态度表示赞赏和感谢。

泽尔达自幼熟读希腊神话，自身亦如走下奥林匹斯山的女神，其语言时而简约率性，如同雅典娜神庙的神示，使人费解；时而又如玄学派的奇喻，天女散花一般并辔而出，挑战最狂野的想象力和最迅捷的反应力。比如，小说第二部第一章临近结尾处，主人公亚拉巴马和她两岁的女儿在前往巴黎的轮船甲板上散步聊天，接着突然出现了一段描写，"一颗流星，灵媒之箭，像是一只嬉戏的蜂鸟疾速穿过假设的星云。从金星到火星再到海王星，拖着被称为理解力的亡灵，照亮了远方地平线上被称作现实的惨白战场。"意象堆叠，搭配怪异，国内无任何译文供参考，译者在此只好将英文版与日文版相互参照进行翻译。

同时，该小说的另一个难点在于泽尔达和菲茨杰拉德一样喜欢罗列人名、地名和物名，她所记录的二十世纪二十年代涉及面非常广泛，而且，她也像T.S.艾略特在长诗《荒原》中所做的一样，随时随地引用法语、俄语和意大利语等非英语语言。译者所选注释，主要针对有关人名、地名、书名和非英语语言原文及其他涉及背景理解之处，同时也增加了一些有关泽尔达的家世和传记信息，因为本书毕竟是泽尔达的个人传记，希望所做注释不是简单的罗列，而是有助于读者较全面地了解小说内和小说外所发生的。关于文字的模糊和奇特、歧义之处，译者未予阐释，因为美国本土读者和评论家也通常认为泽尔达的语言怪异、思维奇特，正如本原版小说1966年在美国再版时的编辑兼菲茨杰拉德研究专家布鲁克利教授在小说后记中所说："《给我留下华尔兹》的魅力之一就在于其古怪的文体，修改它不会有任何好处的。"

有鉴于此，除参考日文版译文外，译者在后期的修改过程中曾请教过几位美国外教，但限于时间关系和译者学养之不足，误译之处定然难免，一切误译责任由译者本人承担，希望广大读者和专家不吝批评指正，也希望有更多的读者和专家学者来翻译和研究泽尔达·菲茨杰拉德。阅读泽尔达能让你体验想象力的飞升，聆听爵士时代的喧嚣，记住二十世纪二十年代里的他们和她们，也有助于理解和看清二十一世纪里的我们。

译者自2010年3—12月在中国社科院外文所访学期间,师从陆建德老师,开始关注泽尔达其人，到2013年初开始翻译泽尔达作品，至今断断续续六年有余。在此期间，以"勇敢、快乐和美丽：爵士时代摩登女百年回眸"为题参加了南京大学主办的 2013 年中国外国文学学会英语文学研究分会第三届年会，以"《给我留下华尔兹》中新潮女郎的伦理选择与审美存在"为题参加了 2014 年《外国文学研究》杂志社主办、上海交通大学承办的"第四届文学伦理学批评国际学术会议"，以"《给我留下华尔兹》中亚拉巴马的思维风格分析"为题指导了一篇硕士学位论文（作者为山东农业大学英汉语言文学对比与翻译方向 2015 届硕士研究生汤小丽），以"存在主义视角下泽尔达·菲茨杰拉德研究"为题获批上海外语教育出版社 2015 年外国文学研究课题一项（项目编号为 2015SD0096B），并以"'最后的依靠'：《给我留下华尔兹》中新潮女郎的伦理建构"为题撰写学术论文一篇。正如张爱玲梦魇红楼，泽尔达研究也成为我近年来学习和工作中的梦魇。

最后，再次诚挚感谢人民文学出版社对本译稿的接纳，感谢责任编辑对译者的耐心指导。同时，感谢所有关注和关心泽尔达·菲茨杰拉德研究的专家学者们，包括我的爱人郑灿平和孩子郑青斐。愿将丹心换日月，不叫美文没风尘。

译者

2016 年 5 月 23 日

于岱下红门路白鹤泉